Les heures de la nuit ne rattrapent jamais celles du jour

Vanessa Caffin

Les heures de la nuit ne rattrapent jamais celles du jour

Éditions
de La Martinière

La citation en exergue est tirée de l'ouvrage suivant :

Marguerite Yourcenar, *Alexis ou le traité du vain combat* (1971)
© Éditions Gallimard

ISBN : 979-10-401-1499-4

À Cécile, Jean-Pierre et Fanny,
au côté de qui chaque heure mérite d'être vécue

« La mémoire des femmes ressemble à ces tables anciennes dont elles se servent pour coudre. Il y a des tiroirs secrets ; il y en a, fermés depuis longtemps et qui ne peuvent s'ouvrir ; il y a des fleurs séchées qui ne sont plus que de la poussière de roses ; des écheveaux emmêlés, quelquefois des épingles. La mémoire de Marie était très complaisante : elle devait lui servir à broder son passé. »

Marguerite Yourcenar,
Alexis ou le traité du vain combat

1

C'est drôle comme une toute petite phrase peut vous faire dérailler.

Elle est arrivée au détour d'une conversation qu'on avait eue mille fois, sur ma mémoire vacillante dès qu'il s'agit de se souvenir des gens et des choses du passé. Il a dit : « Qu'est-ce que tu veux ? La vie est passée par là », et ça voulait dire : « Tout va bien, t'en fais pas. » Sept mots pour excuser l'oubli, ou tout du moins l'expliquer ; songer que tous les visages qui se sont estompés n'avaient pas dû créer beaucoup d'émoi hier non plus.

Il a dit ça comme si ça lui donnait une place à part dans mon existence. La place de celui qui est toujours là. Il a dit ça avec une cigarette au coin des lèvres, en caressant ses boucles blondes qui lui donnent ce petit air de Barry Lindon et plaisent autant aux filles qu'aux garçons.

Il a passé sa main dans mon cou, en regardant dehors, en regardant ailleurs, comme s'il craignait d'avoir eu un geste déplacé. Puis il s'est mis à rire, pour montrer que tout ça n'était pas bien grave, les gens qui passent puis qui s'effacent. Marc est de ceux qui laissent faire la vie, même quand elle n'a rien à donner, même quand elle vous écrase.

Ça aurait dû suffire à me réconforter, ou carrément me passer au-dessus du crâne. Mais ce jour-là, c'était un samedi d'ennui, où l'on trie le fond des placards et même celui de sa mémoire. Un samedi où j'avais retrouvé, dans une vieille boîte à chaussures rafistolée avec du scotch des années 1990, la correspondance de mes années lycée.

Ça débordait de lettres écrites sur des feuilles quadrillées roses et bleues, celles qui remplissaient les classeurs d'histoire-géo et de français quand on avait quinze ans et pas encore totalement digéré les années 1980.

Marc s'est jeté sur les lettres, trop heureux de découvrir les coulisses d'une époque dont je parlais si peu. Il s'est assis dans un coin de mon appartement, une liasse à la main, a calé son dos contre les pieds d'un fauteuil qui ne tenait droit qu'une fois sur deux, puis il s'est mis à lire à voix haute et ça lui allait bien.

Ça parlait des garçons que j'avais aimés, des professeurs qui m'avaient collée pour bavardage, des intrigues de vacances, des amitiés de colonies. Ça faisait rire Marc et me blottir de honte contre les coussins du sofa.

Ça parlait des vies de Marianne, de Florence, et même de Jacob, mon correspondant anglais, et de Lourdes, son homologue espagnole. Et ça m'émouvait, même si aucun récit ne faisait réellement écho en moi.

C'était amusant de noter les expressions d'une époque, les lubies d'une adolescence ; de décortiquer les dessins qui venaient attester, mesure à l'appui, qu'Idris, la star du lycée, m'avait bien regardée quand il était passé devant le garage à vélo et qu'il avait tordu son cou en angle droit.

Toutes les trois phrases, Marc lançait : « J'aurais voulu être là pour voir ça. » Et je savais bien qu'il mentait, qu'il aurait détesté celle que j'étais, trop matérialiste, trop hésitante, jamais du bon côté de la rampe.

J'ai bondi pour lui arracher les lettres des mains et l'empêcher de me déshabiller l'âme tout à fait, puis, à mon tour, j'ai lu.

J'ai lu comme on feuillette un journal intime oublié sous un lit, avec jubilation, mais sans comprendre toujours comment ces évènements infimes avaient pu prendre autant d'importance.

Mon œil a été retenu par deux enveloppes bleu nuit. Y étaient glissées les lettres d'un certain Simon Mesnil, tordues en huit et écrites en pattes de mouche. La première datait d'un départ aux sports d'hiver, il allait squatter une auberge de jeunesse avec, précisait-il, des « *mongols, qui parle telment bien français* » qu'il avait « *failli leur données des cours de langues française* ». En lisant sa lettre, j'ai compris que Simon et moi, on s'aimait comme on s'aime à quinze ans : sans s'offusquer de l'orthographe ni rien savoir l'un de l'autre. D'ailleurs, il me précisait son numéro de téléphone en post-scriptum, avant de conclure d'un « pense à me donner le tien. Je t'aime ».

Sa seconde lettre datait du retour des vacances, et déjà, notre relation avait franchi un cap. Il ne me saluait plus d'un timide Alice, écrit en lettres capitales ; il ouvrait d'un « salut ma grande », tout heureux de me revoir bientôt dans la cour du lycée ou devant la porte de chez moi.

J'ai comparé les dates tamponnées sur les timbres, et réalisé que cela plaçait Simon Mesnil au rang de mon premier amour. Juste avant lui, il y avait eu Arturo, un Espagnol que j'avais embrassé dans les rues de Pampelune, à 2 heures du matin, bourrée à la bière. Je me souviens encore de ce premier baiser. C'était trop humide et ça tournicotait la langue de manière académique. J'étais rentrée, pas vraiment certaine d'avoir envie de recommencer. Et finalement, le lendemain, on avait remis ça, parce que Arturo et moi, on n'avait rien de mieux à faire, certainement. Et on s'en était tenus là.

Et pourtant, trente ans plus tard, je me souvenais encore du croquis médiéval sur le gobelet de bière que je tenais à la main tandis qu'il m'embrassait, de la ruelle prise d'assaut en cette saison des ferias. Un peu plus tôt, j'étais entrée dans un bar au bras de mes copines, un trait d'eye-liner à la naissance des paupières, les cheveux luisants de laque, et sans savoir comment, j'en étais ressortie pendue aux lèvres d'Arturo.

Il avait suffi d'un seul regard pour que nos corps se rejoignent, parfois c'est aussi simple que ça, l'adolescence. C'est aussi simple que ça et que deux mots d'espagnol : « *Bebes algo ?*[1] »

Mes copines étaient tombées tout aussi rapidement dans les bras des amis d'Arturo, et pendant que la rue s'enflammait sous les cris de fête et les chants alcoolisés, je tentais de masquer mon inexpérience, j'embrassais en apnée, en prenant soin de ne pas me laisser dépasser par le rythme un peu trop effréné de mon partenaire, tout aussi débutant que moi.

J'avais quinze ans.

J'ai refermé les lettres de Simon Mesnil. Et contrairement à Arturo, rien n'est revenu. Je ne me souvenais ni de lui ni de notre histoire. Pas même un jour, une nuit ou un bout de soirée. Comment était-ce possible ? Dans quel monde tordu pouvais-je établir la liste de mes aventures les plus piteuses et ne pas me souvenir de mon premier amour, d'un garçon qui ponctuait chaque phrase d'un « Je t'aime tellement » ?

Marc a noté mon changement d'humeur, il a rallumé une clope.

– T'es tombée sur un vieux dossier ?

1. « Tu bois quelque chose ? »

Je n'ai pas répondu. J'ai essayé de laisser remonter les souvenirs qui me reliaient à Simon. Mais rien. Ni la forme de son visage ni la couleur de ses yeux, ni la rencontre ni la rupture, ni ses mains ni ses baisers – pas même un baiser.

Je me suis jetée sur les autres lettres – celles de Marianne et Florence qui s'entassaient dans la boîte à chaussures –, mais elles ne m'évoquaient rien non plus. Pas un souvenir. Pas même une vague sensation d'intimité. Et pourtant, j'avais tout gardé, j'avais stocké précieusement chacun de leurs mots.

À les lire, je devinais une Florence intrépide et militante, une Marianne timide et romantique, un Simon impatient d'en découdre avec « le monde des grands ». Je *devinais*, rien de plus, mais sans me remémorer véritablement ce qui avait pu nous lier autant – et nous éloigner ensuite. Le temps, sans doute, et les virages qu'il nous avait fait prendre.

J'ai froissé les lettres, de frustration, je les ai déchirées sur un coup de sang, puis restaurées avec du scotch tout neuf des années 2020. Marc n'a pas essayé de m'arrêter, il était trop flegmatique pour cela. Il a attendu que je me calme puis, avec toute l'amitié qu'il me portait, il s'est mis à découper pour moi les bouts de scotch. Des bouts de longueur bien régulière qu'il a déposés sur mes doigts puis, quand mes deux mains ont été trop recouvertes, sur mes bras. C'était sa façon de m'aider à recoller les morceaux.

C'est là, je crois, que le vide s'est répandu, et qu'un sentiment plus féroce encore s'est diffusé : la sensation d'avoir vécu pour rien.

À quoi servait d'empiler les jours, en vivre mille autres à venir, si j'étais capable d'oublier les amies qui m'avaient aidée à grandir et le premier homme que j'avais aimé ?

Je me suis mise à pleurer. Il était supportable d'oublier

les petits rien de la vie quotidienne, ça m'arrivait si souvent. C'était parfois bien pratique. Mais jamais, je crois, n'avais-je oublié des pans entiers de mon histoire. Jamais, je crois, n'avais-je oublié les gens qui avaient compté. C'était effrayant, forcément, non pas pour ce que cela disait de moi, mais pour ce que cela cachait.

Marc m'a pris le visage dans les mains. Il a dit :

– Je reviens, je vais racheter du scotch.

Et bien sûr, il n'est pas revenu. Il ne supporte pas de me voir pleurer, il ne sait pas comment gérer. J'ai toujours pensé qu'il était étonnant qu'un homme comme lui, psychanalyste au demeurant, se trouve aussi démuni dans ce genre de situation.

Mais peut-être avait-il déjà suffisamment de ses patients, peut-être n'aimait-il pas que le travail déborde à la maison, peut-être que les larmes n'étaient tolérables qu'à cent euros de l'heure finalement.

J'étais peu attentive au lycée – trop étourdie disait-on, et s'il y avait un cours que j'avais suivi les yeux collés à la fenêtre, c'était la philosophie. Platon m'ennuyait, Descartes m'assommait. Mais j'avais retenu une chose, un précepte nietzschéen qui affirmait que l'amnésie est un processus vital, la manifestation de notre absolue volonté de vivre, même en enfer.

Dans cette classe du lycée Corneille, îlot de préfabriqués de métal et d'acier perdus dans une banlieue parisienne, quelque part, sans doute tout au fond, sans doute tout près de moi, il y avait donc Marianne, Florence et Simon. Ils étaient forcément là, car ils parlaient tous dans leurs lettres de Madame Schwartz, la prof de philo. Ils mentionnaient son chignon, dont je me souvenais aussi, qui jouait les métronomes chaque fois qu'elle rappelait quelqu'un à l'ordre ;

ses ongles rongés jusqu'à la peau qui écœuraient les élèves quand elle remettait les copies de la main à la main. Et ses annotations en rouge qui ne manquaient jamais d'esprit quand ils commettaient le crime de prêter des propos erronés à ses philosophes préférés.

Je me souviens qu'à chaque cours, Madame Schwartz peinait à obtenir le silence et s'égosillait pour rien face à des adolescents qui ne voyaient pas bien ce que les morts avaient à leur apprendre, encore moins ceux du millénaire dernier. Il nous était insupportable d'imaginer que la vie soit régie par des préceptes vieux comme le monde. Nous voyions là une entrave à notre inventivité et à nos libertés. Il y avait toujours un malin dans la classe pour lui rappeler que Platon disait « qu'aucun homme libre ne doit s'engager dans l'apprentissage de quelque connaissance que ce soit comme un esclave ». Ça faisait rire tout le monde. La prof menaçait d'aller chercher le proviseur, et la classe répondait en chœur : « À bas les Thénardier ! » – ce qui dénotait une certaine culture générale de l'ensemble.

Il y avait l'humeur de cette époque dans les lettres de Marianne et Florence, et le parfum d'une jeunesse trop gâtée. J'ai ri de notre candeur qui pouvait passer pour de l'imbécillité parfois. J'ai ri avec l'insolence de ceux qui ont vécu et qui regardent tout ça de haut. J'ai ri de ces petits riens qui, à cet âge, valent plus qu'une crise économique et même qu'une guerre nucléaire, car ils pouvaient vous foutre l'année scolaire en l'air. J'ai tiré du paquet une nouvelle lettre, qui semblait plus chiffonnée que les autres, comme si elle avait été lue et relue… Et là, j'ai rapidement arrêté de rire, comme un hoquet qui vous étrangle, en découvrant les premiers mots de Marianne. Cette lettre était plus sombre que les autres, plus distante, elle semblait dire qu'il y avait eu un avant et un après. Ici sûrement se trouvait la clé de notre éloignement.

Ici et dans ces quelques lignes dont je n'arrivais pas à me détacher :

« *Elle dit que tu es un monstre, qu'elle a vu, qu'elle t'a vue faire, elle jure qu'elle a vu le sang par terre, partout, qu'elle a entendu les cris. Mais je ne veux pas la croire. Si tu étais un monstre, je l'aurais vu moi aussi. Et ta mère, j'en suis sûre, l'aurait su avant moi.* »

2

J'ai pris la route en gardant les mains moites sur le volant et l'œil sur les paysages émollients : des dizaines de kilomètres de champs de fleurs et de meules de blé retroussées séparaient Paris de la maison de mon enfance.

Chaque dimanche, j'allais déjeuner chez mon père. Ce n'était ni agréable ni déplaisant, juste une vieille habitude, quelque chose qu'on fait parce que ça se fait. Dans les familles bien, j'entends. Mais aujourd'hui, je m'y rendais avec un objectif précis. Pour la première fois, je crois, je venais avec des questions. J'espérais que mon père pourrait combler les blancs, qu'il se souviendrait de Marianne, de l'incident dont elle parlait, de la gravité de ce que j'avais fait ou non. J'espérais que la lettre de Marianne disait simplement que l'adolescence est un âge où l'on emploie de bien grands mots pour dire de bien petites choses.

J'ai bifurqué sur une route qui s'étirait sous les bras fleuris des arbres cambrés, alignés de chaque côté comme des soldats qui tirent leur révérence. Le printemps annonçait sa venue. Plus jeune, le bus du lycée me déposait tout près de chez nous, et je remontais le chemin à pied jusqu'à la maison sous le dégradé d'ombres que les branches enlacées créaient dans le ciel, inquiète de ces assemblages aériens qui eux aussi semblaient vouloir m'enchaîner.

Avec mes parents, j'avais appris à vivre le cœur sous cellophane, à étouffer mes élans autant que mes passions. Il n'était pas supportable pour mon père de me voir m'émanciper, et encore moins supportable pour ma mère de me voir rêver, elle qui avait compris bien assez tôt que la vie offre plus de devoirs que de droits.

J'avais des fringales de gens, j'avais des envies d'ailleurs, et je ne faisais que me cogner aux quatre murs de la maison.

J'aurais dû haïr mes parents de m'avoir faite si petite, et pourtant, devenue adulte, je me ruais chez mon père tous les dimanches pour un déjeuner en famille, ou ce qu'il en restait. Comme une messe que l'on s'inflige pour se rappeler qu'il est bon de croire en quelque chose – c'est-à-dire pas grand-chose. Lui et moi, dans un tête-à-tête parfois amer, souvent silencieux.

Ma sœur, Laura, n'était plus là. Comme ma mère, elle avait fini par prendre la poudre d'escampette. Elle s'était échappée, non pas vers cette Californie dont elle rêvait, mais dans la banlieue de Detroit où elle empaquetait des donuts et des frites au drive-in d'un restaurant du centre-ville. « Une erreur de parcours » concédait mon père, pour ne pas s'avouer que sa fille avait raté sa vie et qu'il n'avait rien pu empêcher. Ça le rendait triste de voir les femmes autour de lui se perdre en chemin, et c'est sans doute la raison pour laquelle je me faisais un devoir de retrouver tous les dimanches la route de la maison.

Je sais qu'elles lui manquent. Je le sais car étrangement, elles me manquent à moi aussi. Pas tous les jours, mais parfois. Suffisamment pour regretter qu'elles ne m'aient pas vu intégrer Normale Sup, réussir ma thèse, devenir la traductrice attitrée de la romancière anglaise Ann Loman, tenir trois mois sans fumer une clope ou avaler un seul mojito. Suffisamment pour les détester de n'avoir pas été là quand une péritonite m'avait cisaillé l'abdomen, quand un chien m'avait déchiqueté l'avant-bras, quand j'avais vomi des litres de tequila dans les égouts de la rue Rambuteau.

L'extravagance et la sauvagerie de ma mère se rappellent souvent à moi. La sauvagerie, je l'ai compris très tôt, c'est parfois une tristesse que l'on offre au monde. Ma mère était de nature sombre. Je dis « de nature », car même les jours heureux laissaient un voile gris sur ses yeux. Je repense parfois aussi à l'irrévérence de ma sœur et à cette façon qu'elle avait de si mal s'arranger avec la vérité. Ses mensonges, je l'ai compris plus tard, c'était un vent de liberté qui lui courait entre les jambes. Elle était dans la fuite permanente. Même un drive-in crasseux dans une ville morte valait mieux que rester auprès de nous. Ce n'est pas qu'elle ne nous aimait pas. C'était juste une affaire d'hérédité. Ma sœur avait les yeux gris de ma mère.

Sans elles, j'aurais dû me sentir libre. J'avais enfin l'horizon à perte de vue. Mais les murs s'étaient refermés depuis bien longtemps déjà. Je n'avais ma place nulle part. Paris m'indisposait. Même en plongeant dans le fond des bouteilles de bière, de gin ou de rhum arrangé, je me sentais toujours au mauvais endroit.

Je me suis garée devant chez mon père et la première chose que j'ai faite, ça a été de regarder si les volets étaient ouverts. Depuis le départ de ma sœur et de ma mère, il privilégie le clair-obscur, les ambiances tamisées, les lampes qui n'éclairent qu'à moitié. C'est comme s'il fallait que son environnement se mette au diapason des battements de son cœur empêché. Les volets de la cuisine étaient ouverts : sa façon de me témoigner qu'il m'attendait.

J'ai jeté mon sac sur le meuble de l'entrée et lancé un « Ça va ? » sans attendre de réponse. La table était dressée dans la salle à manger. Mon père m'a embrassée en même temps qu'il me pinçait les épaules, comme pour vérifier que tout tenait bien en place. Il était de bonne humeur, j'en ai eu la confirmation plus tard en le regardant se réjouir de chaque bouchée de poulet rôti, et je me suis demandé ce qui dans ses journées habituellement gavées d'ennui avait bien pu autant le ravir.

– Il s'est passé quelque chose ?

– Quoi ?

– T'as l'air heureux.

Je ne l'avais pas vu ainsi depuis le dernier appel de ma sœur.

Il a haussé les épaules.

– T'as eu des nouvelles de Laura ? ai-je demandé.

Ça aurait pu expliquer.

– Non.

– On pourrait aller la voir à Detroit.

Il a failli s'étouffer avec la bouchée qu'il venait d'engloutir.

– Laisse-la où elle est. Elle est bien comme ça.

Je n'ai pas insisté. Depuis son départ il y avait trente ans, ma sœur n'avait plus jamais remis les pieds en France. Mon père l'avait envoyée étudier dans une université américaine après un DEUG de socio à moitié validé. Ça s'était fait dans la précipitation, au cœur de l'hiver, sans que je comprenne très bien pourquoi. C'était juste avant mon bac, et juste après le départ de ma mère. J'en avais déduit que les yeux gris de ma sœur lui rappelaient trop ceux de sa femme en fugue pour que leur vision lui soit respirable.

Cela faisait trente ans que nous vivions l'un en face de l'autre en faisant comme si tout allait bien, comme si l'abandon d'une mère était indolore et l'absence d'une sœur accessoire. Nous évitions de ressasser le passé, et comme l'avenir ne nous offrait rien d'enthousiasmant non plus, nous n'avions en définitive pas grand-chose à nous dire. Mais aujourd'hui, pour une fois, j'étais prête à faire un pas de côté.

– Tu te souviens de Marianne ? ai-je demandé.

– Qui ?

Il n'avait pas levé la tête.

– Marianne, Florence et Simon. J'étais avec eux au lycée.

– Ah…

J'ai baladé ma fourchette dans mon assiette, incapable de poser frontalement la seule question qui m'obsédait.

J'ai dit :

– J'ai complètement zappé, tu te rends compte ? J'ai beau chercher, ça ne me revient pas. Je ne vois plus à quoi ils ressemblent. Ni ce qu'on pouvait faire ensemble d'ailleurs.

– C'était il y a trente ans. C'est normal.

– C'est normal d'oublier tous les visages et tous les noms ? Ses meilleurs amis ?

– Ça arrive…

– Ça arrive à qui ?

Il a baissé de nouveau les yeux et j'ai cru qu'il allait mordre dans la table tellement sa bouche rasait l'assiette. J'ai posé mes couverts et attendu qu'il réagisse. Mais il n'a pas bougé.

– Tu te souviens s'il s'est passé quelque chose quand j'étais au lycée, par rapport à eux ? ai-je poursuivi.

J'ai vu sa main se crisper et le blanc de poulet s'échapper de sa fourchette.

– Non.

– Non ?

Il a enfourné une nouvelle bouchée sans prendre le temps de développer.

– Il n'y a pas eu d'engueulade, quelque chose qui expliquerait qu'on se soit perdu de vue ? ai-je insisté avant d'oser demander enfin, dans un souffle, ce que j'étais venue chercher. Est-ce que j'ai fait quelque chose de grave, quelque chose qu'ils ne m'auraient pas pardonné ?

Il a secoué la tête pour me faire comprendre qu'il ne voyait pas de quoi je parlais, puis il a glissé :

– Mange, ça va être froid.

Et j'ai compris qu'il me cachait quelque chose. Quelque chose d'assez terrifiant pour qu'il continue de piquer avec sa fourchette dans une assiette vide.

3

2 octobre 1989

Je ne sais plus comment s'appelle ma mère. Tous les ans ça change. Cet hiver, c'était Jocaste. L'an dernier, Archimène. Et maintenant, elle demande qu'on l'appelle Clytemnestre. Tu parles d'un prénom ! Deux fois sur trois j'oublie, et jamais j'arrive à le prononcer correctement. Au moins, j'arrive à l'écrire sans faute, c'est déjà ça.

Franchement, elle me fatigue avec ses lubies d'actrice – de « tragédienne », pardon (maman est très à cheval sur les mots). Elle dit que si on continue à l'appeler Adèle, Chérie ou Maman, ça va la sortir de son rôle. Qu'elle sera moins bonne sur scène, et que ça sera de notre faute à tous les trois. Alors on l'appelle Clytemnestre. Sauf Laura, qui a décidé de l'appeler Clyto. À chaque fois ça fait bondir papa. Et maman qui lui réplique :

– Pourquoi diable t'offusques-tu d'un mot que tu situes si peu ?

Elle parle comme ça ma mère, avec des « diable » et du désespoir dans toutes les phrases. Elle jure qu'elle aura réussi sa vie quand un dramaturge lui parlera comme Chateaubriand à Rachel Felix : « Quel chagrin de voir naître de si belles choses quand on va mourir. » J'ose pas lui rappeler que ça fait un bail maintenant qu'elle est née, elle. Mais bon, c'est ma mère.

Elle croit à tout et son contraire et même à l'impossible depuis qu'elle a lu que Sarah Bernhardt a incarné le rôle d'un jeune homme de vingt ans alors qu'elle était déjà vieille – genre plus de quarante ans, au moins. Du coup, ça lui donne des ailes. Elle dit qu'un jour elle aura l'Europe à ses pieds puisqu'il n'est plus question d'avoir les princes dans son lit. Et je ne sais jamais si elle le dit avec regret ou par amour pour papa.

Ce soir, j'écris avec un feutre baveux car ma mère m'a piqué mon Bic pour signer des autographes, et comme toujours, elle l'a laissé à un fan. Elle aime ça, signer des bouts de papier. Elle se prend pour Madonna. Mais en moins vulgaire, elle dit.

Ce soir, maman est morte sur scène. Un coup de couteau, direct dans l'estomac. Ça m'a fait flipper et du coup elle m'a engueulée. Ça l'agace, maman, que je ne comprenne pas que la mort donne davantage d'ampleur à son personnage. Elle dit que je ferais bien de me durcir le cuir vite fait, car avant d'être la trame de toute tragédie, c'est l'histoire de toute vie. Elle jure que si je continue d'être aussi chiffe molle, elle ne me laissera plus l'accompagner au théâtre. Je resterai toute seule à la maison avec Laura, si elle est là. Alors je me tais. Non pas que j'aie peur de rester seule. Mais j'aime bien être là, au théâtre, à me balader dans les coulisses et à toucher les costumes. J'aime voir ma mère changer de visage sous les couches successives de maquillage – quand je pense qu'elle m'interdit de mettre du mascara au collège alors que l'an prochain c'est le lycée ! J'adore la voir répéter son texte bien droite devant le miroir, et parfois elle me laisse même refermer sa robe dans le dos avant d'entrer en scène et rester derrière les rideaux qui mènent aux loges. Comme ça je peux la voir jouer jusqu'à ce qu'elle meure sous les mots du mendiant que je connais par cœur maintenant :

> Il entendit crier dans son dos une bête qu'on saignait. Et ce n'était pas une bête qui criait, c'était Clytemnestre. Mais on la saignait. Son fils la saignait. Il avait frappé au hasard sur le couple, en fermant les yeux. Mais tout est sensible et mortel dans une mère, même indigne.[1]

Ce soir, quand elle s'est relevée pour saluer le public, revenue d'entre les morts, le théâtre s'est dressé comme un seul homme. À présent je le sais, ma mère est immortelle. Elle peut survivre à tout. Même à plusieurs coups de couteau dans le ventre.

1. Jean Giraudoux, *Electre*, 1937.

4

Je suis rentrée de chez mon père et j'ai vomi. Mon corps a toujours su avant moi le bon comme le mauvais. S'il réagissait de la sorte, c'est bien que quelque chose *ne passait pas,* quelque chose qui avait l'épaisseur du passé. Plus jeune, j'avais vécu des transformations silencieuses, celles qui vous font grandir en sourdine, sans laisser de bleus. Avec le temps, les chocs et les chagrins s'étaient manifestés plus bruyamment. Ils avaient déréglé mon souffle, fait tomber mes sourcils, provoqué des crises d'acné, des zonas – une fois même, une péritonite. À quarante ans passés, ma carcasse s'était déglinguée. J'étais une femme fragile et solitaire. C'est le mot poli qu'on emploie, je crois, pour ne pas dire seule.

J'ai ressorti ma boîte à chaussures et les lettres qui allaient avec. Je me suis replongée dans les courriers de Marianne à la recherche d'un indice, d'une réponse qui m'aurait échappé, qui expliquerait ce « sang par terre » dont elle parlait dans sa lettre. Et aussi ses mots : *Elle dit que tu es un monstre.*

J'ai tout décortiqué, pisté le moindre sous-entendu, incapable de penser à autre chose. Terrifiée à l'idée d'avoir enfoui un souvenir assez grave pour choquer une adolescente et réduire mon père au silence. Mais je n'ai rien trouvé. Je ne lisais que l'innocence de la jeunesse, la naïveté des âmes, une certaine douceur aussi. Il n'émanait de ses lettres ni la révolte de Florence ni la passion de Simon. Il était question de nos rêves et de nos petites désillusions, quand Florence voyait plus grand, porte-drapeau de la parole des femmes, et Simon plus petit, tout centré qu'il était sur un sentiment amoureux qui l'avalait tout entier. Surtout, Marianne avait ce don de rendre l'anecdotique merveilleux. Sous sa plume, nos années lycée ressemblaient à un Cluedo d'amitié et d'amourettes, où les histoires les plus insignifiantes prenaient la forme d'énigmes, où des péripéties improbables surgissaient à chaque instant, dès qu'on mettait un pied dans la cour du lycée.

C'est un fait, chaque génération fait de ses premiers pas dans l'émoi un âge d'or qui ne dit rien de la réalité de l'époque – une utopie qu'elle réinvente et réécrit. Mais il y avait dans les lettres de Marianne l'idée qu'on n'avait pas vécu pour rien, que chaque jour passé ensemble avait compté et pris parfois une importance insoupçonnée.

C'est à cet instant, je crois, que j'ai eu l'idée de la retrouver. J'avais la conviction qu'elle se souviendrait encore de moi, avec justesse, dans les moindres détails. Marianne saurait *me* raconter avec honnêteté et précision. Elle était bonne élève, la première de la classe visiblement, ces gens-là n'oublient rien. Ils sont capables de se rappeler un obscur théorème mathématique comme la date du traité d'Arras, les jours des heures de colle, les remontrances d'un professeur – mais aussi, le visage d'un monstre.

Il m'a fallu trois jours pour confirmer cette décision. Ça peut paraître long, mais chez moi, c'est le rythme auquel vont les choses. Dans ma vie, tous les grands événements ont toujours été associés au chiffre trois. *Trois*. Comme les trois années de lycée que j'avais en partie oubliées. *Trois*. Comme Marianne, Florence et Simon, ces trois personnes que j'avais totalement effacées.

Longtemps, j'ai cherché une explication à cette répétition mathématique, jusqu'à ce que je comprenne que je n'échappais pas à une loi plus haute, celle de l'univers, qui semblait vouloir tout organiser par trois : le temps (passé, présent, futur), les journées (matin, après-midi, soir), les hommes (le corps, l'esprit et l'âme), les familles (l'homme, la femme et l'enfant), la religion catholique (le père, le fils, le Saint-Esprit), jusqu'à la mesure de toute chose, qu'on juge petite, moyenne ou grande. Cela m'a soulagée, même si c'était aussi, d'une certaine façon, la preuve de ma commune existence.

J'exagère un peu, évidemment. Il n'y a rien de « commun » à la vie que je me suis choisie, rien de « commun » au fait de devenir traductrice et de mettre en musique les histoires des autres. Rien de « commun » au fait que chaque événement, chaque personnage et chaque décor inventés par les auteurs que je traduisais étaient aujourd'hui bien plus ancrés dans ma mémoire que mon propre vécu. Au fait que ma vie m'avait totalement échappé.

Depuis quelque temps, ce qu'il m'en restait était aussi doux-amer qu'un refrain de *The Verve*. J'avais déménagé dans un quartier de Paris où l'on vieillit prématurément, et ma porte donnait sur celle d'un vieux fou à qui je n'avais inspiré que deux phrases en douze mois, qu'il me répétait inlassablement. Tous les matins, il me guettait derrière l'œilleton et bondissait sur le palier dès que je mettais un pied dehors en hurlant : « J'ai croisé votre père ! Je lui ai proposé de prendre mon appartement en viager. » Je répondais d'un signe de tête poli, n'ayant l'envie de gagner ni son amitié ni son appartement que j'imaginais sordide.

Je ne suis pas naïve, cette plongée soudaine dans un passé

à recomposer avait tout d'un acte désespéré, évidemment. C'était une façon de fuir un présent corrosif qui m'empêchait de respirer les trois quarts du temps. Pourtant, j'avais l'étrange sensation d'aller dans la bonne direction, la certitude que notre histoire à Marianne et à moi, et plus largement à Florence et Simon, pouvait peut-être expliquer les cauchemars qui me réveillaient une nuit sur deux, ma respiration détraquée, et cette impression de vivre plus tristement que les autres. À moins que ce ne soit rien de tout cela, juste un peu de nostalgie, et, après tout, pourquoi pas. Peut-être n'y avait-il pas grand-chose à aller chercher, juste des amourettes contrariées et des amitiés qui fanent avec le temps. Rien de bien dramatique ni d'enthousiasmant. Mais alors que l'époque se délitait, il était agréable d'imaginer que le passé pouvait peut-être encore me surprendre.

Le début des années 1990 n'avait pas été l'âge de mon apogée social et culturel. Je fantasmais sur Dylan de *Beverly Hills* noyée dans un sweat Fila super size, montée sur des chaussures plateforme. Les jours de pluie, j'écoutais de la britpop sur mon lecteur CD portable qui sautait dès que j'avais le malheur de faire un pas chassé. Je me foutais pas mal du mur de Berlin qui venait de tomber, les conséquences de cet événement m'échappaient totalement, tout comme la chute du bloc soviétique, la fin de l'apartheid ou le génocide rwandais. C'étaient l'ouverture des journaux entendus à la radio, ou des lignes griffonnées dans un cahier qu'il fallait retenir pour le bac. Rien de plus. La mort était aussi abstraite que le job qui m'attendait à la sortie de l'université. J'étais égoïste et insouciante. Et peut-être, pour cette raison, j'étais heureuse.

Alors que le monde se désossait, porté par des discours de *fin* – la fin du siècle, la fin du millénaire, la fin de la Realpolitik –, que le chômage flambait sur fond d'attentats islamistes, je tuais le temps en feuilletant des magazines de mode qui avaient anobli les top-modèles, le minimalisme de Calvin Klein et l'exubérance de Versace, les jeans taille haute, les logos racoleurs, et même la banane autour de la taille pour peu qu'elle soit fluo ou siglée haute couture. Je découpais les plus belles tenues en me promettant de m'en inspirer le jour où j'irais voir Max, l'animateur star de *Fun radio*, mixer à la Loco. Mes rêves s'arrêtaient là, et c'était déjà plus que ceux de toute une génération secouée par la peur du sida, qui n'avait droit ni au passé ni à l'avenir.

Je sais bien qu'il n'y a rien d'étonnant dans ce que je vous raconte là. L'être humain a cette drôle habitude d'idéaliser son enfance et son adolescence, comme pour se souvenir qu'il fut un temps où tout ça valait le coup, où la vie ne vous filait pas d'uppercuts, où un 14 en maths suffisait à vous faire passer une bonne journée.

J'ai étalé les courriers de Marianne les uns à côté des autres sur la table du salon. L'écriture avait la générosité de la jeunesse, les lettres de l'alphabet étaient rondes, les mots formaient des guirlandes. Je mesurais la complexité de ma tâche. Marianne s'était sans doute mariée, avait peut-être changé de nom, de département, de pays. Mais à cet instant, j'avais la foi d'un croisé qui entame sa mission et l'absolue certitude que cette recherche porterait ses fruits. Je me mentais, évidemment, mais cela n'avait rien d'illogique – j'avais fait ça toute ma vie.

5

Marc me fixait comme on regarde sa copine s'envoyer en l'air avec un autre. À la fois atterré et pas vraiment surpris finalement. Il a allumé une cigarette, s'est posté à la fenêtre. Il aimait théâtraliser ses prises de parole. Il lui a fallu quelques taffes pour arriver à une phrase qui fasse sens, et qui se résumait à : « On t'a grillé les neurones dans la nuit ou quoi ? » Devait-il me rappeler, a-t-il ajouté, que je passais ma vie à oublier tout et n'importe quoi, et qu'il était en ce sens totalement inutile de raviver des souvenirs d'adolescence qui s'étioleraient aussitôt réapparus ?

Marc était ainsi, d'un réalisme froid avec les autres et romantique avec lui-même. Il y avait entre nous une connexion ambiguë, une attraction manifeste que nous nous cachions. Car si nous avions désespérément besoin l'un de l'autre, nous n'étions pas prêts à nous abandonner l'un à l'autre pour autant. Certains nous disaient trop indépendants pour cela. J'aime ce mot, *indépendant,* son élégance. Oui, Marc et moi étions indépendants. Et en ce sens, nous étions insomniaques, solitaires et intransigeants.

Nous étions amis, depuis une toute petite poignée d'années, deux ou trois ans je ne sais plus, sans doute parce que nous n'avions pas le courage d'être amants et de nous laisser aller. Alors nous nous aimions comme des grands qui font attention à l'endroit où ils posent les mains autant que leurs pensées.

– Qu'espères-tu trouver auprès de cette Marianne ? a-t-il lancé tandis que je faisais mon sac, effaré que je me lance dans une expédition aussi improvisée que vaine.

J'ai répondu : « Un bout de moi », pour ne pas dire « Peut-être le pire en moi ». Et cette réponse lui a semblé tellement absurde qu'il a bondi sur le lit pour m'arracher mon sac des mains.

– Le seul bout de toi que tu vas trouver là-bas, c'est le visage d'une adolescente qui n'existe plus. Ça sert à quoi ?

J'aurais pu lui rétorquer : « À oublier ma vie minable et les histoires que je me raconte pour aller mieux », mais j'ai détourné les yeux. Pour ne pas perdre l'envie, pour ne pas perdre la foi.

Je partais collecter des morceaux de celle que j'avais été, et c'était suffisant pour croire que tout, dans ma vie, allait s'arranger ou tout du moins s'expliquer. C'était naïf, évidemment, une forme de déni que certains pourraient taxer d'immaturité. Mais c'était toujours plus supportable que d'observer, impuissante, le présent me paralyser.

Depuis plusieurs mois, mon monde était sur pause. Ma dernière traduction avait été retoquée par mon éditeur qui n'avait pas manqué de pointer l'extrême pauvreté de mon travail auquel il manquait l'essentiel : la singularité. Autant dire qu'une crucifixion m'aurait fait moins mal.

Marc riait de mes tourments comme il riait de la vie et de ses revers. Cette capacité à positiver les choses les plus abjectes me laissait béate. Je trouvais ça beau, cet optimisme forcené qu'il dressait avec autorité dans ses discours. Chaque jour, dans la pénombre de son cabinet, il portait à bout de bras toutes les gueules cassées incapables de reprendre la marche du monde, et ne se lassait jamais de les entendre broyer du noir. Ça me sidérait.

– La psychanalyse relie les gens, les êtres. Elle permet d'entendre le bruit que font les âmes qui sinon restent silencieuses, disait-il.

Ce bruit-là, le bruit des âmes, je l'avais entendu moi aussi. En tournant les pages du premier manuscrit d'Ann Loman alors que je venais tout juste de fêter mes dix-huit ans. C'était un vieux manuscrit écrit en anglais et tapé à la machine, à la mise en page approximative. Souvent les mots débordaient dans la marge. Je l'avais trouvé chez nous, dans un carton à la cave, perdu au milieu de toutes les pièces de théâtre et autres romans que lisait ma mère pour le plaisir ou le travail.

Je ne connaissais pas cette auteure. Et nous n'avions pas encore Internet à l'époque. Sur la page de garde, elle ne mentionnait aucun numéro de téléphone, aucune adresse. Juste une date : le 12 mai 1977.

Le manuscrit avait presque mon âge. L'écriture était grinçante et poétique, Ann Loman autopsiait les relations humaines et les mensonges qu'on se raconte pour continuer à vivre les uns à côté des autres. Je venais d'intégrer hypokhâgne pour préparer Normale et, par cette simple lecture, je venais surtout de prendre une claque. Mon rapport à la langue anglaise en avait été d'un coup transformé, comme une porte ouverte sur un autre monde.

Six ans plus tard, j'intégrais une maison d'édition, d'abord à mi-temps, pendant ma thèse, pour payer mon loyer. La maison était jeune à l'époque, l'équipe réduite et je faisais figure de couteau suisse : tantôt lectrice de manuscrits, tantôt éditrice junior ou secrétaire. Je lisais, je corrigeais, j'appelais les auteurs pour organiser leurs déplacements en salons ou en dédicaces, et bien sûr, j'apportais le café.

C'est à cette époque que j'ai repensé au manuscrit d'Ann Loman. J'avais hésité à le transmettre à l'éditeur. En grande partie parce que j'ignorais d'où il sortait. Ann Loman était-elle une amie de ma mère ? Ça expliquerait qu'elle ait eu avec elle un roman sous cette forme tapuscrite.

Mais l'occasion était trop belle, et le texte trop fort pour être oublié dans un vieux carton que plus personne n'ouvrirait. Quinze jours après lui avoir remis le texte, l'éditeur me convoquait dans son bureau. Il semblait comme électrisé ; il me lança à la recherche d'Ann Loman. C'est mon père qui a fini par retrouver sa trace après que je l'ai supplié de m'aider. Il m'a fourni un mail et un souvenir vague : Ann Loman avait été une connaissance de ma mère, de l'époque du théâtre, repartie vivre en Angleterre.

C'était suffisant pour permettre à mon éditeur de mener à bien son enquête et acquérir les droits. Quant à moi, grâce à ce manuscrit providentiel, j'effectuais ma première traduction.

Le roman d'Ann Loman était un cri de soixante-dix pages qu'on aurait dit écrit d'un seul jet – trop court jugeaient certains pour être catalogué de roman, trop remarquable contraient les autres pour qu'il en soit autrement. Grâce à elle, j'étais devenue une traductrice qui comptait. On m'avait attribué une partie du succès du livre, on avait loué la façon dont je m'étais fondue dans sa musique si particulière, dont j'avais épousé son univers sans l'avoir jamais vue ni appelée. Et pour cause. Personne ne connaissait sa véritable identité. Avant Elena Ferrante, un de ces mystères dont raffole le monde de l'édition. Aucune photo n'avait jamais circulé.

Elle refusait les signatures et ne communiquait avec moi, son éditeur et, rarement, les médias que par mail. Les rumeurs les plus folles circulaient : on la disait proche du Kremlin, Inuit, transsexuelle. Les ventes s'étaient emballées dès la parution. Et ma carrière avait décollé.

Le mythe de l'auteure tenait également au fait qu'elle n'avait plus jamais rien écrit ou donné à lire après ce premier roman. Mais il y avait quelques mois, alors que plus personne ne l'attendait, elle m'avait fait parvenir directement un nouveau livre par la poste, un tapuscrit assez brut. Un roman aux antipodes des codes que je lui connaissais. Son rythme était plus violent, plus haché, le propos tenait parfois de la prophétie. Ann avait changé, sans doute parce qu'entre son premier et ce second livre, plus de vingt ans étaient passés.

À nouveau, l'éditeur s'était empressé de négocier les droits et m'avait confié la traduction. Mais cette fois, je n'éprouvais pas la même magie qu'avec le premier texte. Je peinais à m'inscrire dans ce retournement stylistique qui donnait la part belle aux digressions et ignorait les conventions de la ponctuation. L'éditeur perdait patience. Il ne comprenait pas mes atermoiements. Notre dernière discussion avait tourné court : j'avais deux mois pour trouver la clé, sinon il se tournerait vers quelqu'un d'autre. La sortie était programmée à la rentrée, c'était un événement, vingt ans après la première comète littéraire, martelait-il en agitant les bras à l'italienne. Et moi, je tremblais à l'idée de ne jamais parvenir à rendre ma copie.

Si je n'étais plus bonne à traduire, qu'allais-je devenir ? *Je ne serais plus bonne à rien.*

– Quelle forme de rien ? m'a demandé Marc.

Je l'ai regardé comme s'il me proposait de fumer du crack.

– Il y a quatre formes de rien, a-t-il ajouté. L'être, le néant, le monde et le réel. Duquel parles-tu ?

C'est pénible, les amis psys. Au fond, j'aurais vraiment préféré qu'il me tende un joint, ou deux-trois cachets de Lexomil, parce que si même lui, en trois ans d'amitié, n'était pas foutu de deviner que je fuyais les quatre – le monde, le réel, l'être et le néant –, alors j'avais vraiment perdu mon temps.

Il s'est approché de ma table de nuit sur laquelle trônaient les lettres de Marianne et des autres. Il les a prises en main, comme pour comprendre ce qu'elles renfermaient de si précieux.

– Je ne comprends pas. Si t'as trop de boulot avec ta traduction, que tu es à deux doigts de te faire virer… Tu crois que c'est le moment d'embarquer pour un tour de France ?

Non. Bien sûr que non. C'était chronophage et je courais déjà après le temps. J'avais d'autres urgences autrement plus décisives. Mais même en y consacrant toutes mes journées je ne me sortais pas de cette maudite traduction. Les mots ne venaient plus. Peut-être avais-je besoin de souffler, de prendre mes distances, de voir autre chose ? En poussant l'optimisme, peut-être même que cette escapade dans le passé serait une façon de sortir de l'impasse, peut-être m'aiderait-elle à dénouer des nœuds et à partir sur un souffle nouveau ?

– J'ai besoin de me changer les idées. Et j'en ai marre de voir ta tête ! ai-je glissé pour le piquer.

J'aurais pu dire : « j'en ai marre de ne voir *que* ta tête. » Marc était le seul ami qui était resté accroché à mes basques, les autres avaient déserté depuis longtemps. Trop déprimante, trop déprimée : à les écouter, mes états venaient troubler leur aspiration au bonheur. J'écoutais, sans contredire. Il fallait pourtant être fou pour croire que le bonheur était encore possible de nos jours.

Marc s'est approché. Il craignait que je ne fasse n'importe quoi, il m'a caressé les cheveux, il avait l'air inquiet, il retenait ses mots, je l'ai bien senti. Moi aussi, je taisais ceux qui me trottaient dans la tête. *Monstre. Bain de sang.* Ces mots qui m'obsédaient depuis que j'avais lu les lettres de Marianne et qui me donnaient une raison vitale de la retrouver. Mais je n'ai rien osé dire. Sans doute parce que j'avais peur de le perdre, peur que « le monstre » ne recouvre tout le reste.

J'ai arraché la lettre de Marianne qu'il tenait à la main, et je suis allée m'asseoir dans le salon. Elle avait noté son adresse au dos de l'enveloppe :

5 rue des Tourelles
86 000 Poitiers

Le père de Marianne, haut fonctionnaire, avait été muté dans la Vienne au terme de notre année de première littéraire, elle le précisait dans l'une de ses missives. J'ai noté l'adresse dans mon calepin et lancé le GPS de mon smartphone pour calculer combien de temps il me faudrait pour arriver à destination.

– Tu ne sais même pas si ses parents vivent toujours là-bas, a lancé Marc en rallumant une cigarette. Essaye d'appeler au moins avant de t'aventurer n'importe où. Ou bien tu peux remonter sa piste sur les réseaux.

Et puis quoi ? Je ne l'avais pas attendu pour y penser. Mais elle avait dû changer de nom, je n'avais rien trouvé. Quant aux parents, impossible de dénicher leur numéro de téléphone nulle part.

– De toute façon, t'es dingue, alors quoi ? a conclu Marc en se tournant vers les murs gris de Paris.

Oui, *alors quoi ?*

Pourquoi devrais-je renoncer si facilement ? Poitiers n'était pas si loin, et j'aimais l'idée de partir à l'aventure avec cette part d'incertain qu'on acceptait encore dans les années 1990, quand les téléphones portables et les GPS n'étaient pas là pour nous guider avec précision. J'éprouvais la nostalgie d'une époque faite de rendez-vous manqués, de certitudes aléatoires, d'excuses reportées au lendemain, parce que votre sœur était accrochée au seul téléphone de la maison et refusait de lâcher le combiné.

J'ai quitté l'appartement. Marc s'est empêché de me retenir. Il a grogné « T'es chiante », puis s'est servi une bière dans le frigo. J'ai hésité un instant sur le seuil, contemplé Marc qui vidait sa bière, la main crispée sur la bouteille. J'aurais aimé qu'il me souffle « Tout va bien, t'en fais pas », comme d'habitude. Mais il n'a rien dit. Il a continué de boire, puis il a tourné la tête vers moi, et soudain j'ai eu peur de ce que ses yeux disaient. Voyait-il trop profondément en moi ou voyait-il déjà bien au-delà ?

6

16 mars 1990

Ce soir, papa a pris la voiture. Il est allé récupérer maman qui s'est encore barrée on ne sait où. Il devient fou quand maman sort sans prévenir. Et ça arrive de plus en plus souvent. Elle passe sa vie dehors. « Pas dans le lit des gens mais dans les restaurants », elle répond, quand papa l'accuse de « batifoler » avec tout le monde.

La semaine dernière, ça a chauffé. Maman était sortie tous les soirs. Il y avait personne pour nous faire à manger avec Laura. Papa rentre trop tard du travail, et de toute façon, il sait même pas se servir du micro-ondes. Et moi je suis nulle en cuisine. Je ne sais cuisiner que les œufs au plat, Laura n'aime pas ça.

Il est déjà minuit, faudrait que je dorme. Demain, j'ai cours à 8 heures. Mais avec papa qui a passé la soirée à cogner à ma porte en demandant : « Tu sais où elle est ta mère ? », franchement je ne vois pas comment j'aurais pu fermer l'œil. Mais bon, c'est pas comme si c'était pas tout le temps le même cirque.

La semaine dernière ça a chauffé grave, oui : papa a giflé maman. Je l'ai même entendue pleurer avant qu'elle se mette à lui hurler dessus. Dans ces cas-là, je reste cloîtrée dans ma chambre, c'est plus sûr. Sinon il y a des claques qui volent. J'ai entendu maman lui crier qu'une tragédienne de son niveau ne s'appartenait plus, qu'elle appartenait à son public, à son personnage, aux metteurs en scène, aux costumières, à ses partenaires de jeu… Pas souvent à la maison, évidemment, avec les répétitions, les rendez-vous avec son agent, les interviews, et la scène ! Elle a dit qu'elle avait autre chose à foutre que de lui préparer le dîner, il n'avait qu'à prendre une bonne, ils en avaient largement les moyens. Elle a pris sa plus belle voix d'actrice pour lui dire qu'elle ne serait jamais sa Nora. Papa n'a pas compris, et ma mère, ça l'a énervée encore plus.

Il n'a pas lu Ibsen, papa. Il ne connaît pas Torvald, le mari de Nora. Il ne sait pas que Torvald aussi est banquier. Et que maman, en disant ça, fait pire que lui cracher à la gueule. Moi j'ai lu La Maison de poupée *au moins dix fois. Je lis tous les manuscrits et toutes les pièces que son agent envoie à maman. J'adore ça. Maman les empile dans sa chambre, près du lit, et tous les soirs, j'en pique un et je lis pour m'endormir. Plus tard, je veux être dramaturge. Je veux écrire des histoires de meurtres et de trahisons. Au moins, ça sort de l'ordinaire. Et puis ça donne des répliques trop belles.*

Je hais le vice et le crime. Mais, en regard de la naïveté, je crois que je préfère encore le vice et le crime.[1]

C'est sublime, non ? Moi plus tard, je veux écrire comme Montherlant.

Papa déteste le théâtre. Ça le barbe. Mais je crois qu'il déteste encore plus que sa femme travaille. Il dit que ça fait mauvais genre à la banque, qu'elle devrait se consacrer à sa

1. Henri de Montherlant, *La Reine morte*, 1942.

famille. Que les femmes de ses collègues, elles, ne travaillent pas. Les employés font des messes basses, il le voit bien, paraît qu'ils disent que maman est une pute, qu'elle aguiche les hommes et se laisse mettre la main sur la cuisse.

Pour moi, c'est tous des arriérés. Ils la connaissent pas, ma mère. Elle crève si on lui enlève la scène. Elle a vécu toute sa vie dans les théâtres, maman. C'est parce qu'elle est la fille d'une cantatrice anglaise. Et aussi d'un violoniste « maladroit avec les armes », comme elle dit, parce qu'il est mort pendant la guerre. Elle a passé son enfance en coulisses, avec sa mère. Mamie était aussi belle que la Callas. J'ai vu des photos. Un soir, elle est tombée sur scène. Elle jouait je ne sais plus qui. Rupture d'anévrisme. Ma mère avait seize ans. Quand papa l'exaspère, maman finit toujours par lui répondre qu'elle veut finir comme mamie. Une chute, bam ! Sous les projecteurs, sous les hourras. Ça énerve papa, évidemment. « Tu n'es pas ta mère ! Ça se saurait ! » Il lui balance à chaque fois.

Le truc à pas dire à maman.

7

En roulant pour retrouver Marianne, les bruits de mon adolescence ont resurgi par à-coups : la sonnerie qui nous faisait bondir de nos chaises pour changer de salle de cours au pas de deux ; ma sœur qui crachait la fumée de ses cigarettes avec des ronds maladroits pour obtenir des lèvres aussi ourlées que celles de Naomi Campbell ; les verres que ma mère jetait de rage dans la cuisine en menaçant de divorcer de mon père ; *Straight Up* de Paula Abdul que Laura écoutait en boucle quand elle bossait sur ses devoirs de maths. Je venais me coller à elle en essayant d'imiter les chorégraphies que j'avais vues sur MTV.

Il y avait aussi les mauvais accords de guitare qui s'échappaient de sa chambre le week-end et les mercredis après-midi ; le bruit des croûtes de pain que je roulais sous mes doigts quand nous étions à table ; le moteur poussif de la Renault 25 de mon père qui s'éteignait le soir sous mes fenêtres et me réveillait chaque fois ; le générique ensoleillé de *Beverly Hills* que je chantais le nez collé à la télé, comme si la proximité avec l'écran pouvait, par magie, me transporter aux États-Unis.

Il était étrange de me rappeler avec tant de précision tous

ces bruits infimes, anodins, et d'avoir tout oublié de celle qui à l'époque partageait mon quotidien. Marianne était une énigme qui me rendait à la fois nerveuse et suspicieuse. Si tout autour d'elle existait encore dans mes souvenirs, si même les bruits parasites occupaient un coin de ma mémoire, qu'avait-il bien pu se passer pour que mon âme la rejette ainsi, pour que j'aille jusqu'à la rayer de ma vie et de mon esprit ?

J'ai trouvé facilement la maison de ses parents. C'était une bâtisse sans charme, mais avec un grand jardin parfaitement entretenu, bordé d'oliviers, qui sentait le lilas et la rose.

J'ai sonné et une femme d'à peine trente ans m'a ouvert avec un môme accroché au mollet. Ça commençait mal. Elle ne connaissait ni Marianne ni ses parents. Le gamin braillait, j'entendais un mot sur deux, mais j'ai compris qu'elle avait acheté la maison à un jeune couple qui déménageait en outre-mer. Le jeu de piste virait au cul-de-sac.

J'ai fait le tour des maisons de la rue, sonné à toutes les portes en espérant que quelqu'un connaisse les Pelou. Certains ne m'ont pas ouvert, d'autres, méfiants, m'ont crié depuis le pas de leur porte que Pierre-Jean et Rosalie étaient partis depuis longtemps, bien trop longtemps pour qu'ils sachent où ils habitaient à présent. J'aurais pu rentrer à Paris – j'aurais *dû* rentrer – mais j'étais incapable d'abandonner si vite. J'ai pris une chambre dans un hôtel du centre-ville, comme si le simple fait de prolonger mon séjour me donnait une chance de les retrouver. Puis j'ai marché, pour m'aérer l'esprit autant que pour laisser décanter les choses. Je me suis baladée dans les ruelles qui filtraient le soleil, frôlant des immeubles à l'ossature moyenâgeuse pas toujours très droite, mais qui conservaient leur élégance.

Je suis rentrée à l'hôtel sans idée neuve ni solution. J'ai

fermé les rideaux, plongé la chambre dans une pénombre orangée reposante, et allumé la télé. Devant une émission qui n'avait d'autre intérêt que d'ébruiter un peu trop fort les nouvelles du monde, j'ai navigué sur mon smartphone, tapé *Pierre-Jean Pelou*, comme ça, pour voir. Le nom me semblait suffisamment atypique pour espérer dénicher quelque chose. J'ai trouvé un début de piste, trois fois rien, juste la trace de son transfert à la préfecture de Tours : assigné au cabinet du préfet, adjoint à la cheffe de bureau. Ça datait de quinze ans. Autant dire qu'à nouveau, je partais de loin.

J'ai appelé la préfecture. Depuis le temps, le père de Marianne avait forcément pris sa retraite, mais peut-être restait-il quelqu'un en place qui l'avait connu.

Ce n'était pas le cas de l'agent de l'accueil ni de la secrétaire du cabinet du préfet ; on m'a proposé d'envoyer un mail, mais le nouveau patron de la maison était en poste depuis un an et son adjoint n'avait pas plus de trente-cinq ans. Mes chances d'obtenir une réponse étaient maigres. J'ai abandonné.

J'ai tenté une nouvelle recherche sur Internet avec la mère de Marianne et découvert qu'une Rosalie Pelou était investie à la paroisse Saint-Sauveur du diocèse de Tours. J'ai regardé l'heure : 14 h 30. Les enfants de Dieu répondaient à cette heure. Alors j'ai appelé le secrétariat, en usant de superlatifs et de *Seigneur Jésus Christ* fourrés dans toutes les phrases, promettant de retourner à l'église s'ils m'aidaient. Ça a fait rire la secrétaire qui m'a glissé, apparemment sincèrement désolée : « Rosalie a changé de paroisse depuis que son mari a pris sa retraite. Ils sont partis vivre en Bretagne, je crois. » J'ai supplié pour avoir sa nouvelle adresse, elle ne l'avait pas, mais elle a accepté de me donner son numéro de portable – en espérant qu'il n'ait pas changé depuis. J'étais à deux doigts de réciter un *Notre Père*.

J'ai appelé. Pas de réponse. Peut-être fallait-il prier la Vierge. J'ai laissé un message. J'ai pensé régler la chambre et rentrer. Dieu est rarement du côté des athées, je le sais. Mais j'ai fini par accomplir l'acte le plus désespéré qui soit dans ce genre de situation : je me suis rendue sur le site de l'annuaire inversé, tapé le numéro de portable que l'on m'avait donné, et contre toute attente, une adresse correspondante s'est affichée :

Madame Rosalie Pelou
3 allée des Peupliers
44350 Guérande

8

Google Map annonçait trois heures de trajet jusqu'à Guérande. J'ai foncé – quitté l'hôtel en trombe, laissant le concierge consterné, et j'ai roulé en me promettant d'arrêter mes recherches si les Pelou n'étaient pas chez eux. Ça devenait insensé ce road movie dans le Poitou, ça virait à un *Thelma & Louise* des sous-préfectures.

La maison des Pelou était une longère grignotée par le lierre dont le toit servait de perchoir aux oiseaux fatigués. Des murs de jasmin encerclaient un jardin fraîchement tondu, et j'ai eu la conviction qu'ici résidaient des gens qui avaient du temps à tuer. Ça pouvait coller. Le père de Marianne était retraité. Quant à sa mère, Marianne expliquait dans ses lettres qu'elle n'avait jamais travaillé. Ça la rendait dingue d'ailleurs, de l'avoir toujours dans les pattes, de devoir parler à voix basse au téléphone, de la voir respirer ses manteaux à la recherche d'une odeur de cigarette, de la deviner fouillant dans son sac, craignant de mettre la main sur des capotes ou un briquet. Si pieuse qu'était sa mère, elle n'en était pas moins lucide sur les pas de côté dont étaient capables les adolescents, et davantage encore les adolescentes qui ne voyaient le mal nulle part. Ainsi était Marianne. Ses lettres racontaient une jeune fille complexée par des lunettes un peu lourdes et des sourcils épais, impatiente d'opérer sa mue. Ses lettres parlaient des profs qui l'encensaient trop pour qu'elle soit désirée, des garçons qui ne la courtisaient pas, des boums de terminale où elle n'était pas conviée. Elles racontaient sa fureur de vivre avec des mots parfaitement tracés à l'encre verte et entourés de dessins enfantins.

Je ne sais pas ce que mon amitié avec une fille comme elle disait de moi. Sans doute que ma volonté d'être populaire était moins forte que celle de réussir mes études. Et j'y voyais tantôt le signe d'un manque d'ambition, tantôt celui d'une certaine acuité. C'était si étrange de ne plus savoir ce qui nous avait liées, presque anxiogène, alors que l'époque résonnait encore si fort en moi.

À mes yeux, les années 1990 avaient été un grand foutoir où peu de choses s'accordaient – les seules combinaisons qui s'emboîtaient étaient celles que l'on réussissait sur *Tetris*. J'avais été une fille de mon temps, élevée à l'ère de la consommation décomplexée, biberonnée à la publicité dans une société où il était plus facile d'imaginer la fin du monde dans les blockbusters que celle du capitalisme ; où une marque allemande pouvait scander sans gêne à longueur de spots « Il a la voiture, il aura la femme », et on riait, et on applaudissait de tant de génie.

J'ai marché jusqu'à l'entrée de la maison des Pelou en me disant qu'il n'était pas étonnant, finalement, que trente ans plus tard j'en sois arrivée là. Et quand je dis là, je veux dire, très exactement, nulle part.

Une femme m'a ouvert. Elle portait un pull jacquard sur une jupe plissée qui lui arrivait aux mollets. Son visage ne me rappelait rien, le mien non plus à première vue. Elle m'a détaillée avec un mélange d'incrédulité et de peur, comme si personne ne s'aventurait jamais jusque-là. Elle gardait la poignée dans les mains, prête à rabattre la porte de sa maison qui respirait le formol.

– Madame Pelou ?

Elle a hoché la tête. Le sourire que je lui ai renvoyé a semblé la troubler plus encore.

– Je ne sais pas si vous vous souvenez de moi. Alice… J'étais au lycée avec Marianne quand vous habitiez encore dans les Yvelines…

Elle m'a scannée pour faire le lien avec ses souvenirs.

– Alice ? La petite Alice ?

– C'est ça.

J'ai hoché la tête à mon tour et ce fut assez pour qu'elle ouvre complètement la porte et m'invite à prendre place dans un canapé fleuri au tissu quadrillé par les griffures de chat. Elle a appelé son mari qui bricolait à la cave. Elle l'a appelé comme on annonce une promotion exceptionnelle dans un supermarché, en débitant son texte mais avec suffisamment de cette joie artificielle pour que la curiosité soit plus forte que le dérangement. Et voilà que je me retrouvais à présent face à un couple de sexagénaires médusés de m'accueillir chez eux, et décidés à faire de cet instant la nouvelle la plus excitante de l'année à raconter aux voisins.

Marianne parlait peu de son père dans ses lettres. Ils ne partageaient rien si je comprenais bien. Elle n'attendait qu'une chose de lui : qu'il lui finance ses cours d'équitation. En échange, il exigeait des carnets de notes impeccables. Leur entente s'arrêtait là, réduite à un simple accord, et cela suffisait à ce qu'ils vivent en harmonie l'un avec l'autre.

Sa mère était plus présente. Elle la préparait à devenir, comme elle, une mère de famille soumise, et cela occupait quasiment tout son temps libre. Sa mère se fichait bien que Marianne lui ramène des vingt en français, elle se réjouissait plutôt qu'à quinze ans elle sache laver ses affaires toute seule, repasser des chemises, recoudre un pantalon troué. En plus du cheval, elle lui avait fait suivre des cours de danse, de piano et de catéchisme.

Aucun de ces passe-temps ne paraissait la rendre heureuse. Elle disait vivre pour satisfaire les autres et fatiguait de devoir cocher toutes les cases. Pour quoi faire ? Aucun homme ne la désirait. *« À quoi bon s'acharner quand il vous manque l'essentiel : la beauté »*, écrivait-elle, et j'y voyais là toute la cruauté de l'adolescence, mais aussi la maturité d'une jeune fille qui avait compris que l'époque ne pardonnait rien, surtout pas l'insignifiance.

À la façon dont sa mère m'accueillait, je devinais que j'avais dû souvent traîner mes basques chez eux. Elle ne maintenait aucune des distances d'usage, elle était même venue se coller à moi sur le canapé. J'étais la petite Alice... Je me sentais mal à l'aise de tant de familiarité, et furieuse de les avoir eux aussi oubliés. Combien étaient-ils à avoir déserté ma mémoire ? Y avait-il d'autres Florence et d'autres Marianne ? J'ai baissé la tête pour masquer mon trouble. Mais dans ce salon qui n'avait pas dû bouger depuis la fin des années 1990, où la chaîne hi-fi ressemblait à une tour, où le combiné du téléphone était collé au mur et pendait à un fil, j'ai eu l'impression d'être au parfait endroit pour déterrer le passé.

– Qu'est-ce que tu fais là ? a demandé gaiement la mère en me servant une grenadine.

Décidément, pour elle, j'avais toujours quinze ans.

– Je cherche Marianne, ai-je dit doucement.

Elle a baissé la tête. Je me suis tournée vers son mari qui l'a imitée. La mère s'est levée du canapé, j'ai cru qu'elle allait embarquer ma grenadine et me demander de partir, puis elle a filé vers la cuisine et a refermé la porte derrière elle. Son mari a fait la moue comme pour me rassurer – ce n'était pas contre moi. Il a frotté ses mains contre son pantalon puis les a rassemblées, comme un geste de prière. Il a attendu encore un peu avant de me souffler douloureusement :

– Marianne est morte, tu ne savais pas ?

9

Cette fois, c'est moi qui n'en menais pas large.

Le père de Marianne a retroussé les manches de sa chemise, comme s'il devait d'abord en découdre avec quelqu'un ou quelque chose avant de replonger dans ses souvenirs.

– C'est terrible... je suis désolée, ai-je murmuré, sidérée.

Le père a tourné la tête vers la porte de la cuisine, comme s'il attendait que sa femme réapparaisse et l'autorise à poursuivre.

– Si je peux faire quoi que ce soit...

Ça m'était venu comme ça, une nouvelle phrase toute faite, bien polie, une phrase qu'on entend dans les films. Une phrase absurde, évidemment, j'aurais pu faire quoi ?

– C'est gentil, Alice. Mais ça fait si longtemps...

– ... Comment ça ?

– Vingt-deux ans.

– Vingt-trois, a précisé la mère qui se trouvait de nouveau près de nous.

Nous ne l'avions entendue revenir ni le père ni moi. Elle était livide.

– Vingt-trois, a répété le père.

J'aurais aimé que cette annonce me déchire le cœur, mais

c'était plus complexe que ça. J'étais, je l'avoue, surtout frustrée que plus rien ne soit possible désormais. Mais aussi désemparée face à ce couple qui me regardait maintenant de travers, comme si j'étais assise à la place de la morte.

– Vingt-trois ans…, ai-je regretté, tout en faisant le calcul et en réalisant que Marianne était morte quand j'étais encore à la fac. Je suis tellement désolée, ai-je ajouté, je ne savais pas. Après le bac, on s'était perdues de vue…

J'ai attendu une réaction de leur part qui n'est pas venue. Ils me fixaient l'un et l'autre avec un mélange de tristesse et d'espoir ; une revenante, c'était à la fois une bénédiction et une punition. J'étais un morceau de l'histoire de leur fille et forcément c'était douloureux.

Pour autant, je leur offrais la possibilité de parler d'elle encore une fois – ce qui, je le voyais bien, ne leur était pas désagréable.

La mère m'a attrapé la main.

– On sait que tu l'aimais beaucoup, a-t-elle murmuré. Tu sais qu'on ne t'en veut pas, hein ?

J'ai souri timidement, en me demandant pourquoi ses parents auraient pu m'en vouloir. Ça a rajouté au malaise, ça a réveillé la peur. Savaient-ils eux aussi pour la part du monstre ? J'en doutais. Ils se montraient bien trop éteints et polis à mon égard.

– Puis-je vous demander ce qu'il lui est arrivé ?

La mère a refoulé des larmes, et c'est le père qui a parlé.

– Elle s'est suicidée.

Ça m'a fait l'effet d'un coup dans l'estomac. Je me suis recroquevillée de honte, d'ignorance. Avais-je raté un signe dans l'un de ses courriers, manqué la phrase qui annonçait son geste ?

– On sait pourquoi elle a fait ça ? Est-ce qu'elle était… en dépression ?

– Non, a dit la mère.

Son mari l'a questionnée d'un regard hésitant, comme s'ils n'avaient pas eu le temps de s'accorder sur une version officielle.

– Pardon si ma question vous gêne...

C'était sincère. Ça ne me regardait pas après tout.

– Elle a laissé une lettre, a fini par avouer le père.

Ça a paru agacer sa femme.

– Ce n'était pas vraiment une lettre.

– Comment ça ?

Elle s'est tue, comme pour signifier qu'il y avait des choses qui n'appartenaient qu'à la famille. J'ai pensé partir, les laisser à leur peine, je me suis redressée dans le canapé, presque levée, mais le père m'a stoppée d'un geste en m'attrapant l'avant-bras.

– Peut-être que toi tu sais pourquoi elle a fait ça ? a-t-il demandé.

– Moi ?

– Vous étiez inséparables.

– C'était il y a si longtemps.

Et j'ai compris, à leurs mains qu'ils tordaient nerveusement, à ces phrases qu'ils prononçaient si lentement, que la mort de leur fille avait d'un coup ralenti le temps.

Pour échapper à leur peine, et peut-être pour trouver un endroit où ancrer ma contenance, mon regard s'est perdu dans le salon aux boiseries tristes et élimées. Marianne était partout, dans les cadres photos où sa jeunesse s'étalait en couleurs fanées. Elle était belle avec ses cheveux bruns bouclés qui lui tombaient au milieu du dos et ce sourire insouciant.

Son visage me rappelait quelque chose sans pour autant me ramener à elle. C'était agaçant de ne rien ressentir face à cette image d'elle. Mais mon corps, lui, se souvenait. Il convulsait légèrement sans que je ne puisse rien y faire, je manquais d'air et mon souffle bégayait. Quelque chose en moi se rappelait. Quelque chose plus proche de la terreur que du cœur.

– Tu veux voir sa chambre ? Peut-être que tu trouveras quelque chose qui nous a échappé à sa mère et à moi, a proposé le père.

– Sa chambre ?

J'étais étonnée. Si Marianne était morte il y a vingt-trois ans, alors ils habitaient toujours à Poitiers. C'était bien avant qu'ils ne déménagent, ici, à Guérande. Le père a perçu mon incompréhension.

– On a reconstitué sa chambre à l'identique, a-t-il concédé, conscient sans doute de l'étrangeté de l'initiative.

– C'était notre fille unique, tu comprends ? a ajouté la mère.

Bien sûr que je comprenais. Dans ma famille aussi nous étions les rois du déni. Ma mère avait foutu le camp peu avant mes dix-huit ans, et pourtant, nous faisions comme si cela n'était jamais arrivé. Mon père pleurait en cachette, souvent dans sa voiture, croyant que je ne remarquais pas ses lunettes imprégnées de buée quand il sortait du garage.

– Il est difficile de s'autoriser à oublier les gens qu'on aime, ai-je soufflé.

La mère de Marianne s'est remise à sangloter. Et le père de Marianne s'est levé pour me précéder dans l'antre protégé de leur fille.

La chambre respirait la pop acidulée, les cours de solfège et le calme après vingt heures. Des CD des Spice Girls, de Beethoven, Chopin ou REM s'encastraient dans les étagères au côté des classiques de la littérature française et, parfois, de romans plus contemporains signés Sagan ou Nabokov. Sur les murs, on avait épinglé des coupures de magazines sur lesquelles Cindy, Claudia et Naomi, les égéries-mannequins des années 1990, posaient dans des robes haute couture qui les laissaient à moitié nues.

– Je te laisse, a dit le père. Si tu as besoin de quoi que ce soit…

– Merci.

J'ai fait le tour de la chambre en frôlant les meubles et les objets sans oser encore rien toucher : le petit miroir en forme de soleil, la commode Ikea customisée avec des autocollants colorés, le bureau massif qui semblait manger tout l'espace et sur lequel trônaient quelques classeurs que les parents avaient pris soin de remettre à leur place. L'emploi du temps de Marianne à la fac était scotché au-dessus du bureau, et j'ai découvert qu'au moment de sa mort, elle suivait un doctorat en lettres à l'université de Poitiers. J'avais perçu dans ses courriers combien Marianne devait être sérieuse et appliquée, et j'ai songé qu'elle avait parfaitement choisi sa voie. Elle aurait sans doute fini par décrocher l'agrégation et par enseigner à son tour.

J'ai ouvert sa penderie et découvert la garde-robe en fleurs d'une jeune fille timide et contemplative. Il y avait là des robes longues au décolleté discret, des jeans de toutes les couleurs, des sweats aussi pailletés qu'un refrain des Bee Gees. Sur son bureau, elle avait collé une multitude de Post-it qui donnaient des indications sur son planning, les derniers jours où elle avait habité cette chambre. Elle avait noté en lettres rouges la date des examens de fin d'année, la limite des inscriptions pour les prochains stages d'équitation, et même un rendez-vous chez le coiffeur. Je me demandais ce qui avait pu la détourner si violemment d'un avenir programmé au jour près. Tout dans cette chambre parlait de lendemains. Marianne aimait la musique, les longues balades en forêt et les marguerites séchées. Elle en avait posté partout dans de petits bocaux transparents. Marianne voulait vivre, c'était une évidence.

J'ai également ouvert les tiroirs de son bureau, et je sais bien qu'égoïstement, j'espérais y trouver des traces de moi, une autre boîte à chaussures remplie de lettres, l'autre versant de nos correspondances. J'espérais découvrir si le monstre dont elle parlait existait vraiment ou si ce n'était le fruit que de persiflages. J'espérais dénicher un indice, une lettre oubliée, quelques mots écrits de ma main qui me permettraient de comprendre celle que j'étais. Mais je n'ai rien trouvé. Marianne n'avait rien conservé de nos années lycée. Pas un cahier, pas une lettre. M'avait-elle oubliée elle aussi ? Peut-être cherchais-je au mauvais endroit, peut-être que nos cœurs, avec la fin de l'adolescence, s'étaient montrés plus volatils. Et pourtant, je retrouvais dans cette chambre tout ce qui avait pu nous lier – une même passion pour la littérature et la mélancolie.

J'ai vidé ses tiroirs qui regorgeaient de crayons, de dessins, de feuilles de cours à apprendre par cœur ; qui parlaient du présent et du futur à préparer mais jamais du passé. Aucune trace du passé.

Rien.

C'en était presque troublant. Il n'y avait aucune photo personnelle accrochée aux murs. Ni d'elle ni de ses amis. Les seuls visages épinglés étaient ceux de top-modèles érigées en icônes auxquelles elle ne ressemblait pas. Qu'est-ce que cela pouvait signifier ? Sans doute qu'il lui était plus facile de rêver que de s'inscrire dans une certaine réalité. Littérature et mélancolie…

Sa mère a mis un pied dans la chambre, juste un pied, comme si elle attendait mon aval pour entrer. Elle irradiait de cette foi qu'ont les mères qui défendent leur enfant à tout prix, même quand elles savent qu'ils ont commis le pire. Je voyais bien qu'elle craignait que je ne dénature son mausolée, c'était pour ça qu'elle était là : pour protéger la mémoire de sa fille, chaque centimètre carré. Il y avait dans ses gestes qu'elle ne terminait pas la prière de ne pas déflorer les mensonges qu'elle s'était fabriqués. Alors je suis sortie en silence de la chambre. J'ai posé ma main sur son bras et j'ai descendu l'escalier. Le père de Marianne m'attendait dans le salon. J'ai repris ma place sur le canapé griffé. Et j'ai lâché, avec regret : « Je n'ai rien trouvé. »

Il a pris sur lui pour ne pas s'effondrer, je l'ai vu à sa nuque qu'il a tendue vers le plafond pour refouler des larmes. Je l'ai entendu aux reproches qu'il a marmonnés à sa femme pour m'avoir interrompue. Visiblement, l'un et l'autre n'avaient pas suivi la même courbe du deuil, et l'urgence de laisser le passé derrière eux devait se faire plus prégnante chez lui. Cette image m'a retourné le cœur, sans doute parce que la douleur d'un père m'était familière et insupportable.

– Vous avez parlé d'une lettre, peut-être que…, ai-je glissé presque en chuchotant.

La mère a bondi.

– On l'a jetée !

À nouveau, son mari l'a fixée, avec un regard qui semblait contenir toute la rancœur des dernières années. Il s'est levé, a fouillé le tiroir d'une commode et, malgré les remontrances paniquées de sa femme, m'a tendu la lettre.

10

La mère de Marianne s'est effondrée dans un fauteuil à la gauche de son mari tandis que j'ouvrais le dernier message de leur fille. J'ai reconnu l'écriture ronde, cette écriture élégante et douce qui, quoiqu'on s'en défende, nous ramenait à l'enfance. Il y avait une dichotomie frappante entre le soin apporté au tracé des lettres, soignées et généreuses, et l'horreur des mots qu'elles formaient. C'était dérangeant. Comme il était dérangeant d'accepter qu'elle ait décidé d'en finir en trois phases. Car il n'y avait rien de plus dans cette lettre : trois phrases d'une brièveté brûlante.

Poitiers, le 23 novembre 1999

Ma vie pue l'insignifiance.
Je suis affreuse, un immonde parasite.
Et j'aime vous haïr.

Marianne

Mon corps, à nouveau, s'est emballé. J'ai tenté de calmer ma respiration en faisant comme les médecins m'avaient appris : une longue expiration, vider complètement les poumons. J'ai souri aux parents pour ne rien laisser paraître de mon trouble. Ça aussi, je savais faire à présent. J'ai attendu de respirer normalement pour reposer mes yeux sur l'insupportable « testament ».

Une autre Marianne prenait forme dans cette lettre d'adieu. Une Marianne qui avait préparé sa sortie. Une Marianne à l'écriture rageuse et violente, capable de quitter ses parents sur une insulte. C'était étrange. Presque hors de propos. Ça ne collait pas avec le reste.

C'est là qu'un doute a surgi : pouvais-je vraiment me fier au *reste* ? Que savais-je d'elle après tout ? Sa chambre d'adolescente romantique et ses lettres naïves et passionnées, ornées de dessins qui trahissaient l'enfant, racontaient-elles réellement qui elle était ? N'avait-elle pas déjà une face plus sombre, plus violentée que cette image de jeune fille modèle qu'elle se complaisait à renvoyer ? Cela expliquerait qu'elle ait laissé si peu de place aux souvenirs, que rien ni personne n'ait semblé compter assez. Florence, Simon et moi n'étions nulle part dans sa chambre d'étudiante, pas même oubliés dans le fond d'une boîte à chaussures. Alors qu'à vingt ans, on tapisse ses murs de souvenirs de fêtes, de vacances, de photomatons ratés, qu'on remplit ses carnets de rendez-vous interdits, attendus ou espérés, Marianne, elle, ne gardait rien, elle ne notait rien d'autre qui ne relève de la pure logistique.

Alors j'ai repensé à une phrase qu'elle m'avait écrite, des mots qui m'étaient apparus insignifiants sur le coup mais qui prenaient tout leur sens. Dans l'une de ses dernières lettres, elle expliquait :

Je t'écris pour ne pas oublier. Pour ne rien oublier. Car ce sont les souvenirs communs qui nous permettent de nous réconcilier ou de ne plus jamais revenir en arrière, tu ne crois pas ?

Et j'ai compris ce que je n'avais pas vu la première fois. Les lettres de Marianne ne racontaient pas son attachement à l'époque qui nous avait réunis, son amour pour nous. Elles étaient les témoins d'une vie qu'elle ne voulait plus reproduire, d'un temps qu'elle était déterminée à ne jamais retrouver.

J'ai fini par refermer son « testament » et j'ai vu les larmes qui coulaient sur le visage de son père. Son corps portait la rigidité du deuil, la froideur de la sidération. Combien de temps étais-je restée là silencieuse, agrippée à ce message immonde ? Je lui ai tendu un mouchoir que j'avais dans mon sac, et comme pour tous les vieux couples, c'est sa femme qui m'a remerciée avant lui. Il s'est essuyé les yeux, et elle lui a pris le mouchoir des mains pour aller le jeter. Parfois ça tient à ça, l'amour – éviter à l'autre des efforts qui coûtent.

– Est-ce qu'elle se détestait à ce point ? a demandé le père.

Je n'ai pas eu le cran de lui répondre que je n'en savais rien. Alors j'ai dit :

– Est-ce vraiment ce que vous voulez savoir ?

Il a blêmi. Je l'avais poussé dans ses retranchements. Il a reformulé :

– Est-ce qu'elle nous détestait à ce point ?

Et j'ai réfléchi à la réponse qu'un parent qui a tout perdu peut supporter d'entendre :

– Quel adolescent n'a jamais détesté ses parents ? Ça ne les empêche jamais de les aimer dans le même temps.

J'ai replié la lettre et l'ai glissée dans l'enveloppe. Quelque chose l'empêchait de totalement s'enfoncer. J'ai écarté les pans de l'enveloppe et aperçu un minuscule bout coloré et chiffonné tout au fond. Je l'ai attrapé du bout des doigts.

C'était une fleur séchée, une pensée.

Ma fleur préférée.

11

18 septembre 1990

Depuis qu'on a déménagé, maman erre comme un zombie dans la maison. Elle ne parle plus à papa, et elle fait à peine attention à nous. Laura dit que ça lui fait des vacances, qu'elle la gonfle, maman, avec ses airs de tragédienne dépressive. C'est le médecin qui a dit à maman qu'elle était en dépression. Il lui a ordonné d'arrêter de boire et de prendre des médocs.

Papa n'y comprend rien. Il ne voit pas ce qui lui pèse dans sa vie, il lui a offert un château, il dit que tous les maris ne sont pas aussi généreux avec leur femme. C'est vrai que notre nouvelle maison est immense. Laura et moi, on a chacune notre étage. Au sous-sol, il y a même un sauna. Et faut voir la chambre des parents ! Elle est aussi grande que notre ancien appartement, avec une terrasse et un dressing à l'américaine. La chance qu'ils ont ! Et puis on a un jardin, un jardin immense, aussi grand que Bagatelle, qui donne sur une forêt qui s'étire à perte de vue. On se croirait seuls au monde.

Je crois que c'est ça qui l'angoisse, maman. Ici, elle se sent seule.

C'est vrai que ça la change de Paris. Le fin fond des Yvelines, c'est pas le boulevard des Capucines. Faut prendre la voiture pour tomber sur une pauvre supérette, et je ne parle pas des boutiques : on oublie. Quant aux voisins, je ne les ai encore jamais croisés. On n'est pas du genre à accueillir les nouveaux venus dans le coin, apparemment.

Du coup, j'ai changé de lycée. À part les élèves et les profs, j'ai pas trop vu la différence. J'ai l'impression que tous les lycées se ressemblent, qu'ils ont pris le même architecte pour dessiner des cours de récré avec panneau de basket intégré, et le même décorateur pour installer des tables moches et des chaises moches. Ça donne vraiment pas envie de s'attarder. Sauf quand on trouve d'autres sources de motivation dans la classe, si vous voyez ce que je veux dire…

J'ai repéré un garçon. Il s'appelle Simon. Il est grand, plutôt châtain, avec une frange très longue sur le front. Il passe son temps à souffler dessus pour pouvoir prendre ses notes en cours, je trouve ça super sexy. Je ne suis pas la seule visiblement. Hier, en français, j'ai bien vu que Marianne a passé son temps à le mater. Je ne suis pas sûre qu'elle soit son genre, faudrait que je les connaisse un peu mieux pour savoir. Mais elle a l'air hyper brillante, elle donne toujours les bonnes réponses quand les profs posent une question. Et j'ai bien vu que Simon, parfois, ça l'épatait. Certains garçons sont sensibles à l'intelligence des femmes, il paraît.

En même temps, le niveau n'a pas l'air trop dur. Laura m'a dit que c'était trop facile la seconde, que je serais vraiment trop nulle si je redoublais. Elle m'a prévenue aussi que j'avais pas intérêt à la coller cette année, que l'année du bac, elle n'avait pas une minute à perdre avec moi. Alors depuis la rentrée, elle vit enfermée dans sa chambre. Mais je ne suis pas stupide, je vois bien que c'est davantage pour nous éviter, maman et moi, que pour bosser ses cours. Elle passe sa vie au téléphone avec ses copines.

Elle mobilise tout le temps l'appareil et ça rend dingue maman, elle a trop peur de rater des coups de fil importants. Elle dit qu'elle doit être joignable à tout moment, que les rôles tombent toujours quand on s'y attend le moins. Alors on a acheté un répondeur. Mais il ne bipe pas souvent.

Le soir, je m'endors avec la voix de maman. C'est sa nouvelle lubie. Elle laisse papa devant la télé dans leur chambre, et elle rejoue tous les classiques dans le salon. Paraît que c'est le seul moyen de ne pas perdre la main, la musique, la diction. Elle les interprète en français ou en anglais. Elle lorgne sur Broadway. Heureusement pour elle, dans la famille, on est bilingues de mère en fille, alors c'est facile. Avec Laura, elle nous parle qu'en anglais. Au début, je croyais que c'était pour nous léguer l'héritage de mamie. Maintenant, je suis sûre que c'est juste pour emmerder papa qui sait à peine dire « Hello ».

Ce soir, elle a rejoué Nora. La Nora d'Ibsen. J'aime quand elle est Nora, parce que je connais la pièce par cœur, et que je peux, depuis mon lit, lui donner la réplique. Elle a repris un passage de l'acte III[1] *:*

– Écoute, Torvald. À ce moment il m'a paru que j'avais vécu huit ans dans cette maison avec un étranger, et que j'avais eu de lui trois enfants. Ah ! je n'y veux pas penser. Cela me donne envie de me déchirer moi-même.

1. Henrik Ibsen, *Une maison de poupée*, Paris, P.V. Stock, trad. Albert Savine, 1906.

Et depuis mon lit, j'ai répondu tout bas :

– Je le vois hélas ! Je le vois. Il s'est ouvert entre nous un abîme, mais dis, Nora, ne peut-il se combler ?

Ma mère a repris :

– Telle que je suis maintenant, je ne puis pas être ta femme.

Il y a eu un grand silence ensuite.

12

Depuis mon retour de Guérande, je ne dormais plus.

Ça avait commencé par une migraine. Une de ces migraines qui vous enserrent la cervelle avec tant de violence que vous pouvez à peine articuler un mot. Ça m'arrivait régulièrement depuis l'adolescence, mais avec l'âge, elles étaient devenues plus fréquentes, plus incisives. Elles rendaient le présent confus et visqueux. Elles me laissaient rampante sur le tapis du salon, recroquevillée dans ma baignoire, paralysée en pleine rue. Elles frappaient au réveil la plupart du temps, ou quand j'essayais d'échapper à une situation ou à une discussion. Depuis que je m'étais lancée sur les traces de Marianne, elles me réveillaient en pleine nuit et s'accompagnaient d'images décousues dont j'ignorais la part d'inconscient.

J'ai avalé deux Ibuprofène, et parce qu'il était inutile d'imaginer me rendormir à présent, à 3 heures du matin, j'ai enfilé une veste en jean trop usée et marché jusqu'au *Phénoménal,* un club pris d'assaut tous les week-ends par les trentenaires *arty* de la capitale, dont les néons avaient sur moi un effet apaisant. J'y allais au moins deux fois par semaine, j'y allais dès que mon crâne commençait à me foudroyer ou qu'il devenait plus difficile de marcher que de danser. Je m'abandonnais sur la piste qui crachait de la musique électro plus crasse qu'ailleurs, un mélange de transe et de grime tatoué au hip-hop qui faisait grimper mon cœur à 160 battements par minute. Et en effet, le tempo répétitif et déconstruit d'Armin van Buuren a fini par me plonger dans un état extatique, peut-être qu'il court-circuitait mon cerveau, et ça a été suffisant pour me sentir mieux un instant.

Je ne sais plus à quelle heure j'ai quitté la boîte, j'étais trop ivre pour ça. Je ne sais plus non plus comment j'ai atterri dans une cage à souris, au côté d'un mec qui prenait toute la place dans le lit, à la peau aussi rêche que du papier buvard.

J'ai titubé jusqu'à la cuisine, attrapé un mug sur les étagères encombrées où les verres Amora formaient une tour de Pise, cherché une aspirine dans les tiroirs qui regorgeaient de couverts dégueulasses et de casseroles cramées. Rien. Des cigarettes à peine entamés étaient écrasés dans plusieurs cendriers éparpillés parfois sur la moquette, parfois sur une pile de livres qui parlaient de code binaire et de révolution numérique. Ça sentait l'herbe, ça puait la bière. J'ai vomi dans les toilettes, le carrelage froid sur ma peau nue m'a filé un coup d'adrénaline. J'avais atterri chez un geek qui se foutait pas mal du monde extérieur. Partout dans le salon, des écrans. On aurait dit une annexe du *Bureau des légendes*. Et dans la confusion du moment, alors que Malotru continuait de cuver, j'ai attrapé mes affaires et je suis partie.

Ça m'arrive souvent ces réveils hagards, ces black-out qui me laissent exsangue. J'ai appris à ne plus me formaliser des moments qui précèdent, de ces heures perdues, de ces amnésies transitoires où mon corps se donne à des hommes de passage, sans passeport vaccinal ni recommandations.

Cette nuit encore, j'avais sans doute fait des conneries qui me reviendraient un jour en boomerang, mais il était plus supportable de glisser tout ça sous le tapis. Je n'avais ni la force de mettre fin à mes errances nocturnes, ni le courage d'affronter la cause inconsciente qui me faisait rechercher l'oubli.

Ça faisait bondir Marc à chaque fois. Il trouvait ça dingue que je sois incapable de me souvenir du nom des hommes avec qui je couche. J'avais selon lui quelque chose de fondamental à apprendre de cela, mais il était incapable de dire quoi. Et à chaque fois cela me donnait envie de rire. Car s'il était infoutu de me dire où mes actions allaient me mener, alors j'avais aussi vite fait d'acheter un pot de *fortune cookies* au resto chinois du coin plutôt que de l'écouter.

Je suis rentrée chez moi la tête toujours à l'envers, j'ai marché en regardant les trottoirs pour garder l'équilibre. Le vent caressait ma nuque, c'était vivifiant. Les rues grouillaient de mocassins et de bottines parfaitement cirés, qui couraient plus qu'ils ne déambulaient en ce début de matinée. J'ai rejoint mon appartement avec l'ambition de me recoucher aussitôt. Mais Marc était là, qui bouquinait dans le canapé. Il avait les clés de mon appartement depuis que je perdais mon trousseau à intervalles réguliers. Il se pointait toujours sans prévenir et ne se privait pas de mettre le bordel quand l'envie lui en prenait. Je l'appelais « la sangsue », à quoi il rétorquait : « On est tous le parasite de quelqu'un. J'aime l'idée d'être le tien. » Encore une lubie de psy.

– T'étais où ? a-t-il demandé.

– Je ne sais pas.

Il s'est redressé dans le canapé, a posé son livre sur la moquette.

– T'as une sale tronche.

– C'est pour me dire ça que tu es venu à l'aube ?

– Non. T'es injoignable depuis ta virée à Poitiers.

Je suis allée prendre une bouteille d'eau dans le frigo. Pas très envie de parler de Poitiers. Marc a bondi du canapé.

– Alors c'est ça ton truc ? Tu nous la joues *Casa de Papel*, tu te barres à l'autre bout de la France et tu laisses tes potes sur un *cliffhanger* bien dégueulasse ?

Il avait l'air crevé. Il avait dû attendre mon retour toute la nuit.

– Tu vas bien ? ai-je demandé.

Il s'est approché, m'a arraché la bouteille des mains.

– Tu le fais exprès ou tu as vraiment envie qu'on continue d'éluder le sujet ?

Alors j'ai cédé. Je cède toujours avec Marc. Je ne sais pas si c'est parce qu'il m'attendrit ou parce qu'il a souvent de meilleurs arguments que les miens. J'ai pris place dans le canapé. Satisfait, il s'est assis en face de moi. Et tandis que j'essayais de remettre mes souvenirs dans un ordre qui fasse sens, il a glissé :

– Tu m'as manqué.

Ça m'a déconcertée.

– Quoi ? Pourquoi tu dis ça ?

– Je ne sais pas. Peut-être parce que tu as découché.

– Et alors ?

– Alors j'attends que tu me racontes.

Voulait-il vraiment que je lui raconte Poitiers ou plutôt l'homme qui m'avait retenu chez lui cette nuit ?

– D'abord, ils ont déménagé à Guérande, ai-je précisé.

– D'accord…

– Et Marianne est morte.

– Merde !

Fin du *cliffhanger*. Je sentais Marc réellement déçu.

– Cancer ?

– Suicide.

– Merde !

Je me suis attrapé la tête avec les mains. La migraine avait repris sans prévenir. Des coups d'épée dans les tempes. Marc a couru me chercher un cachet, m'a prise dans les bras en attendant que ça passe. Je me suis blottie contre lui. J'avais envie de hurler. Il m'a caressé les cheveux. J'avais envie de pleurer.

Ça a mis du temps à passer. Il m'étreignait pour que la douleur s'estompe plus vite, comme on fait avec les enfants. Et tandis que mon crâne implosait, que mes doigts s'accrochaient aux mailles de son pull, Marc me massait la nuque pour libérer les tensions. On est restés longtemps comme ça, courbés l'un sur l'autre, formant une sorte de bouclier. La douleur a fini par disparaître. Je me suis levée du canapé pour me resservir un verre d'eau. J'en ai tendu un à Marc.

– J'ai une impression bizarre, ai-je dit tout bas.

– Comment ça ?

– Marianne, son suicide, tout ça… c'est étrange.

– Comment ça ?

J'ai marché jusqu'à la fenêtre, comme si regarder l'horizon pouvait m'éclaircir les idées.

– Elle a laissé un mot. Un mot hyper violent, atroce pour ses parents. Ça ne lui ressemble pas.

– Qu'est-ce que tu en sais ? Il y a trois jours tu ne savais même plus qui c'était.

Il avait raison, et pourtant…

– Je ne sais pas, une intuition. Dans ses lettres, elle est toujours si réfléchie, si polie… Si parfaite.

– Bon, elle s'est suicidée, elle allait mal, elle était en colère contre la terre entière, c'est triste, et après ? Il y en a d'autres.

– Elle a laissé une fleur.

– Oui ?

– Une pensée.

– Et ?

– Elle a laissé ma fleur préférée avec sa lettre d'adieu, Marc !

Il s'est immobilisé, sans comprendre.

– Tu crois qu'elle savait que c'était ma fleur préférée ? ai-je insisté.

Il m'a rejointe à la fenêtre et m'a pris le menton dans les mains, collant mon visage contre le sien.

– Tu me fais quoi là, Alice ?

– Rien.

– Ne me mens pas. Qu'est-ce qui te chiffonne ?

J'ai dégluti.

– Tu crois que c'est à cause de moi qu'elle s'est suicidée ?

– Quoi ?

– Ou tu crois que la fleur c'était pour moi ?

Ses mains se sont serrées. J'ai crié parce qu'il me faisait mal. Il s'est excusé, a allumé une clope et ouvert la fenêtre.

– Tu sais que c'est juste de la paranoïa, là, Alice. C'est n'importe quoi, t'en as conscience ?

Je suis restée muette. Était-ce réellement de la paranoïa ou la preuve que mon passé regorgeait de cadavres et que Marc, finalement, ne me connaissait pas si bien que ça ? J'ai eu l'impression d'être coupée en deux, d'avoir laissé ma part infâme dans le passé – car c'était bien de cela qu'il s'agissait, non ? De savoir exactement *à quel endroit* je l'avais laissée. Comme pour me punir d'avoir tout oublié, ma tête a recommencé à m'élancer.

– Et tu vas faire quoi, hein, dis-moi ? a grimacé Marc. Tu vas aller voir les flics ? Tu vas leur dire que ta vieille copine est morte à cause de toi, qu'on ne laisse pas impunément une fleur derrière soi quand on se suicide ?

– Je pourrais peut-être demander aux autres, à Simon et Florence, ai-je murmuré.

Et là, il s'est carrément emporté.

– Demander quoi ?!

Je n'ai pas répondu et ça a été suffisant pour qu'il baisse d'un ton.

– Qu'est-ce qui se passe Alice ? Tu disparais pendant deux jours, tu laisses ta traduction en plan, tu reviens la tête en vrac. QU'EST-CE QUI T'ARRIVE ?

– Je ne sais pas.

Et je suis allée m'enfermer dans la salle de bains. C'était la méthode la plus simple que j'avais trouvée pour ne pas avoir à me justifier.

– T'as raison, enferme-toi dans les chiottes, c'est très adulte !

Je l'ai entendu s'énerver tout seul. Et comme je ne répondais pas, il a fini par claquer la porte. Je crois qu'il a préféré partir plutôt que de prononcer des mots qu'il aurait pu regretter.

Je me suis effondrée à genoux sur le carrelage. Des piverts creusaient leur nid dans mon crâne. Je me suis traînée jusqu'à la cuisine, j'ai gobé deux aspirines qui n'ont rien changé. J'ai fermé les volets de ma chambre et, dans le noir complet, la douleur est restée si vive que j'ai plongé mon visage dans les draps pour étouffer mes cris.

13

Le lendemain matin, je suis restée des heures allongée, à arracher les poils de mon tapis berbère déjà bien élimé avec le temps, la tête perdue dans le passé et le corps coincé dans le présent. J'ai traduit deux phrases du manuscrit d'Ann Loman avant de réaliser que toutes mes pensées me ramenaient à Marianne, aux derniers mots de Marianne, à cet adieu odieux et à cette fleur, qui lui ressemblait davantage, et qu'elle avait laissée derrière elle comme un testament. Il m'était insupportable d'imaginer que je ne connaîtrais jamais le fin mot de l'histoire. Que je ne démêlerais pas ces quelques phrases qui faisaient de moi la mauvaise fille de la bande. Quelqu'un de dangereux et d'infréquentable. J'avais désespérément besoin de savoir à qui j'avais fait du mal et si cet incident était réellement arrivé. J'ai convoqué ma mémoire, je n'avais pas pu tout oublier, il y avait forcément trace de Marianne et de nos écarts quelque part. Mes migraines, si fréquentes, en attestaient ; mon inconscient jouait des coudes et même des poings.

J'ai ressorti la boîte à chaussures de ma bibliothèque, replongé les mains dans nos souvenirs communs. Si je ne pouvais plus arracher la vérité à Marianne, je pouvais peut-être l'obtenir en interrogeant son alter ego. Florence, Marianne et moi semblions inséparables à l'époque. Florence saurait ce que Marianne savait.

Les lettres de Florence n'avaient ni la grâce ni la recherche stylistique de Marianne. L'écriture y était plus engagée, plus féroce. Florence crachait sur le monde et l'immonde, sur la vie, sur tous ceux qui contrariaient sa soif de liberté. Elle était en colère. Contre sa mère qui avait refusé de lui offrir des Doc Martens au prétexte qu'elle avait vu des punks en porter ; contre son père qui refusait qu'on fume dans la maison ; contre son frère qui s'était mis à sortir avec Léa, cette fille du lycée qu'elle détestait ; contre la proviseure qui l'avait collée en raison d'un militantisme lycéen un peu trop bruyant dans la cour de l'école ; contre la prof de français qui refusait d'étudier les œuvres d'Anaïs Nin au prétexte qu'elles n'étaient pas au programme ; et contre tous les garçons qui piétinaient sa condition de femme et voulaient l'asservir.

J'avais du mal à comprendre ce qui avait pu nous rapprocher Florence et moi, et encore plus ce qui avait pu la lier à Marianne. Mais peut-être avions-nous toutes les trois une certaine idée de la révolte, un cœur en flammes que ni le système éducatif ni nos familles ne savaient apaiser. Florence lisait Virginia Woolf et Margaret Atwood. Elle avait cité au moins à deux reprises dans ses lettres ces phrases de l'écrivaine : « Les gens feraient n'importe quoi plutôt que d'admettre que leur vie n'a pas de sens. C'est-à-dire pas d'utilité. Pas d'histoire.[1] » Ces mots éveillaient-ils en moi quelque chose à l'époque ? Je ne peux pas le dire, mais aujourd'hui, je ne lui donnerais pas tort. Était-ce la raison

1. Margaret Atwood, *La Servante écarlate*, Robert Laffont, Paris, 1987. Traduit de l'anglais par Sylviane Rué.

qui m'empêchait de laisser mon passé sur le bas-côté : un besoin vital de me construire une histoire plus grande que la mienne, ou tout du moins plus inattendue ?

J'ai attrapé mon ordinateur. Les courriers de Florence n'indiquaient aucune adresse, mais avec un peu de chance, elle était peut-être restée vivre en région parisienne. J'ai tapé « Malot », son nom de famille, dans la barre de recherche de Google et pas grand-chose n'est apparu. Les visages de plusieurs Florence Malot se sont affichés sans qu'aucun ne me soit familier. Sur Facebook, trois profils répondaient à ce nom. La première n'avait pas vingt ans. La seconde vivait en Belgique et avait mis ses enfants en photo de profil ; ça pouvait correspondre. J'ai cliqué. Mauvaise pioche. Il ne s'agissait pas de ses enfants mais de ses petits-enfants. La dernière était une jolie brune à qui on aurait donné une trentaine d'années – trop jeune donc. J'ai fouillé quand même et un élément sur sa page m'a arrêtée : comme moi, elle avait fait ses études au lycée Corneille de La Celle-Saint-Cloud et obtenu son bac en 1993.

J'ai fait défiler les posts, tous ouverts au public. Ses amis avaient noyé son mur de messages. Ils parlaient tantôt à celle qui avait égayé leur soirée, animé leurs vacances en Grèce, soulevé les pancartes les plus lourdes aux manif'. Ça partait dans tous les sens sans que j'y trouve de fil conducteur. Jusqu'à ce que je réalise que le dernier post datait de plus de dix ans. Jusqu'à ce que je clique sur la rubrique *À propos* et découvre le message d'un certain Cédric Goldman :

Pour ceux qui voudraient rendre hommage à Florence, elle est enterrée au cimetière de Marly-le-Roi situé route de Saint-Cyr, à l'entrée de la forêt.

14

25 novembre 1990

Maman ne parle plus du tout cette fois. Ni à papa, ni à Laura, ni à moi. Les seules fois où elle ouvre la bouche c'est pour nous hurler de nous taire. Le reste du temps, elle reste assise dans le salon, près du téléphone. Elle ne bouge plus. Elle attend qu'il sonne et nous interdit d'approcher. Et quand c'est Marianne ou Florence qui appellent, elle leur raccroche au nez. Même pas un « Désolée, elle est occupée », même pas un mensonge qui pourrait sonner vrai, non, elle raccroche dès qu'elle entend leur voix, point barre.

Maman ne parle plus, et c'est comme si le monde autour de nous n'avait plus le droit d'exister, et ça me rend dingue, et je tourne en rond dans ma chambre tous les jours, et je suis obligée de me lever plus tôt le matin et d'arriver au lycée avec une bonne demi-heure d'avance pour retrouver Marianne et discuter de toutes les choses qu'on ne s'est pas dites la veille au soir, parce que ma mère a confisqué le téléphone.

C'est bien ma mère, ça, de penser qu'on n'a plus besoin de se dire des trucs après les cours. Et je fais comment moi maintenant quand j'arrive pas à comprendre un problème de maths et que la prof s'en fout que j'aie vraiment essayé et que ça ne l'empêchera pas de nous coller un contrôle surprise à 8 heures du mat ? Et je fais comment quand je sais pas quel jean porter et que je sais encore moins comment Marianne et Florence ont l'intention de se fringuer le lendemain ? Manquerait plus qu'on arrive toutes les trois habillées pareil et qu'on soit obligées de se planquer dans les toilettes toute la journée ou d'aller en classe à tour de rôle, histoire de ne pas se taper l'affiche.

Mais tout ça, maman s'en fout, mes notes, ma réputation, l'année scolaire, les garçons… Elle dit : « Les garçons manquent d'imagination, c'est bien pour ça qu'ils nous imaginent nues la plupart du temps. Ils seraient bien incapables d'imaginer quoi nous mettre sur le dos pour nous rendre belles à leurs yeux. »

Elle est aigrie ma mère. En tout cas, elle n'aime plus les hommes, et encore moins mon père. Je le sais parce qu'il n'a plus le droit d'entrer dans le salon, qu'elle nous fait dîner avant qu'il arrive du travail et qu'elle laisse rien pour lui quand il rentre.

Florence assure que c'est ça, le mariage, que y'a pas de quoi déprimer, qu'il reste toujours plein d'options si les choses devaient se compliquer, le divorce ou le suicide par exemple. Pas sûre d'avoir envie d'entendre les autres options… Marianne, elle, trouve que j'ai de la chance. Que c'est chiant les mères quand ça veut toujours mettre son grain de sel. Que quand ça parle, ça parle tout le temps. Que ça dit tout le temps quoi faire, où et comment. Comme si l'âge leur avait greffé une carte Michelin qui les orienterait toujours dans la bonne direction. Mais même les mères, ça fait des conneries parfois. Celle de Florence en a même fait trois. Des grosses. Des qui s'effacent pas, comme des avortements qui tournent mal, en mode hémorragie, bain de sang et tout le bazar. Des conneries de tragédienne, quoi.

N'empêche, ma mère à moi, elle fait peur. On dirait une morte-vivante quand elle se traîne pieds nus en robe de chambre, avec un verre dans une main, le téléphone dans l'autre et le fil qui s'emmêle une fois sur deux autour de ses mollets et qui la fait trébucher, et qui la fait pester et qu'elle renverse des gouttes de whisky sur le tapis iranien que papa a payé plus de mille balles il paraît.

Papa n'ose plus approcher personne dans la maison. J'ai bien vu, il ne sort plus de son bureau. Souvent, il y dort même. Je le sais car le matin, je le trouve souvent endormi en équerre sur le canapé. C'est flippant le silence qui règne dans cette maison depuis que maman se tait. On entend tous les bruits qu'on croyait absents – le grincement du bois, le bourdonnement du frigo, les oiseaux et les insectes qui font leur vie dehors. Ça prend tellement de place que ça m'empêche de dormir. Alors j'écris, ça m'occupe et j'aime ça. J'ai l'impression de parler à quelqu'un. Ça ne remplace pas Marianne et Florence mais ça fait du bien, ça m'empêche de devenir folle je crois, de tourner complètement obsessionnelle ou parano. Mais en vrai, moi aussi je me fais peur. La nuit je me lève pour me poster tout en haut de l'escalier et suivre l'ombre de ma mère déambuler au rez-de-chaussée. Je sais pas pourquoi je fais ça, peut-être parce que ma mère semble plus humaine quand elle marche dans la pénombre. Ses mouvements sont plus lents, plus ronds, parfois on dirait qu'elle danse. Mais ça, c'est surtout quand ma sœur s'endort avec son casque de Walkman sur les oreilles. Elle écoute la musique tellement fort que ça résonne jusqu'au rez-de-chaussée.

Et dans ces moments-là, j'aimerais tellement pouvoir appeler Marianne et lui demander si on peut devenir folle à force d'attendre un coup de fil qui n'arrive jamais. Et si c'est mal de vouloir arracher le téléphone des mains d'une morte-vivante qui pue l'alcool, à qui plus personne ne parle dans la maison.

15

Cédric Goldman était un quadragénaire modeste et frileux, qui parlait en se frottant les biceps et répondait à chaque question que je lui posais par : « Je ne sais pas. » C'était agaçant de le voir patauger et reconnaître qu'il ne connaissait pas Florence si bien que ça. Ils sortaient ensemble au moment de sa mort, mais leur amour était trop récent pour qu'il possède toutes les réponses à mes questions. J'espérais qu'il me parle d'elle, mais dans ce café minuscule où il m'avait donné rendez-vous, dont les tables semblaient occupées par des start-uppeurs prépubères mariés à leur ordinateur, il ne faisait que me parler de lui, de son chagrin, de son trauma, de son incapacité depuis dix ans à s'engager dans une autre histoire, et de ces images qui ne l'avaient jamais quitté depuis.

J'essayais de me montrer compatissante mais les spasmes réguliers qui contractaient mon crâne m'empêchaient d'être patiente. J'avais du mal à articuler. J'ai attrapé des cachets dans mon sac que j'ai avalés sans eau ; j'avais l'habitude du geste. La douleur s'absentait rarement désormais, elle rendait mes journées confuses et mes rencontres hasardeuses. J'avais du mal à rester concentrée et encore plus de mal à paraître intéressée. J'ai attendu que les médicaments fassent effet pour aborder avec Cédric Goldman le point le plus sensible de notre affaire « commune » : la découverte du corps de Florence.

C'était lui qui l'avait retrouvée, pendue aux poutres du plafond de son appartement. Ses yeux étaient grand ouverts et elle souriait. C'est ce sourire qu'il n'arrivait pas à oublier, parce qu'il disait qu'elle l'avait quitté sans regrets, parce qu'il remettait en question les jours heureux, la véracité des bonheurs partagés.

Il s'était avancé vers Florence, il avait détourné les yeux, il pouvait à peine la regarder. Il n'aurait pas dû la toucher, il le savait, mais il fallait bien qu'il lui ôte ce sourire, qu'il efface l'affront. Il m'a confié cela en fixant le sol, comme s'il avait honte d'avoir fait, ce jour-là, de ce suicide une affaire personnelle.

Florence était très peu vêtue. Son corps nu portait déjà des marques de rigidité. Il avait vu ça dans les films, à la télé. Mais là, la femme qu'il aimait pendait devant ses yeux comme une poupée raide et ça l'avait bouleversé. Depuis, il ne pouvait plus toucher le corps d'une femme. Il ne supportait plus non plus de les voir sourire. J'ai fait attention à garder le visage le plus neutre possible. Ce n'était pas difficile vu l'état dans lequel je me trouvais. Je le regardais impassible, comme on lit les nouvelles du monde un jour férié.

La veille de la mort de Florence, ils avaient bu des verres dans un bar à Bastille, puis elle était rentrée, prétextant une réunion à préparer. Elle travaillait à chercher des partenaires pour une structure de réinsertion. Cédric avait rejoint d'autres potes, promis de passer la voir le lendemain soir. Il avait ses codes Facebook et savait où elle planquait le double de ses clés. On pouvait dire qu'ils étaient amoureux.

Il dégageait une tristesse non feinte, et j'ai deviné qu'aujourd'hui encore il s'en voulait. De n'avoir rien vu venir.

– À trente balais, on est censé les sentir ces choses-là, non ? a-t-il regretté. Quand quelqu'un va mal au point de se pendre…

– À trente balais on ne voit rien tellement la vie vous éblouit, ai-je répliqué.

Il a souri, amer. Et à le voir malaxer ses genoux et courber le dos, il était évident que rien ne l'avait vraiment ébloui depuis ces années-là, qu'il s'était retenu de s'enflammer pour qui que ce soit.

J'ai demandé s'il se souvenait des amis de Florence, de ceux qui aujourd'hui pourraient me parler d'elle. Peut-être avait-il encore quelques numéros qui traînaient ? Mais il n'avait rien. Il ne lui restait rien.

La seule chose qu'il avait conservée, il me l'a avoué à demi-mot, en cachant sa bouche dans son sweat, c'était la lettre de suicide qu'elle avait laissée derrière elle. Florence l'avait déposée sur son lit, sur l'oreiller. Comme on fait pour dire à son amant qu'on rentrera tard ou qu'on a passé une jolie nuit. De rage, de tristesse, il avait voulu déchirer la lettre mais il avait fini par faire exactement le contraire : la garder près de lui. J'étais émue, je l'avoue. Moi aussi, j'avais conservé parfois des reliques de mes anciennes amours, un tee-shirt, une photo, un bijou ou un porte-clés, qui signifiaient, je m'en rendais compte désormais, que ces histoires avaient été aussi insignifiantes que banales.

Le visage de Cédric s'est crispé, on aurait dit qu'un autre souvenir avait resurgi. Il a regardé par la fenêtre du café, comme s'il réfléchissait à ce qu'il s'autorisait à dire ou non. Il a fait craquer les articulations de ses doigts, puis a soufflé en fixant la table :

– Ses derniers mots… Ils ne sont pas très beaux.

Il a baissé un peu plus la tête, comme s'il cherchait à s'excuser. À s'excuser à la place de Florence.

Mon corps s'est figé. Je me suis rappelé la violence du testament de Marianne et me suis demandé si Florence avait pu faire pire que ça. Surtout, j'ai trouvé étrange que deux jeunes femmes qui ne se quittaient pas au lycée finissent par choisir de mourir de la même façon, avec la même colère visiblement, à plusieurs années d'intervalle.

J'ai demandé timidement :

– Est-ce que je pourrais la voir… la lettre ?

Cédric m'a souri, avec un air de reconnaissance, je ne sais pas pourquoi, sans doute parce qu'il espérait que ma lecture viendrait l'éclairer davantage sur le geste de Florence et peut-être même le dédouaner après tant d'années.

On a marché jusque chez lui en silence, on n'était pas vraiment sereins ni très à l'aise. Deux étrangers réunis par un drame, ça ne vaut pas complicité. Mais l'air frais m'a fait du bien, j'ai renversé la tête, menton au vent. Il était si rare ces derniers temps de me sentir légère.

Les murs de l'appartement de Cédric Goldman étaient remplis d'aquarelles, des bouquets de fleurs, des paysages, l'Inde, le Japon. C'était gai et coloré. Ça m'a surprise. Je m'étais attendue à pénétrer dans un studio sans charme, sans vie, reflet de la noirceur de son passé. Mais tout ici respirait le voyage et la joie. L'appartement était grand, aéré, lumineux. Il a saisi mon étonnement.

– Je peins, c'est mon passe-temps. Je peins tout ce qui me rend heureux, ça me change de mon job dans l'informatique qui n'est pas vraiment exaltant.

J'ai hoché la tête, trouvé que les coups de pinceau de ce garçon étaient fins et maîtrisés, et qu'il savait y faire à la fois en peinture et pour se sortir de la morosité.

Il avait planqué la lettre dans sa bibliothèque, dans *Le Grand Livre du DSI*, chapitre VII. C'était volontaire, a-t-il mentionné. Il avait choisi un tome qu'il n'ouvrait plus depuis des années, pour laisser la peine derrière lui ainsi que le trop-plein de questions qui l'accompagnaient.

Je me suis assise dans le sofa, un grand canapé d'angle entourant une table basse en verre sur laquelle trônaient des revues d'art. Et j'ai lu.

Paris, le 10 octobre 2010

À mes sœurs et aux autres.
À vivre inutilement,
On se tue.
Florence

J'ai déposé la lettre sur la table basse et senti le regard de Cédric Goldman sur moi. Il était impatient de connaître mon avis. Mais qu'aurais-je pu dire qui ne le blesse pas ? Pour être tout à fait honnête, je pensais que Florence avait dû perdre nombre de combats après le lycée pour en arriver à une telle extrémité, qu'il était absurde de penser que ce Cédric aurait pu faire le poids. Lui-même avait dû le sentir – bien trop sentimental pour être à la hauteur.

Mais en voyant ses yeux presque terrifiés, qui semblaient autopsier le moindre de mes gestes et de mes réactions, j'ai menti.

– Florence était dépressive depuis le lycée, ai-je dit.

– Ah oui ?

J'ai hoché la tête pour m'en convaincre moi-même.

– Pas grand-chose n'avait d'utilité à ses yeux. Ni les cours, ni ses amis. Ni la vie, vous le voyez bien. Vous n'y êtes pour rien.

J'ai vu des larmes perler au coin de ses yeux, elles disaient sa gratitude. J'ai attrapé *Le Grand Livre du DSI*, feuilleté l'ouvrage pour retrouver la page à laquelle il avait si longtemps conservé la lettre de Florence – parfois il vaut mieux que tout reste à sa place, même les choses qui n'existent plus. Une fleur séchée qui menaçait de se désintégrer s'est échappée du livre. En la ramassant sur le parquet, j'ai cru que mon cœur allait lâcher.

– C'est à vous ? ai-je demandé avec fébrilité.

C'était idiot. À qui d'autre ?

Il s'est assis dans le canapé, juste à côté de moi. J'ai eu peur de ce qu'il pourrait me faire, il se tenait si proche. Mais il a simplement saisi la fleur avec délicatesse pour ne pas qu'elle se désagrège et l'a replacée dans le livre.

– C'était avec la lettre. Florence savait à quel point j'aimais les fleurs… Je n'ai jamais pu me résoudre à la jeter.

Et sans savoir pourquoi, je me suis mise à pleurer. Cédric a pris ça pour du chagrin. Il m'a tapoté l'épaule maladroitement. Mais c'étaient des larmes de peur. Une certitude m'a serré la gorge, à m'en faire suffoquer : la certitude que Florence, comme Marianne, si toutes deux s'étaient réellement suicidées, avaient tenté de me dire quelque chose.

Entre les pages cornées du livre, Cédric a replacé la pensée qui s'en était échappée.

16

Chez moi, les nuits sont toujours hachées, trop courtes pour être réparatrices, trop sombres pour être inoffensives.

J'ai appris à composer avec. Je dis appris, parce qu'il faut du temps avant de ne plus se réveiller en apnée, ne plus penser que les images de la nuit ont réellement existé. Apprendre à tracer une certaine frontière du réel, et se dire que même si elle est floue ou approximative, au moins elle existe et vous protège.

Mes cauchemars sont revenus.

Ils sont peuplés de fragments de Marianne et de Florence, de leurs colères et de leurs démissions. Les images se dessinent plus ou moins nettes, mais, j'ignore pourquoi, elles nous confrontent toujours les unes aux autres.

J'ai l'habitude des nuits blanches, de celles qui vous hérissent le cœur. Les rêves qui s'imposent à moi ne sont jamais un aller simple pour quelques instants d'euphorie. Ils m'aspirent, et c'est ainsi depuis l'adolescence. Ils ne racontent jamais de belles histoires, ils ne m'inventent jamais d'autres vies que la mienne, ou alors une version bien plus trouble encore. Mon inconscient est un monstre qui se nourrit du sordide et de mes peurs ; et c'est sans doute la raison pour laquelle, chez moi, les heures de la nuit ne rattrapent jamais celles du jour.

Hier, j'ai rêvé que je revoyais Marianne. Nos retrouvailles n'avaient rien d'amical, rien d'accidentel non plus. Je la suivais, depuis l'université jusqu'aux rues médiévales du centre-ville de Poitiers où elle rejoignait des copines de fac dans un pub aux accents bien plus bretons qu'anglais. Ça buvait des bolées de cidre en s'érigeant en anarchistes. Ça promettait de changer le monde, non pas parce qu'il était malade mais plutôt parce qu'il tournait à l'envers, dans le sens des aiguilles des hommes et non des femmes. Dans mon rêve, Marianne avait vingt ans, avec le seul visage que je lui connaissais, celui des cadres photos de la maison de ses parents. Je les écoutais, planquée derrière un menu qui dégageait une odeur de frites et de bière mêlées. Marianne se taisait. Ses mains, agitées, indiquaient qu'elle aurait préféré ne pas être là.

– T'es pas d'accord ? lança l'une de ses acolytes.

– Hein ? sursauta Marianne.

– Pour notre slogan pro-avortement : « Pas d'ovaires, pas d'opinion. » C'est bien non ?

– Oui.

Elle avait dit oui comme elle aurait dit non, comme si leurs combats ne la concernaient pas. Ce oui sonnait comme un adieu, aux armes, à l'amitié et à l'envie, autant qu'il matérialisait une évidence : si Marianne ne voyait plus d'utilité à débattre, c'est qu'elle ne voyait plus d'utilité à rien.

Elle a quitté la table en prétextant une urgence familiale, je ne sais plus laquelle, un dîner sans doute, ou la visite d'un oncle. Elle est partie sans regrets, ses Vans balayant les trottoirs. J'ai couru après elle, j'ai couru pour arriver au portail avant elle. Dans mon rêve, j'avais retrouvé le souffle de mes vingt ans, je connaissais parfaitement les rues poitevines, les raccourcis et le temps qu'il fallait pour rentrer à pied. Dans mon rêve, j'avais toujours habité là.

Marianne ne s'est pas étonnée de me voir poireauter devant chez elle. C'était comme si elle m'avait vue la veille. Elle m'a lancé un sourire. Un sourire de vieux amants.

– Qu'est-ce que tu fais là ? a-t-elle lancé en poussant le portail, comme s'il était totalement logique que je sois là, dans cette ville où pourtant, à l'époque, je n'avais jamais mis les pieds.

– J'avais plus de nouvelles.

Elle a pris une moue étonnée. Elle s'est arrêtée dans l'allée, le temps que je me décide à la suivre, puis elle m'a invitée à entrer. La maison était vide. Je me souviens m'être demandé où se trouvaient ses parents. On est montées dans sa chambre. Elle ressemblait en tout point à celle que j'avais visitée à Guérande. Si ce n'était que sa mère était allongée sur le lit, avec un panneau « Sens interdit » sur la poitrine, et que son père buvait du cidre assis sur la moquette ; il nous a accueillies en levant son verre.

Marianne a sorti une marguerite séchée d'un bocal et l'a glissée dans ses cheveux.

– Appelle-moi Laura Ingalls, a-t-elle plaisanté.

– Idiote, va.

– Idiote ?

Le père s'est mis à rire, la mère a brandi une pancarte « Cul-de-sac », et j'ai pensé qu'elle cherchait à se dédouaner de la naïveté de sa fille.

Je me suis approchée lentement de Marianne.

– C'est vraiment la dernière image que tu souhaites que l'on garde de toi ? L'image d'une fille avec une marguerite coincée dans la queue-de-cheval ?

J'ai ôté la fleur de ses cheveux et soufflé sur les pétales qui se sont évanouis dans l'air. J'ai pris son visage dans les mains.

Derrière son oreille, j'ai glissé une pensée.

17

Je me suis réveillée en sursaut, en me demandant pourquoi mes cauchemars disaient toujours autant de mal de moi, pourquoi ils faisaient de moi cette jeune femme ambiguë, dont il fallait douter des intentions. Non pas que je me considère comme un modèle d'amie, mais je revendique certaines qualités : je ne suis pas de celles qui parlent dans le dos des autres et encore moins dans leur sillage. Je veux être de ces femmes qui vont au bout de leurs passions et ensuite, seulement, se montrent raisonnables ; et l'amitié, chez moi, n'est jamais exempte de tels voyages.

Mais je fantasme, évidemment. J'ai mal dormi, j'ai peu dormi, et je suis bien obligée de constater qu'il n'y a plus grand monde autour de moi aujourd'hui. Les seuls SMS que je reçois sont des messages agacés de mon éditeur qui s'impatiente de lire les premiers chapitres du roman que je n'ai toujours pas traduits. Le livre figure dans son programme de rentrée, il lui reste quatre mois pour le boucler et tout envoyer à l'imprimeur, alors forcément il panique de me voir si lente et si silencieuse. J'ai menti, j'ai promis que j'avançais, qu'on serait dans les temps, je lui ai rappelé que je n'en étais pas à ma première traduction. C'était ambitieux – je n'avais pas produit une ligne. Il s'est crispé de tant d'arrogance, a exigé de lire le premier chapitre au plus vite.

Les seules phrases que je posais sur papier étaient les hypothèses les plus probables entourant les morts de Florence et Marianne.

Depuis ma rencontre avec Cédric, j'avais le cœur en suspension. J'ignorais si la règle des trois qui depuis toujours ponctuait ma vie allait s'appliquer à Marianne, Florence et moi ; si j'étais la prochaine sur la liste.

La liste de qui d'ailleurs ?

J'ai attrapé une feuille et tenté, comme un flic le ferait, de dresser un état de la situation, en restant collée aux faits – ça cadenassait la peur :

1 – Mes deux meilleures amies du lycée sont mortes. Marianne en 1999. Florence en 2010.
2 – Elles ont chacune laissé une lettre.
3 – On a aussi retrouvé une pensée, ma fleur préférée.

Puis j'ai posé tous les éléments qui rationnellement éloignaient la menace :

1 – Leur mort remonte à loin.
2 – Nous n'étions plus en contact à l'époque.
3 – Ce sont des suicides, pas des meurtres.

J'ai souligné le mot « suicides » trois fois, ça m'a rassurée, suffisamment pour que je parvienne à me persuader que tout ça n'avait rien à voir avec moi, c'était juste une coïncidence malheureuse de la vie, un drame qui vous rappelle que votre quotidien monotone n'est pas si mal que ça. Et que le passé est surtout fait pour être laissé derrière soi, même dans tout ce qu'il a d'irréparable.

Marc a déboulé dans l'appartement au moment où je m'apprêtais à trouver le courage de me replonger dans le roman d'Ann Loman. Il s'est assis dans le canapé, a allumé une clope et parcouru la moquette des mains à la recherche d'un cendrier.

– Ça va mieux ? a-t-il demandé.

Il semblait réellement soucieux. Je l'ai rassuré. J'avais une insomnie derrière moi et deux Ibuprofène dans l'estomac, mais les douleurs, pour l'instant, se tenaient à carreau.

Il s'est levé, a posé sa paume sur mon front, comme on fait avec les enfants pour balayer les inquiétudes des adultes.

– Tu es tiède, c'est bien, s'est-il réjoui.

J'étais tiède et c'était bien, oui. C'était même la meilleure nouvelle de la journée et sans doute la meilleure chose qu'il pouvait m'arriver. J'ai ri, parce qu'on ne tue pas les gens tièdes, ça ne se pend pas non plus à une poutre, les gens tièdes, ça vit sans faire de vagues avec un 37,2 passe-partout, ça ne fait pas d'esclandres, ça ne laisse pas des messages de haine après soi, les gens tièdes, ça vit à plat, ça ne s'élève pas, ça ne se distingue pas, ou à peine, les gens tièdes.

Marc a ouvert la fenêtre pour cracher sa fumée dehors.

– Tu bosses ?

– J'essaie.

Il a regardé distraitement les feuilles raturées qui s'empilaient sur mon bureau, jusqu'à ce qu'il aperçoive celle que je venais de griffonner, avec les six points. Marc avait l'œil, un œil qui protège tout ce qui est plus petit que soi, plus fragile que soi. Il a saisi la feuille avec empressement.

– Qu'est-ce que c'est que ça ?

J'ai attrapé sa main pour lui piquer sa clope, j'ai tiré dessus à m'en arracher les poumons, et j'ai soufflé :

– Marianne et Florence sont mortes. Toutes les deux.

Il s'est approché, mi-ahuri mi-excité, priant, je le savais, pour que l'histoire que je m'apprêtais à lui raconter ait l'envergure de l'affaire Fruminet, ce tueur de femmes qui avait secoué la France pendant deux décennies. Il s'est tu, toute son attention tendue vers moi. C'était presque indécent cette euphorie dont il faisait preuve, mais c'était ainsi. Marc, je le savais, avait l'âme sale des guérisseurs, il se nourrissait de misère et de haut-le-cœur.

Quand j'ai terminé mon récit, il a paru déçu. Le suicide l'intéressait peu. Même deux coup sur coup. Trop familier sans doute.

Il est retourné près de la fenêtre, a rallumé une clope et s'est assis sur la rambarde en appuyant l'arrière de son crâne contre la façade.

– Tu ne trouves pas ça étrange ? ai-je demandé.

– Étrange ?

Il s'est massé la nuque avant de poursuivre.

– Ça prouve simplement que tu n'as pas beaucoup changé en trente ans. Tu as toujours aimé la compagnie des dépressifs… ou de ceux qui les soignent.

Je me suis avachie dans le canapé, il m'a rejointe et a posé sa tête sur mon épaule.

– J'aurais préféré un meurtre, a-t-il murmuré en faisant des ronds de fumée.

– Je sais, ai-je glissé en me calant à mon tour contre lui.

– Pour un meurtre, j'aurais passé la nuit ici.

– Je sais.

Ça m'a fait rire, et lui aussi. Marc et moi avions la passion des mots qui éviscèrent, nous raffolions des médisances qui souvent se mêlaient aux traits d'esprit. D'autres nous auraient trouvés sans compassion. Nous nous considérions avant tout comme des équilibristes du verbe, des affamés de pirouettes linguistiques. Ça rendait ceux qui nous écoutaient tantôt admiratifs, tantôt terrifiés. Et nous nous gaussions, et nous nous moquions ainsi de la mort et de ses chatouilles qui trop souvent, nous le savions aussi, nous paraissaient agréables.

Marc a filé de chez moi à la nuit tombée. Il aimait marcher dans les rues de Paris à la lumière des lampadaires et des néons des bars. Le noir comblait les blancs de son inspiration. C'est ce qu'il affirmait. Et ça valait aussi pour toutes les fois où je l'avais retrouvé statufié dans l'obscurité de son appartement. À chaque fois, il jurait être en pleine réflexion sur les thérapies de ses patients. Et moi j'ignorais les cadavres d'alcool fort qui mouraient sur le sol, et je faisais semblant d'y croire.

Une fois seule dans l'appartement, la peur est revenue, et avec, cette certitude que je passais à côté des choses et sans doute, dans le cas de Marianne et Florence, de quelque chose de plus vital encore. Mais mon cerveau était bien trop endolori par les médocs pour pousser l'analyse plus en amont. Les trous noirs, même minimes, surgissaient au quotidien. Ça ajoutait au supplice, et à cette sensation désagréable de partager mon corps avec une autre – celle que j'avais été et que j'étais incapable de retrouver.

Je me suis levée, j'ai attrapé une bière dans le frigo, en espérant que l'alcool vienne éteindre mes angoisses. Sans réfléchir, j'ai saisi la boîte à chaussures dans la bibliothèque. Je ne savais pas vraiment ce que je cherchais. Ces lettres, je les avais déjà lues et relues des dizaines de fois. Il n'y avait rien à en attendre de nouveau, je le savais bien. Malgré tout, je me suis installée dans le sofa, et je me suis plongée, une fois encore, dans les courriers de Marianne.

J'ai pris une lettre parmi les plus récentes, comme si ses derniers mots étaient forcément les plus fiables. J'avais l'estomac qui chavirait par endroits, trop de médocs. Trop de nœuds inconscients, dirait Marc, ou d'inconscience tout court, il était bien trop tard pour trancher.

La lettre datait du mois de novembre 1999. Les pensées de Marianne m'ont fait du bien. La légèreté de ses vingt-quatre ans aussi. Cette lettre pétillait de points d'exclamation enthousiastes quand elle parlait de Simon qui avait pris de ses nouvelles. Ça l'avait amusée car elle se doutait bien qu'en l'appelant, c'était surtout sur moi qu'il voulait en apprendre. Et puis il y avait ce garçon qui lui faisait du gringue, un peu sage à son goût, mais qu'elle se réjouissait de voir le week-end prochain. Il s'appelait Adam, elle aimait cette façon qu'il avait de porter son 501, avec nonchalance, sans oser pour autant s'afficher, comme les autres, avec des trous au niveau des genoux. Elle aimait ses longues jambes qui lui valaient le surnom de *Carl Lewis*, et la façon dont il récitait les poésies dans l'amphithéâtre, en focalisant son attention sur le mur tout au fond, pour ne pas se laisser perturber par les moqueries de ses camarades et la bouche de Marianne qui récitait après lui, tout bas, tout doux.

Elle avait fait long, comme à son habitude. Et joyeux aussi. Si joyeux. C'est là que mon cœur s'est arrêté, que l'incohérence s'est matérialisée. Cette lettre datait du 23 novembre, il en émanait un ton heureux, bien trop heureux pour une lettre datée du jour de sa mort.

18

14 avril 1991

Je veux foutre le camp ! Si je pouvais, je quitterais la maison demain, je demanderais à la mère de Marianne de m'adopter, même si c'est pas vraiment la fête avec elle non plus, mais c'est toujours mieux que de vivre avec maman.

Ma mère est folle. Ces derniers temps, elle déraille complètement. C'est la seule explication que je vois à son comportement, à ses beuveries, à ses « pas chassés » comme elle dit, et ça signifie qu'elle peut tout se permettre quand elle ne marche plus droit, et que Laura et moi, on n'a qu'à regarder ailleurs.

Ce soir, j'ai prétendu ne rien avoir entendu. C'est ce que je fais la plupart du temps. Je me tais, je fais comme si tout allait bien. Alors que tout va de traviole, évidemment. Alors que mon père est bien trop silencieux et que ma mère parle bien trop fort pour que tout soit normal dans cette maison.

Une mère, ça peut crier, mais ça n'insulte pas, si ? J'ai bien vu avec les autres, elles parlent tout bas, toujours un ton en dessous, tantôt pour ne pas déranger, tantôt pour consoler. Elles ont leur propre fréquence les mères, c'est à ça qu'on les reconnaît. Elles mentent un ton plus bas aussi, j'ai remarqué, pour dire que les choses vont s'arranger. Et toujours on les croit, parce qu'on s'imagine que si elles nous ont donné la vie, c'est forcément qu'elles doivent savoir où elle va. Un tour vieux comme le monde. Un truc qui s'explique pas.

Elles sont comme ça les mères, sauf la mienne. Depuis qu'elle s'est remise à parler, elle parle un ton trop haut. Quand elle récite ses textes classiques dans le jardin et qu'elle articule chaque syllabe. Quand elle engueule mon père qui n'a, dit-elle, même plus la force de faire semblant. Semblant de quoi d'ailleurs ? Parfois, je me demande. Est-ce qu'on peut faire semblant d'aimer quelqu'un, est-ce qu'on peut faire semblant d'aimer sa femme et ses enfants ?

Florence soutient que l'amour rend feignant et qu'à force, il rend même inélégant. Qu'on finit par se fuir d'une manière hypocrite, mais se fuir quand même. J'ai pas l'impression que Florence ait très envie de se marier. Elle a sans doute raison. Elle s'y connaît en amour, Florence : sa mère a eu trois maris, et sa grande sœur a déjà divorcé deux fois. Elle s'y connaît en hommes et en mariages qui foirent. Mais elle ne connaît pas ma mère. Enfin, pas vraiment.

À la maison c'est différent. Je crois que papa est toujours amoureux. Il raconte souvent qu'ils se sont embrassés pour la première fois après une partie de Bingo, et qu'il a épousé ma mère parce qu'elle avait les plus jolies mains du quartier, et que des mains d'une telle beauté ça devait forcément arborer un diamant.

Je ne sais pas si tous les hommes pensent comme lui.

Ou s'ils pensaient comme lui à l'époque.

Moi, j'ai des petites mains. J'ai les mains de mon père, petites et fines, des mains de comptable, des mains qui peuvent battre la musique à défaut d'en jouer. Et parfois je me demande si elles sont assez jolies pour que Simon ait envie d'y glisser les siennes, et peut-être un jour y glisser une alliance.

Je n'ai rien dit à Florence, elle me casserait mon coup. Elle irait voir Simon et elle lui balancerait qu'il n'a pas intérêt à m'approcher avec ses sales mains dégueulasses, que le lycée, c'est pas un marché à pucelles, que ce sont les filles qui choisissent et pas le contraire, qu'est-ce qu'il a cru, qu'il pouvait décider de mon sort alors que c'est juste un pauvre mec qui dans dix ans deviendra aussi gras que son père ? Elle est comme ça Florence. Elle ramène tout à la puissance des femmes et au physique.

Moi, je m'en fous un peu de l'apparence. Chez moi, ce sont les détails qui comptent, j'ai remarqué. Ce sont eux qui m'ont fait tomber amoureuse de Simon, je crois : la couleur de ses Vans (à carreaux rouges et blancs, la classe !), le grain de beauté sous son œil droit (no comment), la façon qu'il a de finir toutes ses phrases en disant « Tu crois pas ? » (à chaque fois je craque), sa manie de numéroter toutes les feuilles de son classeur (je crois qu'il a des TOC), sa voix, le grave de sa voix, le grave de sa voix quand il chante du Elton John (c'est ringard mais quand c'est lui, j'adore).

C'est important les détails. J'ai entendu maman dire à une de ses copines que quand l'amour s'en va, ce sont les petits gestes qui disparaissent les premiers, une main sur la hanche, un baiser dans la nuque, et que ce sont eux qui le plus rapidement aussi vous manquent. Je crois qu'elle ne nous aime plus. Elle n'a jamais un geste ni pour papa, ni pour moi, ni pour Laura.

Faut dire, dès qu'elle parle, ma sœur lui balance « Qu'est-ce qu'on en a à foutre ? » Et généralement, elle quitte la pièce en se foutant de ma mère qui lui crie de ne pas lui parler sur ce ton. Et moi, ça me terrifie. Parce que depuis quelques semaines, ma mère change de visage tous les soirs à la même heure, quand la porte de la chambre de ma sœur claque et qu'il ne reste plus qu'elle et moi en bas dans la maison.

Ce soir, elle s'est mise à vomir des insultes. Sur le coup, j'ai cru qu'il s'agissait des lignes d'un monologue qu'elle jouerait bientôt au théâtre, j'ai pensé à une bonne nouvelle : ma mère avait enfin décroché un rôle, ce putain de téléphone avait enfin sonné ! Alléluia ! Mais elle a tourné la tête vers le jardin dont les fleurs se dessèchent à vue d'œil, puis a viré zombie, comme ça, d'une seconde à l'autre, comme dans les films catastrophe dont raffole ma sœur où les héros, en un instant, sans qu'on sache bien pourquoi, se retrouvent aspergés d'hémoglobine. Maman a déversé tellement de bile que j'en ai pleuré. Elle m'a souri, elle m'a même attrapé le menton, j'ai cru que c'était fini, que le zombie était parti, mais elle a approché sa bouche tout près de mon visage et elle a murmuré « Monte dans ta chambre, je ne veux plus te voir avant demain », et ça voulait dire, je le sais très bien maintenant, « Casse-toi avant que je t'en colle une ».

19

Marianne ne s'est pas suicidée. J'en suis sûre à présent. Elle ne s'est pas pendue, comment aurait-elle pu ? Le jour de sa mort et les jours suivants, elle était bien trop occupée, elle avait rendez-vous avec Adam. Elle avait le cœur tendre, Marianne, pas un cœur féroce comme le mien qui avait rendu jusqu'à aujourd'hui mes histoires d'amour aussi éphémères que des flirts d'été, et mes amitiés incertaines, mais qui m'avait aussi permis, je le savais, de rester debout quand ma mère s'était évaporée, quand ma sœur avait pris la tangente, et quand mon père s'évertuait à ne lire en moi que les mauvais choix qu'il avait faits.

Marianne ne s'est pas suicidée, on ne se suicide pas quand on a vingt-quatre ans et qu'on aime un garçon tout doux qui s'appelle Adam. C'est une règle mathématique, aussi certaine qu'un théorème. On ne se trouve pas insignifiante, on ne hait pas les gens qui nous entourent quand on a vingt-quatre ans et qu'on s'apprête à embrasser un garçon aux longues jambes qui récite des poèmes. On a l'impression d'avoir le monde à ses pieds, la vie devant soi, d'être Miss Univers ou au moins la plus belle de l'université. On est intouchable, on est increvable. On n'enroule pas une corde au crochet du plafond, on n'abîme pas un cou qui s'apprête à recevoir des baisers. Non ?

J'ai marché jusqu'au balcon, le froid a effleuré mon visage, ça m'a fait tellement de bien que j'ai fermé les yeux pour en prolonger la sensation. J'ai épié les voisins à travers le dessin des fenêtres de leurs appartements, qui en faisaient, depuis mon poste d'observation, tantôt des comédiens tantôt des prisonniers. De nouveau, j'ai pris une feuille et listé les faits à ma disposition, avec les questions qu'ils charriaient avec eux :

1 – Si Marianne ne s'est pas suicidée, qui l'a tuée ? Et pourquoi ?
2 – Pourquoi a-t-on retrouvé des mots d'adieu similaires auprès des corps de Marianne et de Florence ?
3 – Pourquoi une pensée a-t-elle été laissée à chaque fois ? Lien avec moi ?
4 – Florence était-elle au courant de la mort de Marianne ?
5 – S'est-elle suicidée en suivant volontairement le même mode opératoire ?
6 – Ou bien Florence a-t-elle été tuée ? Par la même personne que Marianne ?
7 – Qui aurait pu leur en vouloir au point de les assassiner ?

Je me suis arrêtée là, pour ne pas avoir à réfléchir à la seule question qui réellement m'obsédait : « Suis-je en danger ? Serai-je la prochaine victime ? » Tout cela me terrifiait, sans doute parce que je creusais des questions sans réponses et des hypothèses fondées sur pas grand-chose.

Il avait pu se passer tant de choses entre le moment où Marianne m'avait écrit et le moment où on l'avait retrouvée morte. Peut-être était-elle sortie pour poster sa lettre, peut-être alors avait-elle vu Adam au bras d'une autre, peut-être que son monde s'était écroulé et avec, le futur qu'elle s'était imaginé, peut-être que ça avait suffi pour qu'elle nous haïsse tous et qu'elle se pende au plafond de sa chambre. Parce qu'on le sait bien, on se suicide aussi à vingt-quatre ans, quand la douleur est trop forte et qu'elle prend toute la place, quand on se sent trahie, pire, quand on se sent rejetée.

Mon raisonnement oscillait d'une certitude à son contraire. J'étais incapable de comprendre le mobile de Marianne. J'ai lâché sa lettre et réalisé que je savais si peu de choses. La seule vérité dans toute cette affaire était la suivante : deux jeunes femmes étaient mortes à onze ans d'intervalle, Marianne à vingt-quatre ans, Florence à trente-cinq, dans des circonstances similaires, elles étaient amies, elles étaient mes amies. Mais il y avait bien trop de blancs pour que je puisse, en l'état, avoir une idée précise et exacte de ce qui les avait amenées jusque-là.

Je pouvais bien réfléchir dans tous les sens, je ne réussirais qu'à créer des incohérences supplémentaires. Je perdais mon temps. D'autant que j'avais d'autres urgences. Mon éditeur m'avait laissé trois messages. Avant d'inventer des meurtres improbables, il faudrait peut-être que j'invente de meilleures excuses pour le faire patienter.

Je me suis assise à mon bureau. Je n'allais pas pouvoir l'éviter indéfiniment. Il fallait que je me colle à ce premier chapitre qu'il réclamait. J'ai ouvert un tiroir et sorti ma copie imprimée du roman de l'écrivaine anglaise que je conservais dans une pochette en cuir que m'avait offerte mon père. Les premières pages étaient toutes stabilotées et annotées, preuves de mon incapacité à me glisser dans son texte. C'était incompréhensible. J'avais traduit son premier opus sans jamais buter sur les mots, avec une facilité et une fluidité inouïes, comme si je l'avais écrit moi-même : il y avait une symbiose naturelle entre son écriture et la mienne, une affinité de sujets et de pensées qui faisait que le passage de l'anglais au français s'effectuait sans perdre cette poésie heurtée qui lui appartenait et cette mélancolie qui lui était si chère.

Jamais je n'avais éprouvé le besoin de la rencontrer pour la comprendre et c'était une aubaine pour son éditeur, et sans doute la raison pour laquelle il se montrait encore patient avec moi. Ann Loman, invisible aux yeux du monde, avait fait le succès de la maison, et en ce sens, j'étais aussi précieuse et aussi rare que l'auteure elle-même. L'éditeur le savait bien : me trouver une remplaçante, quelqu'un capable de travailler sans jamais recevoir plus de l'auteure que quelques mails lapidaires du genre « Débrouillez-vous, vous êtes payée pour ça, il me semble », serait bien plus fastidieux et aléatoire que d'avoir à gérer mes propres circonvolutions.

Il fallait que je rende quelque chose, même imparfait. Il fallait que je m'immerge pour de bon. Ann Loman avait appelé son roman *When the Night Falls*, et d'après ce que je comprenais du premier chapitre, elle cherchait à explorer les liens du mariage, quand l'amour se reporte sur les enfants, quand il faut encore trouver du sens à être deux, et tenter de ne pas reprocher à l'autre de vous avoir enfermée dans une vie sans splendeur. L'écriture était crue, la plume comme asséchée par cet amour perdu.

J'ai noté sur le manuscrit les doutes qui m'assaillaient au fil de la lecture, je ne voulais faire ni contresens ni interprétations hasardeuses. J'ai envoyé un mail à Ann Loman avec toutes ces questions et poursuivi mon travail sans attendre d'elle les éclaircissements qui, je le savais, avaient peu de chances de venir.

J'ai tourné les pages en soupirant, cela ne me ressemblait pas, mais je peinais trop pour y prendre du plaisir. J'ai continué pourtant, et à la page 15, mon cœur s'est serré. À l'intérieur du manuscrit, la tige coincée contre la reliure, se trouvait, ni séchée ni fanée, mais encore pleine de sève : une pensée. À côté d'elle, un bout de papier plié en deux, que je n'avais pas senti jusque-là. Je l'ai déplié. Il était tapé à l'ordinateur. J'ai cru défaillir quand j'ai lu :

À vous tous.
Ce monde odieux vous regarde.
À mon ultimatum, révélez les traîtres.

Aussitôt, la migraine est revenue. J'ai gémi et bientôt, je me suis tenu la tête à en hurler, j'aurais voulu la cogner contre le bureau, la découper en mille morceaux. J'ai titubé jusqu'à la cuisine, attrapé deux Ibuprofène, ma main a tremblé, les pilules sont tombées au sol, et alors que je me baissais pour les ramasser, mes jambes ont lâché, je me suis effondrée sur le carrelage froid, ma vue s'est brouillée et je me suis évanouie.

20

13 mai 1991

J'aime pas pleurer devant papa. D'habitude, j'arrive à éviter. Je m'enferme dans ma chambre ou dans les toilettes, ni vu ni connu, il voit pas grand-chose papa. Je ne sais pas s'il fait pas attention ou si ça ne l'intéresse pas. Souvent, quand ça chauffe avec Laura et que je viens me plaindre, il dit qu'il ne veut pas se mêler de nos affaires de filles. Ou alors il lâche : « Vois ça avec ta mère ! » Parce qu'il ne sait rien, papa. Il ne sait pas que c'est encore pire avec maman, que les affaires de filles, c'est bien pire que les affaires de garçons.

Mais maintenant il a découvert ce que maman pense de moi, parce que ce soir, il m'a trouvée au milieu de la nuit en pyjama et en larmes dans la penderie de Laura. J'avoue, c'est souvent que je squatte son placard en cachette. Je le fais depuis que je suis toute petite. Déjà quand on habitait à Paris, je me planquais quand ma sœur recevait ses copines. C'est comme ça que j'ai appris qu'elle prévoyait d'épouser un acteur américain et qu'elle quitterait la maison juste après le bac. Sauf que le bac c'est dans un mois, et j'ai pas l'impression qu'avec ses notes, ça la mène plus loin que Noisy-le-Roi. Je suis méchante mais c'est vrai, ma sœur est nulle en cours, sauf en maths (on n'a jamais compris pourquoi elle cartonnait là). Et puis elle a peut-être changé d'avis pour les USA.

Elle est comme ça, Laura, elle garde rarement la même opinion sur les choses plus de deux jours d'affilée. J'ai plein d'exemples : il y a les fringues qu'elle jette en les ayant à peine portées après avoir supplié maman de les acheter. Il y a les destinations pour les vacances qui, d'un été sur l'autre, sans qu'on sache bien pourquoi, se dévaluent à la vitesse de la livre turque. Et il y a les garçons, qu'elle aime puis qu'elle n'aime plus d'un jour sur l'autre, quand ce n'est pas en une après-midi.

La seule avec qui elle ne change jamais, c'est moi. Elle m'ordonne systématiquement de dégager – de sa chambre, de ses pattes, du téléphone, de la salle de bains, de la télé. Elle est comme ça Laura, je la gêne où que je sois. Si elle savait pour son placard, ou que je traîne souvent dans sa chambre quand elle n'est pas là, elle me tuerait.

Heureusement que c'est papa et pas elle qui m'a trouvée ce soir. Enfin, je ne sais pas si je devrais dire ça. Il faisait pas le fier. Il a cru que Laura m'avait fait du mal, mais c'était pas le cas. Oh, ça arrive des fois. Mais ça non plus, il le sait pas.

Il m'a dit d'arrêter de pleurer. Comme si ça suffisait pour arrêter !? Il m'a demandé si j'avais mal quelque part, au ventre, aux bras, aux jambes, et il est entré dans la penderie. Papa, avec son mètre quatre-vingt-dix, s'est cassé le dos et s'est assis en lotus face à moi. Surréaliste ! Mais ça a marché : j'étais tellement soufflée que je me suis arrêtée de pleurer.

J'ai cru que ça serait suffisant pour qu'il s'en aille. Il était au moins 1 heure du mat. Mais non, il est resté là, il a voulu savoir si c'était à cause de l'école, de mauvaises notes, de garçons ? Il a même pensé au voisin qui vient souvent traîner devant la maison pour m'emmener faire du roller et qu'il trouve louche. Il a pris mes mollets dans les mains pour les masser de haut en bas, parce que si c'était pas les garçons ni l'école, alors c'étaient forcément les mollets, et bizarrement ça m'a fait du bien. Je ne sais pas pourquoi, peut-être parce que cette nuit, c'était la première fois que mon père, qui n'a jamais pris le temps de me lire une histoire, de corriger mes devoirs, de m'emmener à la danse ou au dessin, s'intéressait à moi.

Alors j'ai tout déballé. Je lui ai raconté que j'étais entrée dans la cuisine quand maman était au téléphone, qu'elle avait raccroché et m'avait ordonné d'aller dans ma chambre, je me suis remise à pleurer, j'ai hésité à continuer, et papa m'a promis qu'il ne répéterait rien à maman, et j'ai su qu'il mentait évidemment, ça se voyait tellement, mais j'aime croire papa même quand il ment mal, alors j'ai poursuivi, je lui ai balancé ce que maman m'avait dit. Au mot près. Une phrase comme ça, ça ne s'oublie pas. Que les filles comme moi la rendaient malade, et que si je l'aimais je devais cacher ma laideur là où elle ne risquait pas de la voir.

Papa est resté stoïque. Longtemps. Je crois qu'il ne s'attendait pas à ça. Mais comme toujours, il a cherché des excuses à maman – elle est malheureuse, le malheur ça fait dire des choses affreuses qu'on ne pense pas, il ne faut pas l'écouter, c'est moi qu'elle déteste à travers toi, la prochaine fois, quand elle te parlera mal, il faudrait que tu imagines qu'elle parle à quelqu'un d'autre.

Il m'a fait promettre.

Alors j'ai promis.

21

Quand j'ai ouvert les yeux, j'étais dans mon lit, en chemise de nuit, avec la couette qui m'arrivait sous le menton. Sur la table de nuit, j'ai trouvé un grand verre d'eau et des médocs contre la migraine. J'avais chaud, j'étais bien, juste un peu déphasée. Marc m'avait-il retrouvée évanouie sur le carrelage et portée dans mon lit ? C'était bien son genre de prendre soin de moi et de disparaître. J'ai attrapé mon téléphone pour lui envoyer un message et j'ai écrit :

Merci pour cette nuit.

Il m'a répondu aussitôt.

???

Faut dire, hors contexte, mon SMS pouvait prêter à confusion. J'ai précisé :

Merci de m'avoir mise au lit. Et pour les médocs.

Il a répondu :

T'es bourrée ? C'était pas moi cette nuit. Je suis en consultation, je te rappelle.

J'ai lâché mon téléphone comme s'il m'avait brûlé la main. Si Marc ne m'avait pas transportée dans mon lit, qui l'avait fait ? Quelqu'un qui se trouvait toujours chez moi ? Au salon, où ? J'ai débranché ma lampe de chevet pour l'utiliser comme arme en cas de besoin. J'ai avancé dans le couloir sans bruit, les rideaux du salon étaient fermés – *Qui les avait fermés ? Je ne les ferme jamais* –, j'ai regardé derrière le canapé, sous mon bureau, dans les placards de la cuisine et de la salle de bains. Personne. J'ai vérifié si on avait laissé un mot sur la table basse, une note sous les magnets du frigo. Rien.

J'ai ouvert la fenêtre, ça puait la clope. Quelqu'un avait fumé chez moi. Quelqu'un qui fumait des clopes mentholées, j'ai reconnu l'odeur, mes parents fumaient ça à la maison quand j'étais plus jeune et qu'ils avaient des invités. Je déteste cette odeur, ça m'a toujours filé mal au cœur. J'ai continué de chercher.

J'ai crié « Il y a quelqu'un ? » ma lampe à la main, je me suis trouvée pathétique, je me suis trouvée courageuse, d'autres auraient déjà pris leurs jambes à leur cou et déguerpi.

J'étais à deux doigts d'aller voir le voisin pour lui demander s'il avait vu quelqu'un sortir de mon appartement – il vivait l'œil collé à la porte d'entrée –, mais je n'avais pas l'énergie de me coltiner ce vieux fou.

À nouveau, un pan entier d'une de mes nuits qui m'échappait. C'était épuisant, c'était usant d'arriver toujours après la fête.

J'avais tellement l'habitude de ne jamais me réveiller là où je m'endormais, de fermer les paupières sur une piste de danse et de les rouvrir dans le lit d'un inconnu, de m'effondrer au comptoir d'un bar et d'émerger en boule sur mon canapé. Mais c'était la première fois que je perdais connaissance chez moi et que quelqu'un, je le sentais, s'était immiscé dans mon intimité. C'est en réalisant cela, je crois, que la peur est revenue, et avec elle les images de la veille, d'avant ma perte de mémoire : la fleur, le mot coincé dans le manuscrit…

Je me suis ruée jusqu'à mon bureau. Le manuscrit n'était plus là. Quelqu'un l'avait pris. J'ai fouillé tous les tiroirs en espérant l'avoir rangé quelque part, la veille, avant de tanguer jusqu'à la cuisine. J'ai mis la pièce à sac, retourné tous les livres de la bibliothèque, comme si cela avait un sens que le manuscrit se cache derrière une pile de livres de poche. J'ai fait pareil avec les autres pièces de l'appartement, pas tant pour retrouver le texte, que je pouvais réimprimer mille fois si ça me chantait, mais pour remettre la main sur la fleur, sur le mot. La chambre, la salle de bains : rien. Le salon : j'ai vidé les meubles, dépouillé les revues de la table basse, soulevé les coussins du canapé – et c'est là que je l'ai trouvé, dans sa pochette en cuir, coincé dans un recoin.

Comment était-il arrivé là ? J'étais bien incapable de me le rappeler. J'ai feuilleté le texte, page par page, je l'ai secoué dans les airs : aucune trace de la pensée ni du mot. J'ai cherché sous le canapé, je l'ai même retourné pour explorer chaque centimètre carré. Rien. Les avais-je rangés ailleurs ? J'avais envie de m'arracher la tête, j'ai frappé de rage dans les coussins du canapé jusqu'à me faire mal. Puis j'ai saisi la pochette en cuir, et à nouveau, j'ai passé le texte au microscope – peut-être était-ce collé derrière une feuille. Mais la pensée n'était plus là. Le mot non plus. À la place, j'ai trouvé quelque chose de bien plus terrifiant encore.

Sur chacune des pages du premier chapitre du roman d'Ann Loman, j'ai trouvé les réponses à toutes les questions que j'avais notées, écrites au feutre noir, en pattes de mouche.

22

Je me suis mise à suffoquer – d'effroi, ou peut-être de n'avoir pas deviné plus tôt. J'ai attrapé un sac en papier dans le placard de l'entrée et je me suis mise à respirer dedans, comme les médecins me l'avaient conseillé quand la crise était trop forte et que je n'arrivais pas à calmer ma respiration avec les exercices qu'ils m'avaient montrés. J'ai respiré longtemps. Ça semble toujours long, non ?, quand on pense que l'on va mourir. C'est étrange comme le cerveau, parfois, refuse toute rationalité. Des crises de la sorte, j'en ai fait des centaines en vingt ans, plus ou moins longues, plus ou moins terrifiantes. Chaque fois, mon corps a fini par reprendre le dessus, par retrouver son calme et une respiration régulière, à défaut d'être tout à fait intuitive. Malgré cela, chaque fois la peur me fusille, chaque fois je suis certaine d'être en train d'y passer.

J'ai attendu d'enchaîner trois respirations calmes d'affilée pour enfin me lever et trouver le courage d'aller fouiller dans ma bibliothèque. J'ai ressorti ma boîte à chaussures et saisi les lettres de Simon Mesnil. J'avais peur d'avoir raison. J'étais terrifiée à l'idée d'avoir raison. Je me suis assise à mon bureau, j'ai posé les pages du premier chapitre d'Ann Loman face à moi, puis j'ai déplié les courriers de Simon et je les ai collés à côté des réponses qui avaient été apportées à mes questions. La même écriture en pattes de mouche, des *e* à peine lisibles, avalés par les consonnes, et des mots alignés comme des fantassins. Quelques différences aussi, évidemment, mais que l'on pouvait aisément attribuer au temps, à l'âge, à l'habitude qui se perd aujourd'hui d'utiliser un stylo.

Cela n'avait aucun sens, bien sûr. Comment Simon aurait-il pu se trouver dans mon appartement, pourquoi aurait-il disparu ensuite sans un mot, et surtout, comment pouvait-il répondre de façon aussi pertinente à mes interrogations sur le manuscrit d'une auteure dont il ignorait certainement tout ?

Cela n'avait aucun sens. Et pourtant… J'ai bondi de ma chaise, horrifiée à l'idée de ce que cela signifiait : Simon s'était introduit dans mon appartement, avec ou sans mon consentement – je n'en savais rien –, avec ou sans la clé – je n'en savais rien non plus. Il était reparti avec la fleur et le mot trouvés dans le manuscrit. Mot dont il était peut-être même l'auteur. Ça semblait délirant, mais les preuves étaient là, j'avais le droit d'avoir peur, j'avais même tous les droits, car Simon s'était senti assez sûr de lui pour laisser une trace évidente de son passage.

J'ai enfilé un pull, un jean, attrapé mon sac et mon manteau et quitté l'appartement en courant. Je n'étais plus en sécurité chez moi, je ne pouvais pas rester là. J'ai couru dans Paris comme un poulet sans tête, j'ai dévalé les rues jusqu'à la Seine et longé le fleuve recouvert de brume en ce matin d'hiver. Les quais étaient déserts et ça m'a fait du bien, comme si le danger s'éloignait. Paris était rassurant sur la gauche, avec la Maison de la radio qui s'érigeait, ronde et éternelle, et laide sur la droite, balafrée des pustules de

Beaugrenelle. J'ai pensé, ce n'était pas le moment, que j'avais toujours eu le cœur coupé en deux dans la ville lumière, éblouie par la pierre et troublée par ses incursions, souvent ratées, dans l'ère moderne. Paris la vieille, c'est ainsi que je l'appelais. Ce matin, elle portait bien son nom, tout était gris, tout était terne, les murs comme le ciel.

Un vélo m'a frôlée à toute allure, j'ai failli mettre un pied dans le caniveau rempli d'eau. Je me suis retournée, le cycliste avait disparu au loin, mais j'ai vu la vie qui déjà reprenait sur les rives, et l'angoisse est revenue. Je me suis mise à accélérer le pas sans raison, juste une peur panique, j'ai quitté les quais et je me suis empressée de rejoindre le seul endroit où j'imaginais me sentir en sécurité : chez Marc.

Depuis quelques années, Marc occupait un trois-pièces dans une rue perpendiculaire à l'avenue Marceau, un quartier de bureaux propice à lui fournir une clientèle en col blanc sous pression, heureuse de pouvoir déballer son sac entre midi et deux, et pas vraiment effrayée par les tarifs exorbitants des séances. Un trois-pièces doté de deux entrées indépendantes, l'une pour les amis, l'autre pour les patients.

Je suis arrivée essoufflée, j'ai sonné sans interruption jusqu'à ce que Marc déboule à la porte, passablement agacé. Il a paru stupéfait de me trouver là. Mais quand je me suis mise à pleurer, lui répétant qu'on voulait me tuer, que j'étais la prochaine sur la liste, il m'a prise très au sérieux. Il m'a entraînée dans son salon, m'a ordonné de l'attendre un instant, le temps qu'il finisse avec son patient qui attendait dans la pièce d'à-côté.

Je lui ai piqué une cigarette ; chez Marc il y a toujours un paquet qui traîne quelque part. Il aime fumer, il aime l'odeur, il aime le geste. J'ai contemplé les œuvres qui s'étalaient partout sur les murs – de l'art contemporain, urbain, des tôles froissées, des peintures abstraites dans les tons jaunes et bleus, mais aussi des photos en surimpression de femmes d'une autre époque, en costumes raffinés, dotées de coiffes et de bijoux dorés. Marc est réapparu alors que j'écrasais ma clope dans un cendrier art déco qui prenait toute la place sur le meuble de l'entrée. Il a vu mes larmes, il n'a pas supporté. Il s'est approché, il m'a enlacée et il a dit : « Tu me fais quoi, là, Alice ? » J'ai bien vu qu'il s'inquiétait.

Il m'a servi un grand verre d'eau, il m'a assise à ses côtés dans le canapé, et, comme il sait si bien faire, il m'a fait parler. J'ai raconté le manuscrit, la fleur, le mot, la migraine, le black-out, le réveil, la fleur disparue, le mot disparu, l'écriture de Simon, la présence de Simon, la menace de Simon. Il m'a caressé les cheveux, il m'a étreinte, c'était tendre, c'était délicat, il n'a pas dit que j'étais folle, que je me faisais des idées, il a juste séché mes larmes du bout des doigts et il s'est tu. Ça m'a fait du bien, d'avoir un allié et presque une armure, ça m'a fait du bien et c'est peut-être pour ça que sans réfléchir je l'ai embrassé, que mes mains ont soulevé son tee-shirt et se sont posées sur sa peau, que son corps surpris a finalement répondu au mien, que ses mains ont griffé mes hanches et caressé mes seins, que sa bouche a dévoré mon cou, qu'il m'a entraînée dans sa chambre, qu'il a fermé les rideaux et qu'il m'a fait l'amour avec l'impatience d'un amant qui a attendu trop longtemps.

23

16 juin 1991

J'ai la main qui tremble, je ne sais pas si ce que je vais écrire ce soir sera très lisible. Mais il faut bien que je le note quelque part. Il faut bien que je raconte ce qu'il s'est passé aujourd'hui, pour ne pas oublier, pour ne jamais lui pardonner. J'ai peur que demain au lycée les gens devinent, j'ai peur que ça se voie que ma mère s'essuie les pieds sur moi et que je suis assez conne, ou trop peureuse, je ne sais pas, pour ne pas riposter.

Elle dit qu'elle a ses raisons, qu'il ne faut pas l'approcher quand elle est contrariée, quand les mecs du théâtre l'appellent pour lui annoncer que le rôle lui est passé sous le nez ; que je suis assez grande pour comprendre. Elle dit ça en clopant, parce qu'elle est convaincue que la nicotine densifie le grain de sa voix. Mais ça lui fait surtout une tronche de sorcière alcoolique.

Elle m'a jeté le téléphone à la figure, comme ça, vlan !, alors que je revenais du collège, alors que je venais juste de franchir la porte de la maison. J'ai esquivé, il s'est fracassé contre le mur. J'étais médusée. J'ai compris tout de suite ce que ça signifiait : jusqu'à ce qu'on en achète un nouveau, je serai coupée du monde et de mes amies. On a qu'un seul téléphone à la maison, et cette après-midi, il gisait en lambeaux à mes pieds.

Ma mère a gueulé : « Ramasse ! Et jette-le ! Je ne veux plus voir un seul téléphone dans cette foutue maison. À quoi ça sert si c'est pour apprendre de mauvaises nouvelles ? On vivra bien mieux sans. »

Je me suis enfermée dans le sauna du sous-sol avec les morceaux du téléphone mort. J'ai essayé de le réparer. La vache, j'aurais dû mieux suivre les cours de techno. J'ai même pas réussi à emboîter deux morceaux. Plus rien ne fonctionne. Ni les voyants, ni la sonnerie.

Mais c'est pas le pire. Le pire, c'est quand je suis remontée à l'étage. Ma mère a exigé que je lui brosse les cheveux, et sans attendre ma réponse, elle est allée s'asseoir dans le canapé du salon et m'a tendu la brosse. C'était un piège, évidemment. Elle attendait que je lui tire les cheveux pour pouvoir se venger sur moi, pour pouvoir rendre les coups qu'elle aurait reçus. Et c'est arrivé, bien sûr. Elle a fait en sorte que ça arrive.

Elle s'est penchée en avant, d'un coup, sans que j'y sois préparée et la brosse s'est emmêlée dans ses cheveux, elle a beuglé de douleur, elle en a fait des caisses, elle m'a attrapée la main, m'a tordu le poignet, j'ai hurlé de douleur moi aussi, mais pour de vrai, elle m'a forcée à m'accroupir sur le tapis du salon, elle a tendu sa jambe droit devant elle et elle m'a enfoncé son talon aiguille de douze centimètres dans le bide. Je l'ai suppliée d'arrêter, j'ai pleuré, elle a dit « Tais-toi ! » et elle a continué à me tordre le poignet à me le déboîter. J'ai failli m'évanouir. Je ne sentais même plus son pied qui dévissait mes intestins, qui pilonnait mon nombril et mes côtes. Mais je sais qu'elle l'a fait, parce que j'ai des bleus partout sur le ventre, jusqu'au sternum, et que ça fait un mal de chien dès que je bouge ou que je respire.

Je ne sais plus ce qui a fait qu'elle a fini par arrêter. Son Rimmel je crois. Oui, elle avait du Rimmel sur les doigts, il avait coulé après qu'elle a pleuré. Elle a bondi du canapé pour aller se démaquiller. Une actrice, ça n'a pas le droit de se laisser aller, ça n'a pas le droit d'avoir du rouge au bord des lèvres et du Rimmel au bord des cils. Mais franchement, qu'est-ce qu'on s'en fout ? Et tabasser sa fille, c'est pas se laisser aller ?

Je ne peux même pas le raconter à papa. Il lui trouvera encore des excuses. Ça ne changera rien, rien du tout, et maman me traitera de sale cafteuse, et elle s'en servira pour se venger sur moi. Je peux encore moins en parler à Laura. Elle me croira jamais, et de toute façon elle s'en fout.

Il faut juste que je trouve de nouvelles planques à la maison. Pour quand je rentre du lycée, en attendant le retour de papa. Parce que je sais une chose maintenant, c'est qu'une fille aussi laide que moi ne peut pas courir le risque de se présenter seule devant sa mère.

24

On s'est tenu à distance comme deux ados, en remontant un bout de couette jusqu'au cou, comme s'il y avait encore quelque chose à cacher. J'ai eu peur que Marc ne dise « C'était bien », je déteste cette phrase, je ne sais jamais quoi répondre, faut-il dire merci ? Mais il s'est levé, gêné, en cachant ses fesses avec ses mains, il a enfilé un pantalon, une chemise propre et il a glissé : « J'ai un patient à 14 heures. » J'ai cru qu'il me mettait dehors, ça m'a filé un coup. J'avais bien trop peur de rentrer chez moi. J'ai demandé : « Ça te dérange si je reste ? » Il est venu s'asseoir sur le lit, tout près de moi, il a pris mes mains dans les siennes, il les a embrassées puis il m'a soufflé à l'oreille : « Tant que tu n'écoutes pas aux portes, tu peux rester. » Ça a détendu l'atmosphère, ça a balayé la gêne.

J'ai pris une douche pour chasser les questions qui me ramenaient forcément à ce que nous venions de faire lui et moi. Était-ce un moment d'égarement, de détresse, de passion ? J'étais incapable d'y répondre, et bien incapable, en cet instant, d'explorer la profondeur de mes sentiments. Simon prenait toute la place. La crainte de Simon prenait toute la place. J'ai passé l'après-midi sur le canapé de Marc, sans bouger. Je ne pouvais pas aller voir les flics : il n'y avait ni infraction ni violence avérée. Et le message qui jetait le trouble sur les suicides de Marianne et Florence avait disparu. La police ne ferait rien pour moi ; elle ne prendrait jamais la peine de venir inspecter l'appartement, je le savais bien.

Sans le mot ou la fleur, la menace n'existait pas. Les flics diraient : « Vous voulez qu'on arrête un homme qui vous aurait retrouvée évanouie au milieu de la cuisine, vous aurait transportée dans votre lit, vous aurait soignée, pour finalement résoudre vos petits ennuis de traduction en annotant un manuscrit que vous devez rendre impérativement à votre éditeur, c'est bien ça ? »

C'était inaudible.

J'ai fini le paquet de cigarettes qui traînait, la pièce était blanche de fumée, elle puait la nicotine. Ça m'a filé la nausée. Je fume rarement, je n'aime ni l'odeur ni le goût du tabac dans la bouche. J'ai ouvert les fenêtres et c'est là, en distinguant les gens qui marchaient dans la rue, tout en bas, que j'ai réalisé qu'il allait bien falloir que je me mêle à la foule moi aussi, que je retrouve ma vie, que je ne me laisse ni écraser ni paralyser par la trouille.

Une fille sensée aurait sans doute investi dans une porte blindée ou changé la serrure. Elle se serait rappelé qu'il n'est jamais bon de remuer le passé, surtout quand tous vos souvenirs vous ont échappé. Mais je ne suis pas une fille sensée. Mon père vous le dirait : trop entière pour être cohérente et trop éprise de fiction pour être raisonnée. Surtout, je sais qu'il est toujours préférable de lutter contre un danger auquel on a donné un visage et un nom, plutôt que de vivre sous le coup d'une menace diffuse, dont on redoute qu'elle frappe n'importe quand et n'importe où. Alors j'ai commis l'erreur habituelle pour une fille de mon genre : je me suis jetée dans la gueule du loup.

J'ai appelé Simon.

Remonter sa piste avait été d'une simplicité troublante. Il avait laissé son e-mail et le détail de son parcours scolaire en libre accès sur le site *Copains d'avant*. Je l'ai ferré en trois clics. Il m'a répondu dans l'heure, un message plutôt neutre : « Alice, ça alors ! Ça fait quoi, trente ans ?! Tu deviens quoi ? »

L'air de rien. Malin.

Je l'ai imité, j'ai menti. Prétendu que j'étais tombée par hasard sur son profil, que ça m'avait rappelé le lycée, la douceur de ces années, ça a semblé lui plaire. Il a gagné en emphase, il trouvait ça dingue de retomber l'un sur l'autre comme ça sur Internet, il a voulu connaître tous les détails, il a voulu me voir. J'ai dit oui. Il a proposé le soir même.

J'ai hésité à en parler à Marc, à lui laisser un mot pour lui préciser où j'allais et qui j'allais voir. Je savais qu'il ne comprendrait pas. Il m'empêcherait d'y aller. Il me rappellerait, à juste titre, que j'avais débarqué chez lui le matin même en hurlant que cet homme voulait me tuer.

Cette fois-ci, il dirait que j'ai vraiment perdu la boule, une phrase qu'il n'est jamais agréable ni rassurant d'entendre dans la bouche d'un psy. Alors j'ai simplement laissé un Post-it sur la table basse :

Je dois rentrer, je t'appelle.

Et je suis partie.

25

Simon m'avait donné rendez-vous dans un rade du 20ᵉ arrondissement. J'ai traversé Paris en métro, Paris-bondé, Paris-pressé, mes vêtements sentaient l'odeur de Marc, ça m'a fait bizarre. Et encore plus bizarre d'aimer ça, cette odeur de cèdre que je ne lui connaissais pas. J'ai approché du café, plus vraiment sûre de ce que je venais chercher, mais c'est normal, non ?, d'hésiter par moments à s'enfoncer dans la connerie. J'espérais quoi ? Qu'il allait tout balancer comme ça ? M'annoncer qu'il s'était introduit chez moi, qu'il aimait cueillir des pensées à l'attention des jeunes femmes qu'il prévoyait de tuer ? C'était tellement naïf de croire que, dans ces retrouvailles, j'avais un coup d'avance.

Le café ressemblait à un *diner* américain aux accents cubains. Ça appelait à la révolution sur les murs, à coups de slogans prolétaires tantôt trotskistes (« Le socialisme ou la barbarie »), tantôt altermondialistes (« Le monde n'est pas une marchandise »). Les habitués jouaient aux cartes et lisaient la presse, éparpillés aux quatre coins du bar. Simon attendait là, assis sur une banquette en Skaï, les coudes posés sur une table en inox et les mains caressant une barbe naissante. Il portait un col roulé bleu nuit et un jean assorti. Il a rabattu une mèche trop longue qui lui chatouillait les sourcils. Il était élégant. De près, il était même séduisant. Ça m'a fait frémir de me dire qu'il portait la beauté du diable et sans doute les mêmes aspirations.

Il semblait heureux de me retrouver. J'ai essayé de me réjouir moi aussi, pour ne pas le laisser jouer tout seul à la biche et au chasseur. C'était difficile, et perturbant : de ne pas le reconnaître, de ne pas réussir à décrypter ce sourire qui ne le quittait pas. Je n'avais pas de mal à imaginer que j'aie pu aimer cet homme à quinze ans. Son nez fin, ses mains délicates, sa voix grave et posée. C'est suffisant à l'adolescence. Et tandis que mes yeux détaillaient le moindre de ses gestes pour me faire une idée, déterminer s'il avait davantage la gueule d'un premier amour ou d'un meurtrier, j'ai aperçu sa jambe qui tressautait. Stress, impatience ? L'émotion de se retrouver face à moi ou celle de m'avoir prise dans ses filets ?

Mon cœur ignorait encore de quel côté flancher. Je cédais à l'émotion de me retrouver face au premier homme que j'avais aimé, de réaliser qu'il avait dû être très beau plus jeune, et qu'une fille comme moi avait pu plaire à un homme comme lui. Mais à chaque geste de sa part, à chaque regard un peu trop en biais, à chaque avancée de sa main un peu trop vers moi ou quand son genou sautillait, la terreur se diffusait. Et avec, la certitude d'être en danger.

Il s'est excusé pour l'allure générale du bistro, tout en précisant qu'on y faisait les meilleurs mojitos de la capitale à des prix tellement attractifs qu'il était possible de boire jusqu'au bout de la nuit.

C'était si explicite que j'ai un moment hésité à croire à ses intentions : comptait-il me saouler pour me tuer plus facilement ensuite ? Avait-il une fiole de GHB toute prête dans le sac à dos accroché à sa chaise ? Je brûlais d'envie de lui ordonner de vider son sac sur la table. Au même moment où je réfléchissais à la manière de m'extirper de ce traquenard, une part de moi refusait ce scénario de polar trop évident. Les assassins de femmes arboraient-ils un tel sourire aux lèvres avant de commettre un forfait ? Mon imagination ne s'emballait-elle pas ?

Simon a fait un signe discret au serveur. J'étais à peine arrivée que je buvais déjà. Il a loué mon teint, ma taille, mes mains : toutes les parties du corps qui vous permettent de complimenter une femme en passant pour un gentleman. Il est passé du mojito au whisky, a fait grincer ses dents contre le verre, et je n'ai pas su si ça signalait une tentative de séduction ou plus primitivement la marque de son désir. Un haut-le-cœur a manqué de me faire recracher une gorgée dans mon verre. La soirée prenait une tournure indigeste.

J'étais là pour qu'il avoue et il se contentait de me dévisager avec un air béat. Il attendait. Il attendait quoi, je ne sais pas, mais il attendait. Alors j'ai pris les rênes du rendez-vous, j'ai demandé : « C'est fou non d'être là ? », il a répondu « C'est fou, oui ». J'ai plongé dans mon mojito puis j'ai glissé : « Si Marianne et Florence nous voyaient, elles n'en reviendraient pas. » Et cette fois-ci, c'est moi qui ai attendu. Un frémissement, un œil qui vrille, un rictus de culpabilité, n'importe quel geste ou attitude qui viendrait confirmer mes soupçons. Mais il n'a pas cillé, il a juste continué de sourire, sans doute pour ne pas dévoiler ses intentions, ne pas faire fuir sa prise.

À ce jeu-là, au grand numéro des illusions, il était bien plus fort que moi. Il maintenait sa jambe au repos désormais, il avait pris de l'assurance, il s'adressait à moi tout en maîtrise, et tandis qu'il parlait, il s'arrangeait pour ne rien dire. Du grand art !

Alors j'ai fait la seule chose qui me semblait pouvoir déstabiliser un ancien amoureux, je me suis penchée sur la table et je l'ai embrassé. Quand je vous dis : la gueule du loup.

J'ai cru que Simon allait s'étouffer. Il s'est mis à tousser comme s'il avait avalé de travers. Puis il a vidé son verre d'un trait, demandé l'addition, il a attrapé ma main et son sac à dos et nous a jetés dans la rue. On a marché un long moment sans qu'il ne dise un mot ni qu'il ne lâche ma main. J'ai cru qu'il m'emmenait chez lui mais il s'est arrêté à mi-chemin. Il a caressé mon visage et passé son index sur ma bouche. J'ai eu peur qu'il ne s'agisse du premier geste d'un meurtrier, qu'après la bouche, il attrape mon cou.

– T'as pas changé, m'a-t-il soufflé.

J'ai regardé autour de moi, la rue était vide. Aucun passant. J'ai fait un pas de côté, et pour ne pas l'alerter, pour ne pas le forcer à précipiter une attaque, j'ai tenté un trait d'humour.

– J'ai pris trente ans tout de même, ai-je lancé avec toute la décontraction qu'il m'était possible en cet instant.

– Et pourtant, tu continues d'agir comme une adolescente.

Je me suis mise à rire, du délire dans lequel je m'enfonçais, et pour éloigner l'odeur de la peur. Ça aurait pu l'exciter. Il était encore temps d'arrêter tout ça et de vite décamper. Mais je me suis approchée et, tout près de ses lèvres, des crocs du loup, j'ai soufflé : « Quelque chose me dit que tu aimes ça. »

Le danger me rendait arrogante et bien trop sûre de moi. Ce n'était pas la première fois.

Il a souri, ce sourire décidément, puis il m'a collée énergiquement à son torse avant de m'embrasser. C'était un combat plus qu'une danse. J'avais envie de fuir, mais il aurait fallu y penser plus tôt.

Il m'a repris la main et m'a entraînée de nouveau, comme si ce baiser était une escale tout à fait attendue dans le voyage de nos retrouvailles – ou de mon exécution –, comme la confirmation de la destination vers laquelle nous nous dirigions.

– À l'époque tu voulais toujours que je t'embrasse en t'attrapant par la nuque, a-t-il glissé tendrement.

– Ah oui ?

J'ai feint de paraître intéressée, mais j'ai lu la menace derrière la moquerie. Combien de nuques avait-il attrapées puis brisées ? Était-ce sa façon de jouer avec ses victimes, d'annoncer la couleur sans qu'elles ne le devinent ?

– Tu m'interdisais de te toucher le dos et encore moins les hanches, je n'ai jamais compris pourquoi, a-t-il ajouté.

J'ai joué la légèreté :

– Les adolescentes et leurs lubies…

Et ça a suffi pour clore le sujet. Simon vibrionnait, ses souvenirs prenaient toute la place. Il n'avait clairement rien oublié, ni de moi, ni de nous – contrairement à moi. Et alors qu'il m'entraînait chez lui sans que je trouve à y redire, j'ai su que j'avais commis une erreur de ne pas prévenir Marc. J'avais surestimé mes forces et il était trop tard désormais pour empêcher la catastrophe de se produire.

26

Je fixais l'abat-jour suspendu au plafond qui formait une bulle rétro dont les ombres semblaient me tenir prisonnière. Je fixais plus exactement le crochet vissé au plafond, comme ceux auxquels avaient été pendus les corps de Marianne et Florence. En toute logique, à cette heure-ci – 2 h 36 du matin –, j'aurais dû avoir les jambes qui pendaient au-dessus du lit. Ou bien mon corps rapatrié dans mon appartement, pour rendre la thèse du suicide vraisemblable. À la place, j'étais allongée, totalement nue, dans le *King size* de Simon qui s'était assoupi, une main sur ma hanche. J'étais vivante. Il y avait de quoi se créer des nœuds au cerveau.

J'ai repoussé les draps en lin du bout des pieds, perplexe et consternée. Tout était si délicat dans cette chambre – délicat et inoffensif : les murs taupe, le jeu des matières, le tapis crème, les rideaux gris. Mes vêtements étaient consciencieusement pliés sur le rebord d'un fauteuil en osier. De la pièce sourdait une élégance feutrée et ça me laissait dubitative.

Depuis qu'on était arrivés chez lui, il s'était conduit comme le dernier des romantiques. Il avait sorti son meilleur whisky, du rare, du cher, et je le soupçonnais d'avoir besoin de quelques verres supplémentaires avant d'oser *passer à l'acte*. Il a bu, longtemps, en reparlant du bon vieux temps, ou tout du moins de son bon vieux temps à lui puisqu'il ne restait rien du mien. J'ai joué le jeu, sans vider mon verre pour ne pas m'abîmer un peu plus dans le trouble de ma mémoire, lui rendre les choses plus faciles.

Je ne quittais pas ses mains des yeux. Ni quand il évoquait nos années lycée, ni quand il se levait pour aller fumer à la fenêtre, ni quand il se resservait un verre. J'attendais le moment où il finirait par approcher un peu trop, se montrer insistant, quand la menace poindrait. Peut-être un somnifère versé discrètement dans mon verre. Peut-être une tentative d'étranglement subite et brutale, qu'il dissimulerait ensuite avec un simulacre de pendaison. Il avait forcément tout calculé, et moi j'observais ses mains, comme si c'était suffisant pour parer l'attaque, pour prendre le dessus quand il fondrait sur moi.

J'ai attendu qu'il détourne un instant les yeux pour débrancher discrètement la lampe qui trônait près du canapé. Son pied formait une branche d'épines en bois, ce serait utile si j'avais à me défendre, je pouvais le lui planter dans l'œil, dans la gorge ou dans la cuisse. J'étais terrifiée, je dois l'avouer, et pourtant je restais sagement assise dans le sofa. Sans doute parce que j'étais incapable de me résoudre à quitter les lieux sans le scalp du coupable. Sans doute aussi parce qu'il continuait d'agir sans jamais se montrer hostile, et sans quitter ce sourire dont le charme à force, je devais bien l'avouer, finissait par agir. M'étais-je trompée quand j'avais associé l'écriture des messages à celle de Simon ? Avais-je faux sur toute la ligne ?

Je le regardais avec des yeux méfiants et le cœur d'une adolescente, c'était antinomique et presque schizophrénique. Mais le passé a cette force de vous faire croire que les premières amours sont forcément timides et inoffensives. La confusion des genres, une nouvelle fois, m'empêchait d'être pleinement sur mes gardes et totalement objective. Il était évident qu'au-delà du visage d'un assassin, j'étais d'abord venue chercher des réponses sur moi, prête à flirter avec le danger si cela pouvait provoquer un choc, une révélation, la fin de mon amnésie transitoire.

J'étais désespérée, et sans doute pour cette raison j'étais inconsciente et affamée, je voulais qu'il ravive les instants perdus, les émotions d'une jeunesse qui s'était étiolée bien trop vite. Cela me rendait vulnérable, je le savais. Et tandis qu'il continuait de vider la bouteille de bourbon sans rien entreprendre d'autre, apparemment, j'ai compris qu'une seule ouverture s'offrait à moi : attendre qu'il s'endorme pour aller fouiller, enfin, son appartement. Y retrouver notamment ce mot qu'il avait dérobé chez moi, avec la fleur qui l'accompagnait. Mais encore fallait-il que rien de fatal ne soit arrivé avant ça.

C'est là, je crois, que j'ai pris ma décision : risquer le tout pour le tout, le prendre à son propre jeu.

Je l'ai rejoint à la fenêtre. J'ai attrapé son verre, je l'ai vidé d'un trait, façon Actor Studio. Il a respiré fort. Je l'ai embrassé. J'ai essayé de ne pas penser à Marc ni à la bêtise que j'étais en train de faire. J'ai essayé de ne garder en tête que le plan, rien que le plan – se persuader d'agir pour le mieux, d'œuvrer à ma libération. Il m'a entraînée dans sa chambre, ému – ça se voyait à ses mains qui hésitaient sur ma peau, restaient à la lisière de l'intime. *Ne pas montrer mon dégoût, ne pas montrer ma peur, corps mécanique, je sais faire et depuis longtemps.*

Il était presque saoul. Il s'est endormi juste après. Il a cherché ma main, je me suis écartée. Et j'ai attendu que le sommeil l'emporte. Il était 2 h 36.

Je me suis habillée et je suis sortie de la chambre. J'ai traversé un long couloir sombre, comme un tunnel qui relierait l'enfer au paradis, et retrouvé son salon moderne et épuré, bien plus solaire que le reste. Il était 2 h 36 et j'étais plantée là, sur un tapis mongol, la lampe torche de mon portable allumée, en quête d'une fleur fanée et d'une feuille A4. Folie.

Où chercher ? Une bibliothèque occupait tout un mur, du sol au plafond ; il devait bien y avoir mille livres là-dedans et tout autant de planques possibles. J'avais une poignée d'heures devant moi pour trouver une aiguille dans une meule de foin. C'était peu, c'était illusoire – à l'image de toute cette histoire.

J'ai pensé foutre le camp, mais j'aurais entrepris tout ça pour rien. Alors j'ai ouvert les tiroirs de son bureau, un meuble en bois clair et aux bouts arrondis. Le bureau d'Henri Miller, racheté par un grand réalisateur français puis par lui, m'avait raconté Simon. Il s'était vanté de l'avoir déniché dans une galerie d'art après la mort du réalisateur, et négocié sous les dix mille. Le bureau d'une légende mais dont les tiroirs n'abritaient aucun mystère. En somme, inutile. J'ai secoué les papiers, ouvert les dossiers, fouillé la housse de son ordinateur portable. Puis les poches de son manteau qu'il avait laissé dans l'entrée, l'intérieur des chaussures de la penderie – je cache bien mes bijoux dans mes collants. J'ai soulevé les pans du tapis, et même les coussins du sofa, quand je l'ai aperçu soudain, planté au milieu du salon, en caleçon, blême devant le spectacle que je lui offrais.

– Mais tu fais quoi, là ?!

J'ai pensé mentir, pas sûr que ça passe. Face à l'échec du plan, il semblait difficile de repousser l'heure de la confrontation.

J'ai lâché :

– Je cherche ce que tu m'as volé. Le mot et la fleur. Rends-les-moi.

– Quoi ?

Il s'est dirigé vers moi. J'ai reculé de plusieurs pas, vers l'entrée, vers la porte. Il s'en est aperçu. Il a bien vu que quelque chose clochait, que j'étais prête à détaler.

– Qu'est-ce qui se passe ? Je te fais peur ?

– Rends-moi le mot, je te dis.

– Quel mot ? Putain, Alice, de quoi tu parles ?!

Il a avancé encore un peu vers moi, et la panique m'a submergée. J'ai couru vers la porte, lui courant après moi, plus vite. Il m'a attrapé le bras, j'ai crié aussi fort que je pouvais dans les aigus. Il m'a saisi les deux bras, m'a ordonné d'arrêter de hurler. Je suppliais, je mendiais, il n'arriverait pas à faire comme avec les autres, à me pendre au plafond, ma nuque était plus solide que celle de Marianne et de Florence. Il m'a lâchée – rejetée serait plus juste. Il était livide.

– Qu'est-ce que tu dis… ?

Je pleurais trop pour lui répondre. Je hoquetais d'effroi et d'épuisement.

Il a ouvert la porte. Il m'a à peine regardée.

– Sors de chez moi, a-t-il craché d'une voix à peine audible.

J'ai enfilé mon manteau et j'ai dévalé l'escalier. J'ai essayé en vain d'attraper l'un des rares taxis qui fonçaient sur l'avenue déserte et je me suis mise à marcher du plus vite que j'ai pu dans les rues froides de Paris pour dissiper cette impression d'avoir, ce soir, voulu mourir et tout fait pour que cela arrive.

27

3 juillet 1991

Aujourd'hui, avec Flo et Marianne, on est allées à la piscine. On crevait de chaud. En août, Marianne part faire du cheval en Normandie et Florence reste chez ses grands-parents dans le Sud. Moi, je pars en Bretagne. Papa m'a offert des vacances de rêve pour mon passage haut la main en première : un stage de théâtre de trois semaines ! On va écrire nos propres pièces et même les jouer à la fin des vacances. J'ai hâte !

Mais en attendant, faut se coltiner juillet. Il n'y a plus personne à Saint-Nom, que des champs à perte de vue, un bus qui passe jamais, même pas un ciné, même pas un bowling, rien. Il y a juste une piscine et un tennis dans la résidence où vit Marianne ; on a le droit de venir squatter l'été parce qu'elle s'entend bien avec le maître-nageur et qu'il nous laisse passer. En vrai, c'est surtout qu'il a craqué sur Flo et qu'il aime bien la voir en maillot de bain. Ça se voit trop ! Il passe son temps à la mater du haut de sa chaise. Bon, il est un peu ring', il est incapable de finir une phrase sans un « Ça roule ma poule » ou « À l'aise Blaise », mais bon, il est marrant quand même. Et il est pas mal. Il a vingt-deux ans.

Flo, elle fait même pas attention. Elle le calcule pas, elle jure qu'elle remarque rien, qu'elle a appris à déconnecter le corps et l'esprit. C'est important d'apprendre à faire ça avec les hommes, elle dit, sinon, ils te bouffent. Ça nous scotche avec Marianne. On lui a demandé de nous apprendre : nous non plus, on n'a pas très envie de se faire bouffer. Elle a promis. Paraît que ça s'appelle la sophrologie : une histoire d'images qu'on projette, le cerveau est conditionné, un truc proche de l'hypnose. J'ai pas tout compris. Ça peut soigner des tas de choses, même des troubles psychiatriques, ça dépend comment on l'utilise. C'est sa tante qui lui a montré.

Je trouve ça fou qu'un truc aussi puissant existe et que personne soit au courant. Enfin moi, j'en avais jamais entendu parler. J'ai voulu commencer tout de suite, qu'elle nous file quelques tuyaux. Mais c'était pas possible, ça s'apprend pas à la légère, elle a dit, pas au bord d'une piscine.

Évidemment, elle a pas pu s'empêcher de me balancer une vanne, genre : « Non mais toi, si tu continues à te fringuer comme Véronique et Davina, tu risques rien… Pas un mec va t'approcher ! » Marianne a explosé de rire. Et moi aussi j'ai ri pour qu'elles ne se doutent pas. C'est vrai qu'avec mon une-pièce fluo et mon bracelet-éponge au poignet à la Steffi Graff, c'était pas vraiment la classe à Dallas. Mais les bleus sur mon ventre ne sont toujours pas partis, et mon poignet est carrément violet maintenant. C'est horrible. Je ne veux pas qu'elles sachent. Je voudrais juste que Flo m'apprenne sa technique qui permet de tout court-circuiter et de ne pas se faire bouffer. Peut-être que ça marche pas seulement avec les hommes, peut-être que ça marcherait aussi avec maman.

28

Je n'ai pas eu le courage de rentrer chez moi. Trop dangereux, on y rentrait comme dans un moulin. J'ai marché jusqu'à Bastille, jusqu'à un troquet qui longeait le canal Saint-Martin, au pied du port de l'Arsenal. Je savais qu'il ouvrait toute la nuit. J'aimais cet endroit, j'aimais me promener sur les rives, le long des bateaux garés en épis tout du long, coloriant Paris de leurs coques blanches et bleues pour la plupart. J'ai pris un café, j'ai pris deux cafés, je ne tenais plus debout. Il était près de 4 heures du mat. J'avais la respiration détraquée et un début de migraine qui pointait. Il fallait que je dorme.

J'ai pris une chambre dans un établissement du quartier qui ne s'offusquait pas que l'on débarque au milieu de la nuit, un hôtel deux étoiles qui sentait la lavande et la propreté à défaut d'avoir du charme. J'ai payé deux nuits pour que les femmes de ménage ne me chassent pas à l'aube avec le check-out, investi une chambre petite mais correctement équipée. Un bureau, une télé, un sèche-cheveux accroché au mur de la salle de bains. Je n'avais besoin de rien de tout ça. Juste d'un lit sur lequel m'effondrer, d'un endroit clos où personne ne me trouverait, où je ne risquais rien. J'ai vidé le mini-bar pour anesthésier les cauchemars qui, je le savais, menaçaient ce soir encore de s'inviter.

J'ai oublié de fermer les volets, mais le soleil du matin ne m'a pas réveillée. Quand j'ai ouvert un œil, il était déjà midi. Je me suis redressée dans le lit, comateuse, la bouche pleine d'effluves d'alcool, un reste d'amertume sur le palais. J'ai attrapé mon sac, mon téléphone. Marc m'avait appelée, il n'avait pas cessé de me laisser des messages.

Le premier à 21 heures hier soir : « Ça va ? »

Le deuxième à 8 heures du matin : « T'es où, je suis passé chez toi, tout va bien ? »

Le troisième à 8 h 40 : « Tu m'en veux ? On peut se voir ? »

Le quatrième à 10 h 43 : « ???? »

J'ai rappelé avant qu'il aille déclarer ma disparition chez les flics. Il a décroché dès la première sonnerie.

« Alice, putain, qu'est-ce que tu fous ? Ça va ? »

Il paraissait plus inquiet que furieux.

J'ai expliqué que j'avais dormi chez une copine, que je venais d'émerger, que je n'avais pas entendu mon portable. J'ai menti, pour ne pas l'inquiéter davantage et aussi pour ne pas m'attirer d'ennuis. Mais à vrai dire, même pour moi, les fragments qui me revenaient de la soirée de la veille étaient flous. J'avais du mal à reconstituer la chronologie de mes retrouvailles avec Simon, et davantage encore à comprendre l'essorage émotionnel qui les avait accompagnées. Pourquoi l'avais-je suivi jusque chez lui ? M'avait-il droguée, m'étais-je offerte à lui sous la contrainte ? Mon corps n'en portait ni l'odeur ni les traces, mais il avait conservé le souvenir de ses pas à ma poursuite, de sa colère étouffée, de ses convulsions, de son torse dénudé et de ce sourire qui jamais ne le quittait.

Marc a voulu passer chez moi, j'ai dit « Pas aujourd'hui », je lui ai demandé quelques jours, juste le temps de rendre le premier chapitre du manuscrit d'Ann Loman. Un autre mensonge. Il le savait. Il côtoyait tellement de gens qui mentaient. Il n'a pas insisté. Il n'a pas parlé de nous. Il a juste précisé qu'il était là en cas de besoin et il a raccroché. C'était sa façon de me dire qu'il ne m'en voudrait pas si je préférais oublier notre écart, qu'il pouvait lui aussi faire comme si, faire comme ça.

Je me suis levée, j'ai fermé les volets, rabattu les rideaux, puis je me suis recouchée. J'ai émergé trois heures plus tard, affamée. J'ai pris une douche, je suis descendue marcher le long du canal et me suis posée sous la véranda du Café Français, place de la Bastille, juste en face de l'Opéra, pour manger un burger et des frites.

Mon portable a sonné. SMS de Simon : « T'es libre pour un café en fin d'après-midi ? Je crois que tu me dois une explication, non ? »

J'ai retourné le téléphone sur la table, par réflexe. Quelles explications pourrais-je bien lui donner ? Je n'étais plus sûre du déroulement de la soirée et je doutais de ce que je devais croire désormais. Étrangement, mon corps ne se tendait plus à l'évocation de Simon ni à l'éventualité d'une nouvelle rencontre, mais je restais en alerte.

Dans ce dédale d'hésitations et de non-sens, j'avais au moins deux certitudes : hier soir, je n'avais obtenu aucune des réponses que j'étais venue chercher, et Simon, malgré notre étreinte, s'était arrangé pour ne jamais se dévoiler tout à fait.

Pourquoi voulait-il me revoir ? Était-ce une façon pour lui de finir ce qu'il avait commencé ? Une danse en deux temps, comme le font parfois les flics qui se partagent entre les bons et les méchants ? J'ai voulu refuser, fuir ce nouveau face-à-face qui serait forcément plus éprouvant encore que le premier. Mais Simon représentait le dernier fil qui me reliait à Marianne et Florence, le seul à pouvoir me faire revivre le passé, le seul aussi à pouvoir me dire si j'avais de bonnes raisons d'imaginer que quelqu'un, peut-être lui, peut-être un autre, avait réalisé le crime parfait.

Alors j'ai choisi un terrain neutre, pensant naïvement que cela suffirait de l'affronter dans un endroit protégé. Je lui ai proposé de le retrouver dans une brasserie branchée du 10e arrondissement, le genre d'endroit où le thé se boit avec du matcha et le café avec une pointe de lait.

Il est arrivé après moi, toujours aussi élégant, jean et col roulé, sobre et passe-partout. Il a paru gêné, s'est contenté d'un signe de tête poli.

On a commandé un café, il a demandé, la lèvre légèrement tremblante :

– Alors, c'est quoi ce mot qui te met dans de tels états ?

Puis il m'a offert ce sourire qui semblait me connaître parfaitement.

Ça m'a agacée, de ne jamais parvenir à me faire une idée précise de lui quand il se tenait face à moi. Je me suis enfoncée loin dans la profondeur de la banquette, comme si ça changeait quelque chose. Il a vu mon corps se raidir, ses yeux se sont durcis. Il m'en voulait, je le voyais bien, de sans cesse passer de l'amie à l'adversaire. Ça aurait presque pu me faire fléchir. J'ai avalé mon café cul sec, l'amertume m'a filé un coup d'adrénaline. Revenir aux faits, rien qu'aux faits. C'étaient eux qui me guideraient, pas ce sourire bien trop innocent pour être fiable.

– Comment tu t'es introduit chez moi ? ai-je demandé sèchement.

Il s'est figé.

– Hein ? Je ne suis jamais allé chez toi.

– Tu as annoté mon manuscrit, j'ai reconnu ton écriture.

– Quoi ?

– Je sais que tu es entré chez moi. Pour quoi faire ? Tu voulais quoi ?

Ses yeux ont balayé la salle, comme s'il était à la recherche de secours ou d'une explication à donner. Puis il a joint ses mains avant de parler.

– Alice, je viens de te dire que je ne suis *jamais* allé chez toi. Je ne sais même pas où tu habites ?!?

– J'ai comparé avec tes lettres. Ne mens pas, c'était bien toi.

– Mes lettres ?

– Les lettres que tu m'as envoyées quand on était au lycée.

Il a ri nerveusement.

– C'est cinglé ! Putain, Alice, tu te rends compte de ce que tu dis ?

– Qu'est-ce que tu veux ?

– Quoi ?

– T'es un malade ? Ça te fait jouir de tuer des jeunes femmes et de les pendre au plafond c'est ça ?

Il a étouffé un cri puis il a regardé tout autour à nouveau pour s'assurer que personne ne m'avait entendue parler. Le bar était vide et le serveur en cuisine. Ça l'a rassuré.

– Alice, tu t'entends ? Tu te rends compte qu'on nage en plein délire, là ?

– Réponds !

– Quoi ? Tu veux que je te dise quoi ? On ne s'est pas vus depuis trente ans et tu me traites d'assassin ?

Il s'est tu un instant et a repris :

– Mais dis-moi : qu'est-ce que tu faisais chez moi hier, alors ? Qu'est-ce que tu faisais dans mon lit, hein ? C'est qui la malade ici ?!

– Ne change pas de sujet ! C'est ton écriture, j'ai bien vu. N'essaye pas de détourner la conversation.

– Mais, je ne détourne... Tu... tu conserves toutes mes

lettres, tu te lances dans des analyses graphologiques à la mords-moi-le-nœud, tu me sautes dessus pour passer la nuit chez moi… Je t'obsède, c'est ça ? Tu fais une fixette ? C'est quoi, vas-y, dis-moi ?!

– Quoi ?

En trois phrases, il avait inversé le rapport de forces. J'étais sidérée.

– Pourquoi je ferais une fixette sur toi ? ai-je soufflé, en essayant de mettre dans mes mots tout le mépris possible.

– Je ne sais pas, c'est à toi de me le dire.

– Je suis tombée sur tes lettres par hasard. Si tu veux tout savoir, je ne savais même plus que tu existais !

Il a fait tourner sa tasse dans les mains, pour éviter mon regard qui à présent semblait l'indisposer, ou peut-être pour se donner le temps de la réflexion. Puis il a fouillé dans son sac à dos, en a sorti un agenda. Il a ouvert une page au hasard, l'a mise sous mon nez.

– Qu'est-ce que c'est ? ai-je demandé.

– Mon agenda de boulot.

– Et ?

– Et c'est cette écriture, on est d'accord, que t'as retrouvée sur ton manuscrit ?

J'ai feuilleté l'agenda d'une main affolée. L'écriture était plus irrégulière que dans ses lettres, plus grosse aussi, les consonnes étaient davantage penchées, les voyelles plus rondes et moins avalées. À moins que je ne confonde. Je me suis massé le coin des yeux, j'aurais voulu avoir les lettres avec moi pour comparer vraiment.

– Alors, c'est bien celle-là ? a-t-il insisté.

J'ai repoussé l'agenda.

– Qu'est-ce qui me prouve que c'est à toi ?

Il l'a ouvert à la première page. Il y avait son nom et son numéro de portable, en cas de perte. J'ai blêmi.

– J'ai eu un accident de scooter à vingt-trois ans. J'ai perdu l'usage partiel de ma main droite. J'ai dû apprendre à écrire avec la gauche.

Ma gorge s'est contractée, j'ai eu du mal à respirer et mon regard s'est perdu dans le décor flou du café. Tout cela n'avait aucun sens. M'étais-je fourvoyée ? Il cherchait absolument à se justifier, m'a montré de vieilles photos qu'il avait stockées sur son téléphone, où on le voyait, plus jeune, à l'hôpital, avec le bras et la main droite dans le plâtre, et la tête enrubannée. Il a sorti tous les documents qu'il conservait dans sa sacoche, et qui portaient la même écriture que celle que renfermait son agenda. Et puis, surtout, il y a deux jours, au moment où je prétendais qu'il s'était introduit chez moi, dit-il les yeux luisants, il se trouvait dans le lit d'une autre femme. Toute la nuit, il pouvait me laisser ses coordonnées si je souhaitais vérifier.

J'ai secoué la tête. Ses justifications et les nouvelles interrogations qu'elles suscitaient fusaient à m'en filer le tournis. S'il mentait, il le faisait extrêmement bien. Avec l'assurance d'un expert en la matière. Tout cela semblait si vrai sur le papier. J'étais perdue. J'avais envie de le croire, j'étais forcée de le croire, mais cela signifiait que la menace redevenait impalpable, et c'était trop terrifiant pour que j'accepte cette issue. Mes jambes se sont mises à trembler, mon diaphragme s'est bloqué, j'ai cherché de l'air qui n'arrivait plus que par filets et j'ai dû me résoudre à l'évidence. Comme toujours, mon corps, lui, savait. Il savait que depuis le début de cette affaire, je cherchais du mauvais côté.

29

Je me suis effondrée en larmes, parce que tout était à refaire et que je n'avais aucune autre piste à remonter. Si ce n'était pas l'écriture de Simon, s'il ne s'était jamais introduit chez moi, qui l'avait fait ? Qui avait laissé puis repris le mot et la fleur qui l'accompagnait ? On en revenait au point de départ.

Le serveur se tenait non loin de nous, il n'osait pas venir débarrasser nos cafés ; il devait croire que Simon était en train de me larguer. C'est à ça, généralement, que les hommes pensent quand ils voient une femme pleurer.

Simon m'a laissé reprendre mes esprits puis il a voulu tout comprendre, dans les détails. J'ai vu son visage se fermer, j'ai vu sa pupille se rétracter au fur et à mesure que je retraçais les péripéties qui m'avaient menée jusqu'à lui.

– T'es allée voir les flics ? a-t-il demandé quand j'ai terminé.

– Je n'ai pas le début d'une preuve.

– Je comprends… Tu as des amis chez qui aller ? Tu ne devrais pas rester seule…

– Oui…

– Je ne te propose pas de t'héberger. J'ai bien trop peur que tu tombes sur ma liste de courses ou ma feuille d'impôts. Tu serais fichue de penser que je suis le tueur du Zodiaque…

J'ai ri. De la blague et de la répartie. Mon cœur ne se desserrait pas totalement, mais c'était agréable de laisser la pression se relâcher un peu. Pour autant, les questions ne cessaient de tourner en boucle dans mon esprit. J'ignorais à présent si je pouvais faire confiance à mes souvenirs et à mes sensations, moi qui avais rayé trois ans de ma vie et qui faisais face à cet homme que j'avais tant aimé et réussi malgré tout à oublier.

Peut-être qu'il n'y avait jamais eu de mot ou de pensée coincés dans le manuscrit d'Ann Loman ; peut-être que c'était un cauchemar de plus, de ceux qui se confondent avec le réel ; peut-être que c'étaient les migraines, la confusion qui les accompagne, l'effet des médocs, une hallucination passagère. Peut-être que j'étais simplement à l'ouest. Et si j'avais tout inventé ? Cette simple supposition m'a fait froid dans le dos. Je ne pouvais pas totalement l'évincer tant ma mémoire était branlante. Alors je me suis raccrochée à la seule chose qui ne laissait aucune place à l'interprétation : les morts, les corps suspendus, les fleurs et les mots laissés à leurs pieds, eux avaient bien existé.

– Marianne et Florence, tu les connaissais bien ? ai-je repris. Je veux dire, t'as continué à les voir après le lycée ?

– J'ai pris des nouvelles de Marianne pendant quelques années quand elle est partie vivre à Poitiers. C'était une gentille fille. Elle t'aimait beaucoup. À l'époque, j'avoue, ça me faisait du bien d'entendre prononcer ton nom, même si c'était pour apprendre que tu vivais très bien sans moi et que ça me brisait le cœur à chaque fois.

– On avait quinze ans, ça ne devait pas être si grave que ça.

– Tout est grave à quinze ans, tu le sais bien, bien plus grave qu'à quarante.

– Oui, tout est morne à quarante.

Il a soupiré, il ne devait pas être très loin de penser la même chose.

– Je ne sais même pas ce que tu fais dans la vie, ai-je glissé. Je ne t'ai même pas demandé.

– C'est vrai, tu aurais pu te livrer aux politesses d'usage avant de m'accuser de meurtre… dit-il, avec cette ironie à laquelle je ne pouvais m'empêcher de trouver du charme.

Était-ce le signe que ma mémoire frémissait, que le passé s'y infiltrait ? Aucune image ne revenait, et pourtant, il y avait quelque chose dans l'intonation de sa voix, dans la façon dont il riait pour ne rien dire, une familiarité, un écho, l'impression qu'hier aussi j'avais pu trouver ça beau.

– Pour ton information, je suis avocat, précisa-t-il.

– Tu plaisantes ?

– Non.

– Quel genre ? Tu défends qui ?

– Les oiseaux.

J'ai failli avaler de travers. Simon avait rejoint la Ligue de protection des oiseaux. Un rêve d'enfant. Son père était ornithologue. Tous les étés, il emmenait son fils passer ses vacances en forêt. Simon s'était entiché du cardinal à poitrine rose et du chardonneret jaune qu'il observait aux jumelles et dont il rafistolait parfois les ailes ou les pattes quand ils étaient blessés. Chaque été, le père s'inquiétait de voir des oiseaux arrêter de chanter et les espèces disparaître à vue d'œil. Chaque été, il nourrissait la colère de son fils qui arpentait les champs, les bois, les parcs à la recherche de leur musique et de leur légèreté.

Simon m'expliqua avec vigueur comment cette semaine il avait poursuivi des braconniers de bruants ortolans. Il a commandé un nouveau café, a bu une gorgée pour s'adoucir la gorge. Comment en étions-nous passés d'un supposé double meurtre à la chasse aux ortolans ? J'en ai profité pour revenir à l'enjeu du rendez-vous.

– En parlant de disparition des espèces, tu as revu Florence après le bac ?

La transition était grossière ; il a réagi d'un raclement de gorge, marquant sa désapprobation ou sa gêne.

– Non. Pourquoi ?

– Je ne sais pas, comme ça, parce qu'on était amis.

– Si tu le dis.

– Non ?

– Si, sûrement. J'étais pas un grand fan de Florence. Trop compliquée, trop de comptes à régler avec la vie, les hommes, ses parents.

– Tu crois qu'elles auraient pu faire un pacte avec Marianne ? Décider de se suicider de la même façon ? À la vie à la mort, en somme…

– Florence et Marianne ? Tu ne penses plus à un meurtre ?

– Si… Je ne sais pas… Je réfléchis.

– En tout cas, un pacte, ça me semble très peu probable.

– Ah bon ?

– Quand Marianne a quitté Paris, elle a coupé les ponts avec Florence.

– Ah oui ? J'avais oublié… Tu te rappelles pourquoi ?

– Non, mais je me rappelle que vous vous étiez engueulées toutes les trois, juste avant que Marianne ne parte. Un truc qui s'était passé chez toi je crois…

– Chez moi ?

– Oui. Un truc qu'avait fait ta mère… Je ne sais plus. C'est loin tout ça, a-t-il glissé.

Et ça m'a fait bizarre d'entendre prononcer le nom de ma mère au milieu de ceux de Marianne et Florence. Et ça m'a secouée aussi, car je savais bien que rien de bon ne pouvait arriver quand ma mère s'approchait trop près des gens.

30

3 novembre 1991

On a passé l'après-midi collées devant la télé, Marianne, Florence et moi. On a vu Luke Perry dévaler les collines de Hollywood au volant d'une Porsche noire, et direct, on a voulu vider le compte en banque de nos parents et s'offrir un aller simple pour les studios Universal. Beverly Hills, *ma série préférée… On poussait des soupirs béats dès qu'il ouvrait la bouche. On n'a pas ce genre d'hommes ici en France, on n'a pas d'acteurs américains.*

Marianne adore la façon dont il étire les lèvres quand il parle, comme s'il allait nous mordre. « Et tu veux qu'il te morde comment ? T'es à dix mille bornes ! » a rétorqué Florence. Et on s'est mises à grave jalouser l'actrice qui joue Kelly ; j'arrive jamais à retenir son nom, Jennie quelque chose je crois.

Ma mère a attendu la musique du générique de fin pour nous appeler pour goûter. Elle avait posé sur la table un nombre incalculable de paquets de Fingers. Je ne sais pas pourquoi elle tient absolument à ce que mes copines l'aiment. Quand elle a attrapé le Galak dans le frigo, Florence a dit qu'elle aimerait bien avoir une mère pareille. On n'a pas le droit de manger du chocolat chez elle, encore moins du blanc. J'ai pas osé lui avouer que moi non plus je n'avais pas le droit, sauf quand elles étaient là.

Ma sœur a dévalé l'escalier, est entrée dans la cuisine et a saisi le paquet de Fingers que Florence s'apprêtait à ouvrir. Elle est repartie comme elle était venue. Ma mère a hurlé sur Laura, qui a fait comme si elle n'entendait rien, puis elle a rassuré Florence : il y en avait d'autres, plein d'autres. Florence a jubilé, le truc qu'il faut pas faire avec ma mère : elle a pris ça pour une invitation et s'est installée à table avec nous. Et là, j'ai su que c'était fini – tout allait tourner autour d'elle.

Elle est comme ça, maman, elle est aussi affreuse que captivante. Elle s'est mise à parler des pièces qu'elle avait jouées, et que ni Florence ni Marianne n'avaient vues ; elle s'est mise à parler des héroïnes qu'elle avait incarnées, et de Marilyn Monroe. Ma mère adore Marilyn. Elle en parle tout le temps.

Elle a dit : « Trente-six ans est un âge merveilleux pour mourir, vous ne croyez pas ? » Ça a fait flipper mes copines. Alors elle est partie dans un grand éclat de rire, et tout le monde s'est esclaffé après elle, même moi qui sais pourtant à quel point son rire ment.

31

Les cauchemars. En lames, comme d'habitude. La vodka n'a pas suffi à m'assommer. Le bureau contre la porte d'entrée n'a pas suffi à me rassurer. J'ai passé la soirée et la nuit cloîtrée dans ma chambre – dans le placard de ma chambre, comme quand j'étais petite, le seul endroit de la maison où je me sentais en sécurité. J'ai attendu que le soleil se lève pour en sortir puis essayé de travailler, en vain. Les mots d'Ann Loman s'emmêlaient, le vacarme était trop grand. Les souvenirs du passé jaillissaient comme autant de grincements. Simon avait réveillé le souvenir de celle qui avait griffé mon adolescence.

Maman.

Je prononce rarement son nom. Mais je pense parfois à elle depuis son départ, ou devrais-je dire sa fuite. Papa dit qu'elle a laissé un mot, je ne l'ai jamais lu, il n'a pas voulu. Pour lui, une mère qui déserte ne mérite pas d'être lue ; il faut laisser ses mots s'envoler aussi loin qu'elle. Je ne sais pas à quoi ressemblaient ses adieux, si elle a laissé ça sur du beau papier à lettres ou sur une simple feuille arrachée d'un carnet. Plus jeune, j'ai cherché partout dans la maison, dans les poches de costumes de mon père, dans la boîte à gants de sa voiture, dans les plis de son portefeuille, et même dans les tiroirs de la cuisine – parce que c'était dans cette pièce que ma mère passait le plus clair de son temps. À cuisiner et à boire en même temps, à appeler le peu d'amies qu'il lui restait depuis que son mari l'avait forcée à déménager dans un village des Yvelines pour, prétendait-il, fuir le ciel bas de la ville. Je sais bien, aujourd'hui, qu'il cherchait surtout à l'arracher aux invitations, aux cocktails organisés par ses agents, aux dîners à rallonge qui suivaient chaque représentation, à cette vie dans laquelle il n'avait aucune place.

Marc a débarqué très tôt le matin, sans prévenir, comme toujours. Il a fait un crochet avant d'entamer ses consultations, pour voir si tout allait bien, pour voir si lui et moi, nous allions bien.

Il était plus réservé que d'habitude, moins sûr de lui. Il a vu mon visage inquiet, les cernes si profonds qu'ils dévoraient mes joues, mon regard qui peinait à fixer les choses. Il n'a rien dit, il s'est contenté d'ouvrir les tiroirs de la cuisine et de faire le compte des médicaments qui s'y entassaient. Il a dit « Arrête l'Ibuprofène », puis il nous a préparé du café qu'il a servi sur la table de la cuisine, ma toute petite table en Formica vissée au mur, qui permet de prendre le petit-déjeuner assis, mais collé à la cloison, et les genoux coincés contre le rabat. C'était sa façon de m'annoncer qu'il ne pouvait pas rester longtemps.

– Tu as dormi ?

Mes cernes, bien sûr, prouvaient le contraire.

– Tu veux que je dorme chez toi ce soir, que je surveille la porte ? J'ai une très bonne batte de baseball à la maison, a-t-il ironisé.

Évidemment, sans que je dise quoi que ce soit, il avait tout compris.

– Ça va… ai-je menti.

– Tu préfères continuer à m'éviter ?

– Je ne t'évite pas.

– Non ?

– Non.

– Alors c'est juste que tu ne veux pas me voir ?

J'ai baissé la tête.

Il a souri, amer, puis il s'est levé. Il est parti en disant : « Essaie de dormir un peu, d'accord ? Et appelle si ça ne va pas. » C'était la première fois que je ressentais de la gêne entre nous, de la gêne et des silences, et ça nous allait mal. J'ai passé l'après-midi à hésiter à l'appeler, mais pour dire quoi ? J'étais incapable de savoir de quel côté mon cœur penchait. Il était perclus d'images de ma mère qui revenaient en rafales, et terrifié à l'idée d'imaginer où la découverte d'une pauvre boîte à chaussures allait finalement me mener.

Je me suis assise à mon bureau, j'ai ressorti le premier chapitre d'Ann Loman, relu les réponses que l'inconnu avait apportées, essayé de me rappeler à quoi ressemblait la forme des lettres dans l'agenda de Simon. Était-ce vraiment si différent ? Si Simon disait vrai, si ce n'était pas lui, alors c'était l'écriture d'une personne érudite, passionnée de littérature, connaisseuse, raffinée. Le genre de personne censée ne pas entrer par effraction chez les gens ni pendre des jeunes femmes au plafond de chez elles.

Qu'est-ce que je ratais ? Qu'est-ce que je ne voyais pas ?

J'avais forcément toute l'explication nichée dans un coin de ma mémoire. Ma porte n'était pas fracturée, personne ne m'avait agressée, personne n'était revenu me tuer. Et pourtant, si je n'étais pas en train de devenir complètement folle à lier, quelqu'un s'était bel et bien introduit chez moi à plusieurs reprises. Quelqu'un avait déposé une lettre de suicide et une putain de fleur, puis était revenu les récupérer. Qui pouvait correspondre à ce profil ?

– Quelqu'un qui avait les clés de chez moi ou que je connaissais suffisamment pour lui ouvrir la porte.

– Quelqu'un qui avait lu Ann Loman.

– Quelqu'un qui me voulait du mal, mais qui avait peut-être changé d'avis et décidé de m'épargner.

Mes tempes ont commencé à picoter, la douleur revenait. J'ai avalé des cachets pour prévenir la crise, malgré les consignes de Marc, et attendu que la nuit tombe pour enfiler un jean slim et des bottines, et marcher jusqu'au *Phénoménal*. Puisque mes nuits étaient peuplées de peurs et de mauvais souvenirs, je ne voyais pas d'autre solution que de couvrir les bruits de fond.

Au bar, j'ai regardé les gens étirer leur corps sur la piste dans une danse hypnotique. J'ai vu les nuques qui se cambraient, les mains qui semblaient chercher quelque chose très haut dans le ciel, les jambes qui se croisaient et se décroisaient sur un rythme syncopé. Et j'ai fini par rejoindre ce troupeau d'insouciants, par laisser la musique me mentir et mon corps se heurter en cadence à ceux d'inconnus qui se sentaient peut-être aussi seuls que moi. J'ai laissé mes mains courir sur les hanches des hommes qui dansaient au contact de mon corps. Je me suis enivrée du tempo qui s'accélérait et me faisait perdre toute notion de gravité. Saoulée à en perdre haleine, jusqu'au petit matin qui m'a vue rentrer chez moi les pieds et les oreilles enflés des sons de la nuit.

Marc était là. Assis sur le tapis, la nuque calée contre le sofa, il avait bu, il était triste, il était approximatif.

– Pourquoi tu n'es jamais chez toi ? m'a-t-il reproché en continuant de porter sa canette de bière à la bouche.

J'ai retiré mes bottines et je me suis agenouillée à ses côtés sur le tapis. Je lui ai pris la canette des mains, j'ai bu une gorgée.

– Pourquoi tu ne préviens jamais quand tu passes ?

– Parce que je ne sais jamais quand je vais avoir envie de toi.

J'ai souri. Touché.

Il m'a pris la main, je me suis laissé faire. Il a remonté sa main le long de mon bras, ma nuque, il a caressé ma joue, mes cheveux, je n'ai pas bougé. De l'autre main, il m'a attrapé la hanche et m'a collée à lui ; il a fait tomber mon tee-shirt sur mon épaule, m'a embrassé le cou. J'ai frissonné, c'était grisant. Puis il m'a renversée sur le tapis. Il s'est allongé sur moi, a dézippé mon jean, j'ai déboutonné sa chemise. Nous avons fait l'amour sous la lumière orangée des lampadaires de la ville qui dansait à travers les fenêtres du salon, puis nous sommes restés longtemps enlacés, à entremêler simplement nos doigts et nos jambes. J'observais les détails qui m'avaient échappé jusque-là, la finesse de son nez, la petite cicatrice en biais sur l'arcade droite, sa bouche étroite sur le haut et généreuse sur le bas. J'ai trouvé ça beau. J'ai eu envie de l'embrasser à nouveau. Je me suis lovée, encore un peu plus près, jusqu'au mariage plein et entier de nos deux peaux. Il a grogné, son bras m'a serrée plus fort, et nous avons continué à nous étreindre jusqu'à ce que nous nous sentions suffisamment en paix pour nous endormir tout à fait.

Mon père dit souvent que de l'amour naissent l'imprudence ou le génie, et sans doute une façon plus supportable de voir la vie. Il le répétait à ma mère quand elle affirmait qu'elle n'avait plus goût à rien, pas même à l'aimer, pas même à nous endurer ma sœur et moi. Je ne sais pas si en cet instant, Marc et moi, nous étions amoureux, mais la nuit m'était largement plus supportable dans ses bras.

Je me suis réveillée avant Marc, on avait dormi à même le tapis. J'ai étendu le plaid du canapé sur lui, et je me suis levée sans bruit pour aller boire un verre d'eau dans la cuisine. En passant, j'ai aperçu mon visage dans le miroir. Un vieux miroir de brocante avec un cadre en bois, fêlé à plusieurs endroits, qui déforme les traits, et notamment ceux qui me font ressembler d'un peu trop près à ma mère. C'était sans doute la raison pour laquelle je le gardais.

Chaque fois que je passe devant lui, je me dis que ma mère ne nous a jamais vraiment quittés, qu'elle continue à vivre à travers moi et à travers mon père qui n'a de cesse de lui parler alors qu'elle n'est plus là. Tous les dimanches, je l'entends lui glisser quelques mots quand il attrape les couverts pour dresser la table. Il choisit toujours ses préférés. Je l'entends aussi lui demander la musique qu'elle souhaite écouter, la veste qu'elle aimerait qu'il porte. Je l'entends et je ne dis rien, car je sais que ces murmures sont sa façon de combattre l'impolitesse de la vie. Je l'entends et je me rappelle l'homme qu'il était avec elle et qu'il ne sera plus, cet homme austère mais droit, si épris de sa femme qu'il n'imaginait pas la partager avec qui que ce soit.

J'ai continué à fixer le miroir, mon nez de dramaturge et mes cernes d'insomniaque, et les mots de Simon sont revenus : « Quand Marianne a quitté Paris, elle a coupé les ponts avec Florence… Une chose qu'avait faite ta mère. » J'étais incapable de me rappeler ce que ma mère avait bien pu commettre pour briser l'amitié de trois adolescentes. Et alors que je continuais de détailler mon visage dans le miroir, une image a éclos. Fugitive, fragile. Il fallait la cueillir avant qu'elle ne se froisse et s'évanouisse. Cette image, c'étaient les mains de mon père tendant à sa femme un bouquet de pensées. Le souvenir est venu à sa suite : les fleurs qu'il lui offrait chaque fois qu'il voulait se faire pardonner.

Voilà ce que j'avais oublié.

Bien avant d'être les miennes, les pensées étaient les fleurs préférées de maman.

Alors, je suis restée plantée face au miroir comme si ma mère se cachait derrière une vitre sans tain, et je lui ai posé la seule question qui m'avait longtemps obsédée et qui, je le savais, allait de nouveau prendre toute la place : *Dis maman, où te caches-tu depuis toutes ces années ?*

32

J'ai pris une douche pour me débarrasser de la moiteur du passé et évacuer les idées noires qu'il charriait avec lui. Quand je suis revenue dans le salon, Marc était déjà levé et habillé. Il avait replié et déposé le plaid sur l'accoudoir et patientait, assis sur le canapé, son manteau sur les genoux. Il m'a tendu mon portable. Simon m'avait envoyé un message, un message qui disait « As-tu réussi à dormir ? Je m'inquiète pour toi. Presque plus que pour les ortolans ! »

Marc avait le visage fermé. Ce n'était pas de la jalousie, il se foutait bien qu'un homme m'écrive des noms d'oiseaux ; c'était avec lui que j'avais passé la nuit. Mais il tiquait sur l'expéditeur, évidemment qu'il tiquait.

Je suis allée dans la cuisine préparer du café. Il est resté figé, déçu que je ne dise rien, frustré que les choses continuent d'aller de travers entre nous.

– Tu ne vas rien me dire ?

Je lui ai tendu une tasse de café et me suis assise en lotus sur le tapis, en face de lui, presque à ses pieds.

– Il est avocat. Il défend les volatiles en voie de disparition. C'est pour ça, les ortolans.

Il a allumé une clope, pour assommer la colère et la nervosité.

– Rassure-moi, on parle bien de Simon Mesnil, l'homme qui s'est introduit chez toi et que tu soupçonnes de vouloir te tuer ?

– Je me suis peut-être un peu emballée.

– Ah oui ? a-t-il rétorqué froidement.

– Oui, ça n'est peut-être pas lui. Enfin, je crois…

– Tu crois ?

Il a élevé la voix.

– J'en suis sûre.

– Tu en es sûre…

Je lui ai piqué sa cigarette pour tirer dessus. Il était bien trop tôt pour s'engueuler.

– Tu vas répéter tout ce que je dis ?

– Pourquoi ? Tu préfères que je te demande si t'as couché avec ?

J'ai laissé échapper une moue ennuyée.

– Je vois… a-t-il murmuré.

J'aurais pu préciser que c'était pour les besoins de l'affaire, que je n'avais éprouvé aucun plaisir, que j'avais joué avec le feu, oui, mais que j'étais désespérée, et que les filles désespérées, ça fait des conneries plus grosses que soi parfois. J'aurais pu lui rappeler que j'étais inconsciente, impulsive et intrépide, et que c'était aussi la raison pour laquelle il m'aimait. Ça aurait peut-être effacé la tristesse que je lisais et qui me brisait le cœur, ça aurait peut-être permis de réduire mes fautes à de simples maladresses.

– C'est toi qui l'as appelé ? a-t-il demandé, comme si ça changeait quelque chose sur l'échelle du déshonneur.

– Oui.

– Il est venu ici ?

– Non.

– C'est toi qui es allée chez lui ?!

J'ai écrasé la cigarette dans un cendrier qui traînait au pied du canapé, au milieu de vieux magazines et de canettes vides.

– C'est important ?

– Alice, t'es dingue ou quoi ?

– Quoi ?! Si t'as prévu de me psychanalyser, c'est pas la peine, tu peux rentrer chez toi.

– Ah parce que c'est « te psychanalyser » que de m'inquiéter pour toi ?

– Arrête ! Tu ne t'inquiètes pas pour moi, là...

– Ah non ?

– Non. C'est pour toi que tu t'inquiètes.

Il a mordillé sa lèvre, il faisait ça quand il se retenait de prononcer des horreurs. J'étais arrogante, j'étais injuste ; mais je n'avais pas totalement tort. Si Marc s'était vraiment fait du souci pour moi, il m'aurait interdit de rester seule chez moi jusqu'à ce que l'on fasse la lumière sur toute cette histoire ; il aurait écumé tous les fleuristes du quartier pour demander si quelqu'un, récemment, avait acheté des pensées ; il se serait précipité chez les flics, même s'il n'avait rien dans les mains qui permette de réveiller un procureur. Il aurait enquêté avec moi à défaut d'enquêter sur moi.

– C'est dégueulasse. C'est faux et dégueulasse, a-t-il pesté en rallumant une clope.

– Ah oui ? Ça ne te dérange pas alors qu'avec Simon on ait couché ensemble ?

Il s'est levé. Sans doute qu'il ne supportait plus de m'avoir sous les yeux. Il a marché jusqu'à la fenêtre.

– Qu'est-ce que tu veux que je te dise ? a-t-il rétorqué en contemplant la rue qui s'éveillait.

C'était étrange de le sentir si fébrile – presque dérangeant. Le Marc que je connaissais pouvait se montrer impertinent, généreux et bavard. Il cherchait toujours à redire, c'était ce qu'il préférait dans toute discussion. Il n'était pas jaloux, ni fragile, mais aérien et indispensable, un peu comme une âme jumelle, un bouclier humain. Et ce soudain changement d'attitude, pour une raison qui m'échappait encore, me rendait furieuse et angoissée à la fois.

Je l'ai rejoint à la fenêtre et je me suis blottie dans ses bras. Ça ne voulait rien dire à part « Ne m'en veux pas ». Il a semblé surpris et confus. Je l'ai embrassé dans le cou, puis un baiser entre-deux, ni sur la bouche ni sur la joue, qui témoignait bien de l'état dans lequel je me trouvais – et dans ma vie, et avec lui. Je n'ai jamais su tromper mon cœur. Marc le sait. Il m'a embrassé le front, et ça voulait tout dire. Ça voulait dire « Ne me refais plus jamais ça ».

Et tandis qu'on essayait d'oublier la présence de Simon entre nous, et de retrouver cette complicité qui rendait notre lien si précieux, une musique entêtante a surgi. Des mots sont revenus, une histoire que ma mère me lisait quand j'étais enfant sur une petite souris abandonnée par ses amies et qui finissait dans la gueule du chat. À chaque fois je pleurais à la fin, et chaque fois ma mère me soufflait :

« Rappelle-toi, dans la vie, il ne faut jamais être trois.
Ça se termine toujours mal.
À deux contre une. »

33

12 février 1992

C'est chiant les mecs. Ça attend toujours le dernier moment pour se décider. Ça fait six mois que l'année scolaire a commencé, et fallait qu'il attende la veille des vacances de février pour m'embrasser ? Sérieux ! Et maintenant voilà, il est parti au ski, ça fait trois jours et je n'ai aucun moyen de le joindre. Je me fais plein de films. Ça se trouve, il a déjà craqué pour quelqu'un d'autre, dans les œufs ou sur le télésiège, qu'est-ce que j'en sais ? Et je suis jalouse ! Je n'ai pas fermé l'œil de la nuit et il me manque. Super ! Il a promis de m'écrire dès qu'il arrivait, alors ce matin j'étais levée à l'aube pour guetter le passage du facteur. Ça lui a fait bizarre de me voir sortir de la maison à 7 heures du mat pour lui attraper le courrier des mains. Sur le coup, il ne m'a même pas reconnue, il faisait encore nuit. Mais il n'avait rien pour moi.

Je suis sûre que Simon ne m'aime plus. J'en ai parlé à Florence cette après-midi, elle dit que c'est possible, que ça ne dure jamais longtemps l'amour. Elle le voit bien autour d'elle, avec sa mère et sa sœur, ça dure rarement plus de trois jours.

J'ai fait une liste de tout ce qui pourrait expliquer que je n'aie pas de nouvelles :

1 – Il veut m'appeler mais il ne connaît pas le numéro de la maison (comme une conne j'ai oublié de le lui donner avant qu'il parte). C'est sûr que c'est ça !
2 – Il m'a écrit mais la lettre s'est perdue ou alors les facteurs à la montagne sont plus lents qu'en ville. C'est possible, ça.
3 – Il n'a pas trouvé le temps d'écrire (si c'est ça, ça craint).
4 – Il s'est entiché d'une blonde (si c'est ça, ça craint encore plus).
5 – Il ne m'aime pas.
6 – Il ne m'aime plus.
7 – Il veut rompre ?

J'ai montré ma liste à Marianne. J'ai évité d'en parler à Florence parce qu'elle m'aurait balancé : « Ben, t'es conne ou quoi, c'est la 5, la 6 et la 7, je te l'ai dit au téléphone. » Et ça m'aurait miné le moral pour la fin des vacances. J'aurais pleuré toute la journée.

Déjà qu'on se pèle, que je suis enfermée à la maison, que ma sœur me casse les oreilles avec sa guitare dont elle est infoutue de jouer un accord correct, que ma mère passe son temps à lui hurler « va faire ça dehors ou je fous ta guitare à la poubelle », et ça ne change rien, parce que ma sœur s'enferme dans sa chambre, et elle continue à jouer mal et ma mère devient hystérique et passe la journée à tambouriner à sa porte et à la menacer : « Tu vas voir quand ton père sera là. » Mais papa, quand il rentre le soir, il s'en fout de ses accords de guitare pourris, il trouve ça bien qu'elle joue d'un instrument. Et il est crevé et il a encore une tonne de boulot à finir et il n'a pas le temps de parler avec maman. Alors maman lui hurle dessus et c'est à la porte de son bureau, fermé à clé, qu'elle se met à tambouriner. C'est encore ce qui s'est passé ce soir. J'en peux plus.

Heureusement, Marianne m'a un peu remonté le moral. Elle pense que c'est sûrement la 1, parce que Simon, ça fait six mois qu'il passe son temps à me mater en cours, et qu'elle ne l'a jamais vu s'intéresser à une autre fille. Alors pourquoi il se mettrait à draguer les filles au ski ? C'est vrai, quoi, c'est absurde !? En plus, elle m'a rappelé qu'il était nul en français – et c'est vrai qu'il n'a jamais la moyenne en dissertation et que ça craint avec le bac français à la fin de l'année : donc c'est normal qu'il n'écrive pas, parce que des lettres d'amour, ça exige un certain talent quand même, au moins un 12 de moyenne, et il en est loin. Elle est tellement intelligente Marianne.

34

Je ne sais pas lequel des deux me faisait le plus de peine : Marc, qui tirait sur le bouquet en broyant les fleurs, ou Simon, qui s'accrochait aux tiges en espérant sauver l'essentiel. J'aurais pu intervenir ; gueuler à Marc que sa réaction était démesurée, demander à Simon de revenir plus tard. J'aurais pu, mais je n'ai rien dit, je les ai laissés s'écharper par l'intermédiaire du bouquet que Simon m'avait apporté pour me remercier d'être revenue dans sa vie.

J'ai cru qu'une fois le bouquet entièrement déchiqueté, ils se calmeraient enfin. Mais ils en sont venus aux mains : se sont agrippé les costards, déchiré les chemises, ils se battaient comme des adolescents trop bien élevés, s'attrapant par leur peu de cheveux, se tordant les poignets, jusqu'à ce que Simon balance son poing dans l'estomac de Marc et que celui-ci lui réponde en lui cognant la mâchoire. Ils ont fini par se jeter l'un sur l'autre, à se battre comme des lutteurs en s'attrapant par la ceinture ; le sang coulait sur leurs chemises à col anglais, ils gémissaient d'épuisement et d'irrévérence, Marc a balancé un uppercut dans les côtes de Simon, Simon a étouffé un cri et répondu d'un coup de pied dans le tibia. Marc s'est effondré à terre. Il a entraîné Simon avec lui et le voisin, l'œil sans doute collé depuis un petit moment derrière son œilleton, a appelé les flics.

Était-ce de la part de Marc un acte de jalousie ou sa façon de me protéger d'un homme qui incarnait un danger ? Était-ce un combat de coqs ou un affrontement plus noble, d'ange blanc à ange noir ? Peut-être un peu des deux. C'était surtout un spectacle instructif qui racontait admirablement les deux hommes que j'avais face à moi.

Marc et Simon ont filé menottés dans une voiture de police, escortés par deux agents. J'ai demandé l'adresse de destination et les ai rejoints en métro. Je ne voulais pas rater ça – le prologue ou la résolution, appelez ça comme vous voulez.

Je n'étais jamais entrée dans un commissariat. Sans doute parce que mon père m'avait élevée dans le strict respect des règles. Il proclamait qu'il fallait éviter de nuire aux gens, parce qu'on n'en réchappe jamais vraiment. Et quand il disait ça, il feignait de ne pas entendre ma mère commenter qu'il serait bien avisé de suivre les préceptes qu'il m'enseignait.

Quand je suis arrivée, Marc et Simon étaient assis côte à côte face à l'inspecteur qui retranscrivait leur témoignage sur son ordinateur et cognait régulièrement la table pour que les deux assaillants cessent de se couper la parole. Il semblait ne rien comprendre à la situation. Surtout, il avait le plus grand mal à saisir qui des deux était le mari et qui l'amant. Je me suis permis d'intervenir pour ne pas le laisser s'enliser dans un questionnement stérile. Il m'a remerciée d'un hochement de tête timide et, de nouveau, a frappé du poing sur la table. Ils allaient tout reprendre depuis le début ! J'en ai profité pour m'asseoir entre les deux interpellés, pour apporter un peu de clarté et de calme.

– Bon, on reprend… a marmonné l'inspecteur. Monsieur Mesnil, vous vous êtes rendu ce matin à 10 h 30 chez mademoiselle Desforges ici présente, pour lui apporter un bouquet de fleurs. C'est bien ça ?

– C'est exact.

– Vous avez frappé à la porte et c'est Monsieur Garbois, ici présent, qui vous a ouvert et, alors que vous ne vous étiez jamais rencontrés jusque-là, vous a immédiatement agressé. C'est bien ça ?

– C'est exact.

– Bien.

– C'était pour protéger Alice ! a protesté Marc avec une rare ferveur.

– De quoi, des épines ? a ironisé Simon.

– De toi, ignoble malade ! Tu as déjà tué deux filles, ça ne te suffit pas ? Il faut aussi que tu t'attaques à elle ?

– Quoi ? Mais… monsieur l'inspecteur, ne l'écoutez pas ! Il délire !

Et voilà que les bras de Marc me passaient par-dessus pour agripper le col de Simon et que Simon se collait sans ménagement à moi pour que ses mains puissent lui rendre la pareille.

L'inspecteur, furibond, les a aussitôt recadrés. À la prochaine incartade, c'était la cellule.

– C'est moi ici qui dis qui parle et quand ! a-t-il rappelé. C'est clair ?

C'était proféré avec une telle autorité que même moi je me suis mise au pas. Bouche cousue.

– On reprend.

Dans le silence rétabli, l'interrogatoire a rapidement perdu de sa superbe. Même Marc n'était plus aussi convaincu quand il tâchait désespérément d'expliquer à l'inspecteur que Simon était un *serial killer* dont la signature était qu'il laissait toujours près des corps une pensée séchée, et que le fait qu'il se soit pointé à ma porte avec un bouquet entier annonçait le carnage qu'il s'apprêtait à commettre. Interdit de parole, Simon secouait la tête tout en soupirant mille morts. Laissant tout de même échapper :

– C'est absurde ! Je me suis rappelé que c'étaient les fleurs préférées d'Alice, c'est tout !

À la demande de l'inspecteur, j'ai dû confirmer.

– Vous n'apportez pas de fleurs, inspecteur, à une femme avec laquelle vous venez de faire l'amour ? a ajouté Simon.

Et voilà que cette fois, les mains menottées de Simon cherchaient à m'enlacer, comme si cela pouvait convaincre la partie adverse, tandis que les mains menottées de Marc s'attaquaient aux doigts de Simon pour qu'il lâche prise. Simon, exaspéré, a fini par envoyer ses poings liés dans le nez de Marc. L'inspecteur a bondi pour m'extraire d'entre mes deux assaillants. Deux agents sont venus attraper Simon pour l'emmener à l'isolement.

Marc était blafard. Son nez pissait le sang, je lui ai tendu un Kleenex pour l'aider à arrêter l'hémorragie. L'inspecteur a ordonné à l'un de ses collègues de lui enlever les menottes. Il lui a fait signer sa déposition et promettre de garder ses distances et son calme avec Simon et tous ses semblables. Puis il s'est tourné vers moi.

– Mademoiselle Desforges, Monsieur Mesnil vous a-t-il contrainte à avoir des relations sexuelles avec lui ?

J'ai baissé la tête, incapable d'affronter l'hostilité de Marc.

– Non, ai-je dit tout bas.

Marc a fait un geste à peine perceptible, comme s'il essayait discrètement de s'éloigner de moi. J'ai deviné une terreur floue, la crainte d'avoir été entraîné au-delà du raisonnable. L'inspecteur a noté son changement d'humeur.

– Monsieur Garbois, pourquoi accusez-vous Monsieur Mesnil de vouloir tuer mademoiselle Desforges ?

J'ai devancé la réponse de Marc.

– C'est un malentendu. Quelqu'un s'est introduit chez moi mais ce n'était pas lui…

– On n'en sait rien ! est intervenu Marc.

– Arrête !

– Quoi, j'ai tort ?

– Marc, s'il te plaît, tu vois bien que ce n'est pas lui.

– Ah oui ? Parce que t'as couché avec lui, tout d'un coup ça l'exonère ?

À nouveau, le flic s'est agacé.

– Bon, vous avez fini ? Vous m'expliquez ?

Marc a tourné la tête, mutique. Alors j'ai pris le relais.

– Quelqu'un a déposé à mon insu un message accompagné d'une fleur chez moi. Une pensée. Je ne sais pas quand c'était. Mais il y a quelques jours, un soir, il est revenu les prendre.

– Vous l'avez surpris ?

– Non.

– Vous avez retrouvé votre porte fracturée ?

– Non plus… Je ne sais pas comment cette personne est entrée chez moi… Mais le mot et la fleur ont disparu, quelqu'un les a pris, j'en suis sûre.

– Un message et une fleur, c'est tout ? C'est tout ce qu'on vous a volé ?

– Oui.

L'inspecteur a jeté un rapide coup d'œil à un collègue qui écoutait de loin notre conversation – le genre de coup d'œil qui mène à une plainte sans suite.

– Et ce mot, vous vous rappelez ce qu'il disait ?

Bien sûr que je me le rappelais. Je me rappelais jusqu'à la ponctuation, trois points, trois phrases.

J'ai récité :

À vous tous.
Ce monde odieux vous regarde.
À mon ultimatum, révélez les traîtres.

À nouveau, le flic a paru perplexe. Son collègue se marrait doucement, heureux de ne pas être celui sur qui cette affaire inepte était tombée. Encore des gens qui dérangeaient la police pour rien.

– Vous avez « trahi » quelqu'un ? À part monsieur Garbois, j'entends ? a demandé l'inspecteur, avec une ironie non dissimulée.

Et j'ai su qu'il était inutile de m'attarder sur les morts de Marianne et Florence, les coïncidences qui n'en étaient pas. On en revenait au bon vieux scénario du mari et de l'amant. Ce flic avait des œillères, des œillères bien trop grandes pour envisager autre chose qu'un vulgaire plan à trois.

Marc n'a pas réagi. Il fixait les affichettes scotchées au mur, comme s'il se désintéressait dorénavant de ce qu'il pourrait advenir.

– Vous voulez déposer une main courante, pour le vol de la fleur et du mot ? a proposé l'inspecteur.

C'était une façon élégante d'enterrer l'affaire. Cela n'attendait pas de réponse de ma part, alors je me suis levée, j'ai attrapé mon sac et j'ai demandé :

– Et Monsieur Mesnil ?

– On va le laisser se calmer une heure ou deux et on le laissera partir.

J'ai hoché la tête en signe de remerciement. C'est comme ça qu'on fait, non ?, quand on cause des nuisances en ville et que la police se montre magnanime. Marc avait quitté le commissariat sans m'attendre. Je n'aurais pas su dire s'il m'en voulait, s'il se sentait humilié d'avoir été menotté, ou s'il se reprochait lui-même de n'avoir pas su contrôler ses émotions et s'être laissé emporter ainsi. Je lui ai couru après et l'ai rattrapé alors qu'il s'allumait une clope sur le trottoir.

J'ai demandé :

– Ça va ton nez ?

Il a tourné les talons puis s'est éloigné sans un mot, me forçant à me planter face à lui pour lui bloquer le passage.

– Je suis désolée.

Il a tenté de me contourner. Je me suis collée à lui. Il m'a repoussée sans tact, toujours silencieux.

– J'y peux rien, merde, s'il se pointe chez moi avec un bouquet de fleurs ! ai-je protesté. Je ne l'ai pas invité !

Il a serré les dents, visiblement exaspéré par ma réaction, puis il a pressé le pas et m'a laissée seule, à quelques mètres de la porte du commissariat.

J'ai marché jusqu'au bar le plus proche et commandé un café parce qu'il fallait bien commander quelque chose. Ça m'a filé la nausée. J'ai envoyé un SMS, des dizaines de SMS à Marc qui n'a pas répondu, et pour tout dire, j'ai trouvé perturbant de m'inquiéter davantage pour lui que pour Simon, gardé à l'isolement.

Sur mon téléphone, une alarme a retenti. Une alarme qui avait une signification spéciale, programmée pour sonner une fois par an. Je la redoutais terriblement : le rappel de la date anniversaire du départ de ma mère. Si cela n'avait tenu qu'à moi, j'aurais rayé ce souvenir de ma vie depuis longtemps, mais mon père, Dieu sait pourquoi, insistait pour entretenir la mémoire de celle qui l'avait quitté. Chaque année, il prenait des places pour aller voir une pièce de théâtre, une pièce que maman avait jouée. J'ai toujours éprouvé une tristesse infinie de le savoir seul dans une salle comble, pleurant une femme qui ne l'a jamais aimé. Je trouvais ça incompréhensible, qu'il s'impose cette peine et continue à vivre de regrets. J'ai fini par lui proposer de l'accompagner, malgré ses oppositions, malgré ses tentatives pour me semer en chemin. Et comme il est vrai qu'une fois sur deux j'avais laissé passer la date, j'ai fini par mettre une alarme ; j'ai fini par moi-même acheter les places.

Ce soir, nous allions voir *Médée*.

35

13 février 1992

Je sais que c'est elle. Laura n'aurait jamais fait ça. Elle est égoïste mais elle n'est pas cruelle. Pas comme maman. Et puis elle ne m'a jamais piqué mon courrier, Laura. Et ça fait deux jours qu'elle n'est pas à la maison de toute façon, je l'ai vue partir en mob avec un mec que j'avais jamais vu.

Oui, c'est maman. C'est forcément elle qui a jeté la lettre de Simon. Je la déteste ! Je la hais tellement !

Alors j'ai décidé de me venger. Je vais déchirer tout son courrier à elle. Tous les matins, je le récupèrerai dans la boîte aux lettres en partant au lycée, et je le mettrai en pièces (pas les lettres pour papa, bien sûr). Je le jetterai à la poubelle, comme elle l'a fait avec la lettre de Simon.

Ma première lettre d'amour est pleine de taches, il y a même des mots illisibles maintenant. Je la hais. Elle a jeté ça au milieu des épluchures de courgette et des restes de jambon blanc. Je suis dégoûtée. Mais QUI fait ça ? Sérieux, elle est jalouse parce que papa ne lui dit plus jamais « je t'aime » ? Je suis sûre que c'est ça.

Heureusement qu'il y a un dieu des ados quelque part, un dieu tout-puissant de l'amour et de la coolitude qui a voulu que papa me demande de sortir les poubelles. Un dieu énormissime qui m'a créée plus maladroite que Pierre Richard et fait renverser la poubelle. Merci mon dieu !

Sinon, j'aurais jamais trouvé la lettre.

J'aurais cru que c'était terminé.

Alors que Simon M'AIME. Comme un dingue.

J'avais raison : il voulait m'appeler mais il était trop dég' parce qu'il n'avait pas mon numéro. Il l'a écrit noir sur blanc.

Je suis trop contente.

C'est le plus beau jour de ma vie.

36

Si la vérité est possible quelque part, s'il existe un lieu où aller la chercher, c'est sans doute dans l'enfance. Là où nous ressentons les choses avec le plus d'honnêteté. Là aussi où nous osons les formuler sans nous mentir. Est-ce la raison pour laquelle j'ai conduit sans réfléchir jusque chez mon père, jusqu'à cette maison dont les pièces respirent encore l'odeur de ma mère ?

C'était un voyage funambule, basé sur l'intuition qu'il m'avait menti au téléphone un peu plus tôt. Jamais mon père ne m'avait fait faux bond le soir anniversaire de la disparition de ma mère. Mais là, il avait de la fièvre, il était couché, avait-il dit, en se forçant à tousser. Il n'avait pas la force de se lever et encore moins de sortir pour aller voir *Médée*.

C'était inconcevable.

Tant d'années il avait fait semblant d'aller bien, de marcher droit. Un père portant un masque, bien plus fort que moi pour singer l'homme debout. J'avais toujours été trop idéaliste pour être tout à fait heureuse. Ça laissait peu d'ouvertures à un sourire, même forcé, même excédé.

Avec le temps, le souvenir de ma mère s'était estompé, et avec lui, celui de sa cruauté. Aujourd'hui, je n'entendais plus son rire hystérique ni ses colères. Je ne souffrais plus – et pourtant, je savais que tout cela avait existé. Je le savais, car certains rires me donnaient encore de l'eczéma, et parce que je fuyais toute personne qui parlait un peu trop fort autour de moi. J'avais choisi un métier qui n'impliquait quasiment aucune interaction avec les autres ; les seules personnes que je côtoyais étaient un père qui ne parlait pas, et un ami – disons un ami –, Marc, qui préférait très largement la poésie qu'on chuchote au slam qu'on joue sur scène.

J'aurais aimé que les choses soient différentes ; que ma mère soit tendre et ma sœur compatissante ; que mon père ait des choses à m'enseigner quand j'étais plus jeune, des choses qui m'auraient fait grandir plus vite et mieux – des recettes de grand, des recettes de père.

Mais quand maman vivait encore avec nous, il passait son temps à fuir les conversations, trop inquiet à l'idée de poser la seule question qui aurait pu délier les langues et révéler l'affreuse photo de famille : *Tout s'est bien passé aujourd'hui ?*

La maison de mon enfance est aussi trompeuse qu'un conte des frères Grimm. Elle cache les malheurs de ses occupants derrière une façade anodine et ronde, qui n'est pas sans rappeler ces chaumières en pierre aux toits tordus. Mon père l'a choisie parce que le jardin touche, à son extrémité, une forêt qui s'étend à perte de vue et vous donne l'impression d'être seul à des kilomètres à la ronde.

J'ai souvent pensé que plus ma mère contemplait cette forêt plus elle nous haïssait. Maman aimait la ville, le bourdonnement des rues, le chahut des voitures, les trottoirs inégaux, les devantures des théâtres, les néons aveuglants, les pas froissés et les silhouettes apprêtées. Elle aimait le monde à condition qu'il soit lettré, bavard et sophistiqué. Rien n'était supportable sans le bruit des applaudissements.

La nuit était déjà tombée quand je suis arrivée devant la maison et faisait se détacher nettement la cuisine éclairée et la silhouette de mon père qui passait un coup d'éponge sur la table. Il semblait heureux, presque guilleret ; on était loin de l'homme fiévreux et alité. Sa gestuelle était aérienne et légère, très inhabituelle pour moi qui ne lui connaissais que l'air timide et pincé qu'il affichait les dimanches.

Je l'ai contemplé un moment, partagée entre deux sentiments : le soulagement de le voir sur pied et le chagrin que cette euphorie ne s'exprime jamais en ma présence. Et puis mon cœur s'est fissuré, presque dissous, quand je l'ai vue entrer dans la cuisine et se lover dans ses bras, quand j'ai vu papa lui caresser tendrement les cheveux. Mes jambes m'ont lâchée et je me suis affaissée sur les dalles de l'allée.

Ma sœur dans les bras de mon père. C'était à la fois insupportable et merveilleux.

J'ai frappé à la porte, pleine d'incompréhension et d'espoir mêlés, mais le regard coupable que mon père m'a lancé en m'ouvrant m'a avertie que ma visite allait être plus éprouvante que je ne l'imaginais.

– Qu'est-ce que tu fais là ? a-t-il demandé, étonné.

– Et toi, qu'est-ce que tu fais debout ? ai-je répondu en fixant ma sœur dont la silhouette se détachait derrière lui.

Il n'a pas répondu. Alors Laura s'est approchée, et, toujours en partie masquée par le buste de mon père, m'a saluée. Sa voix était froide, cinglante. Des retrouvailles de sœurs ennemies.

Mon père nous a précédées dans la cuisine. On s'est assis tous les trois, sans vraiment oser faire le premier pas. Il était encore trop tôt pour se reprocher quoi que ce soit, ou bien trop tard, après tout. Peut-être avions-nous même trente ans de retard.

Elle avait vieilli, atrocement vieilli. Elle s'était coupé les cheveux à ras sous les oreilles. Des ridules lui mangeaient les yeux. Elle approchait de la cinquantaine. En essayant de retrouver dans ce visage la sœur de mon enfance, j'ai mesuré le temps qui s'était écoulé. J'ai pensé : le temps, c'est ceux qu'on aime et ceux qu'on perd. Et parfois, c'est aussi ceux qui reviennent changés. Ma sœur était méconnaissable. La seule chose qu'elle avait conservée, c'était cette indifférence, cette distance à mon égard. Ce soir encore, elle l'affichait. Je me sentais troublée, évidemment, de l'avoir là, juste en face de moi, mais alors que je cherchais, fébrile, les traces de mon adolescence, il était rassurant de me rendre compte, grâce à elle, que certains pans de mon passé étaient toujours bien présents dans ma mémoire. De ma sœur, je n'avais rien oublié, pas une seule seconde, pas une seule déception.

– Tu restes combien de temps ? ai-je demandé.

Laura s'est tournée vers mon père comme s'il détenait une partie de la réponse.

– Tu quittes les États-Unis ? ai-je insisté.

– Non. Pourquoi tu dis ça ?

– Je ne sais pas… Tu n'es pas rentrée une seule fois en mille ans, alors je me dis que, peut-être, si tu es là…

Elle a paru gênée. Mon père aussi. Leur silence était insultant, il disait les mensonges, il disait l'évitement. Il suggérait que ma sœur, souvent, avait été là, et qu'elle n'avait jamais cherché à me voir. Que mon père, depuis le départ de ma mère, avait vécu deux vies en parallèle, l'une loin de Laura, l'autre loin de moi. Cela pouvait sembler absurde et même féroce. Et pourtant, cela suintait de leur embarras.

J'ai fixé mon père qui a fait semblant de ne pas comprendre.

– Il est tard, on devrait tous aller se coucher, a-t-il lancé. Alice, j'imagine que tu restes ici ce soir ?

Et on en est restés là, à regagner chacun nos chambres comme s'il était plus supportable de continuer de se mentir. De ne pas creuser les raisons qui avaient poussé un père à éloigner l'une de l'autre ses deux filles.

37

C'est la voix de ma sœur qui m'a réveillée, parce qu'elle sonnait faux dans le décor, et parce qu'elle montait haut dans les aigus, comme la voix de maman. J'ai allumé la lumière et mis un moment à réaliser que j'étais dans la chambre de mon adolescence ou tout du moins ce qu'il en restait. Y trônaient toujours cette commode blanche aux tiroirs sans poignées, plutôt atypique pour l'époque, une bibliothèque débordant de livres, ma vieille chaîne hi-fi, mes fringues passées de mode. Seuls les posters de Depeche Mode et de Phil Collins avaient disparu, et peut-être d'autres choses, des photos, des disques et des bibelots. Peut-être… c'était si flou aujourd'hui.

Je suis sortie de ma chambre ; il devait être tôt, il faisait encore nuit. Le couloir étroit qui menait chez ma sœur puis à l'escalier était plongé dans l'obscurité, et pourtant, j'en devinais les contours et les aspérités. Je l'avais si souvent arpenté, en courant ou sur la pointe des pieds, pour échapper à la vue de ma mère ou aux broncas de Laura. Une fois encore, je le traversais sans un bruit, ma main caressant le mur, guidée par les voix qui s'échappaient du rez-de-chaussée.

Du haut de l'escalier, on apercevait l'entrée et jusqu'à l'intérieur de la cuisine. Je me suis posée là, tout en haut des marches. Ma sœur marchait de long en large devant le frigidaire. Je voyais mon père, attablé, qui agitait les mains comme pour lui dire de s'asseoir et de baisser d'un cran. J'ai descendu quelques marches, masquée derrière la rambarde en bois massif, pour mieux entendre. Mon père parlait tout bas, j'avais du mal à décrypter ses propos. Quelques mots s'échappaient, prononcés plus fort que les autres, et j'ai fini par comprendre qu'il insistait pour que Laura reparte aux États-Unis, dès les premières heures du jour, avant même que je sois levée. Ça sonnait comme une prière qui n'appelait aucune forme de contestation. Mais ma sœur, malgré tout, s'insurgeait. Rien d'étonnant, elle avait fait ça toute sa vie.

– Elle va trouver ça bizarre que je reparte comme ça, à l'aube, comme une voleuse…, a-t-elle soufflé. Et puis je ne veux pas te laisser seul. Qu'est-ce que ça change si je reste un jour de plus, hein, dis-moi ?

– Il vaut mieux que tu rentres, c'est tout, a tranché mon père sans plus d'explications.

Nichée dans la pénombre de l'escalier, je retenais ma respiration pour qu'ils ne devinent pas ma présence. Mais mes jambes, déjà, étaient prises de spasmes, et mon souffle s'enrayait une fois sur deux. Des images du passé revenaient par rafales. Des images oubliées, d'amertume et de détestation.

C'était une après-midi d'automne, une de ces après-midi où le soleil est si bas qu'il éclaire à peine les arbres. J'avais douze ans, nous vivions encore à Paris. Nous étions seules à l'appartement avec ma sœur. Elle ne s'occupait pas vraiment de moi, elle avait plus important à faire : ce week-end, elle allait à une boum et comptait bien repartir accrochée à la bouche de Florian, un blondinet aux cheveux mi-longs sur lequel elle lorgnait depuis le début de la seconde.

Pour ça, il lui fallait la tenue appropriée : sa robe préférée, bleu marine, courte et échancrée, qui laissait paraître juste ce qu'il fallait et mettait en valeur ses jambes qu'elle jugeait bien plus longues que celles de Tatjana Patitz. Une robe que je m'étais amusée à essayer mille fois dans ma chambre, en rembourrant la poitrine, en piquant des talons hauts à maman. Une robe que j'avais fini malgré moi par déformer et planquer dans sa penderie en espérant qu'elle l'oublie.

Mais ma sœur n'oubliait jamais rien. Elle a brandi sa robe difforme en m'accusant de lui gâcher la vie ; elle était hystérique, elle voulait qu'on la débarrasse de ma vue. Elle m'a agrippée par les cheveux et m'a traînée sur le parquet, sur le carrelage de l'entrée, jusqu'à me foutre dehors en hurlant : « Je veux que tu dégages de cet appartement, je veux que tu sortes de ma vie, tu m'entends ?! » Elle a fermé la porte à clé et tandis que je tambourinais, elle est allée s'enfermer dans sa chambre. Elle a monté le volume de sa chaîne hi-fi et a tiré un trait sur moi. Je me suis retrouvée en tee-shirt sur le palier, transie de froid, avec des bosses et mal au bras, pendant trois heures, jusqu'à ce que ma mère rentre d'une répétition et me découvre recroquevillée devant la porte, les bras rentrés dans mon tee-shirt.

Ma sœur a été privée de boum, et c'est à peu près tout. On n'en a plus jamais reparlé à la maison. Et rien n'a changé.

De mon enfance avec Laura, je me souviens qu'il s'agissait toujours de savoir qui de nous deux allait perdre ou gagner, qui des deux maman allait croire – c'était toujours Laura –, qui des deux papa allait punir – c'était toujours Laura aussi –, qui aurait la permission de minuit, le droit d'aller louer une VHS, d'inviter ses amis pour la nuit. C'était l'une ou l'autre. Jamais les deux.

Nous ne nous sommes jamais aimées, nous ne nous sommes jamais parlé, sauf pour nous engueuler. « Dégage ! », « Arrête de toucher à mes fringues ! », « On t'a pas sonnée ! », voilà les trois seules phrases que m'ait jamais dites ma sœur. Ça et « Je vais le dire à maman » – une formule plutôt classique et inoffensive dans une famille ordinaire, mais qui était sans doute la plus effroyable des quatre.

Trente ans plus tard, rien n'avait changé. Pour que l'harmonie perdure, il fallait que l'une de nous deux débarrasse le plancher. Ainsi en avait décidé mon père, et ce soir, c'était Laura qu'il chassait, c'était moi qui avais gagné.

Je suis remontée dans ma chambre en silence et j'ai tenté de retrouver le sommeil. En vain. Les bruits de la maison étaient trop présents pour que je puisse m'en détacher. De là où j'étais, je continuais d'entendre les paroles murmurées de ma sœur, les réponses crispées de mon père. Je me suis redressée dans le lit, étonnée de voir que dans cette maison, je continuais à me comporter comme une enfant de douze ans qui n'a ni le droit à la parole ni celui de se mêler aux conversations des grands. Et pourtant. J'étais une adulte responsable désormais ; j'avais gagné le droit de comprendre tout comme celui de m'imposer.

J'ai marché jusqu'à la chambre de ma sœur. J'allais attendre là qu'elle en ait fini avec papa. Rien n'avait bougé depuis nos années lycée. Les mêmes posters de George Michael et Michael Jackson sur les murs, la même chaîne stéréo qui acceptait encore les disques laser, comme on les appelait à l'époque, et même les mini-CD. J'ai fait passer mes doigts sur sa collection de disques que je n'avais jamais le droit d'emprunter. J'ai ouvert la penderie et passé en revue les robes qu'elle avait laissées là, celles qu'elle n'aimait plus, celles qu'elle ne mettait pas. Et je m'y suis glissée, en me contorsionnant, en pliant mes jambes jusqu'au menton. Et j'ai revu mon père, le dos en vrac et le corps contraint dans cet étroit placard. Je me suis souvenue de ses consolations inutiles, de ce trop-plein d'amour qu'il avait pour ma mère et qui avait fini par la détruire et l'asphyxier. J'ai plongé ma tête entre mes genoux. J'ai attendu que Laura remonte pour pouvoir lui poser la seule question qui expliquerait mon incapacité à être heureuse depuis toutes ces années : *Est-ce que maman nous a tout pris en partant ?*

J'ai entendu des pas qui montaient l'escalier. Ma sœur est apparue dans sa chambre et m'a aperçue coincée dans sa penderie. Elle a sursauté.

– Qu'est-ce que tu fais là ?!

De la sidération plus qu'un reproche.

– Je t'attendais, ai-je répondu timidement, avec une peur venue de notre enfance qu'elle m'attrape par le col et me sorte du placard par la force.

Mais elle n'a pas bronché, elle a attrapé sa valise, l'a déposée, ouverte sur son lit, puis a agité les bras :

– Bouge-toi, faut que je prenne mes affaires.

– Tu ne vas pas partir maintenant ? Il ne fait même pas jour.

– Pousse-toi, je te dis.

Je suis sortie de la penderie et elle a commencé à remplir sa valise en me gardant à l'œil, en prenant soin, aussi, de ne jamais se tenir trop près de moi.

– Tu rentres où d'ailleurs ? ai-je insisté.

– Atlanta.

Elle s'est figée. Moi aussi. Elle avait répondu de manière mécanique, sans réfléchir. En lâchant ce qu'elle ne devait pas dire.

– Tu ne vis plus à Detroit ?

Elle a blêmi, puis s'est enfoncée dans la penderie pour attraper le reste de ses vêtements.

– Si… mais je dois passer à Atlanta. Une copine à voir.

– Et… tu fais quoi à Detroit ? Tu as quelqu'un dans ta vie ?

Je ne sais pas pourquoi je me suis mise à poser des questions amicales, on ne s'était jamais parlé de la sorte elle et moi. Il n'y avait jamais eu d'amabilités entre nous, juste de la colère et de la jalousie. Un peu comme aujourd'hui.

Je l'ai sentie se braquer. J'ai esquissé un pas vers elle, elle a reculé aussitôt. Ma présence lui était toujours aussi insupportable.

– On discutera une prochaine fois, d'accord ? Il faut que je finisse ma valise et… que je dorme un peu avant d'y aller.

Elle a ouvert grand la porte de sa chambre et a attendu, impatiente et tremblante, que je sorte. Je l'ai regardée une dernière fois. C'était certainement la dernière, tant il était évident que cette « discussion » n'aurait jamais lieu.

Depuis le départ de Laura pour les États-Unis, je l'avais toujours cherchée au mauvais endroit. Pendant ma thèse, au tout début des années 2000, j'avais pris un billet pour Detroit. C'est là-bas qu'elle s'était installée, m'avait raconté mon père. Cela faisait sept ans que Laura était partie, que je me retrouvais seule avec papa. Elle donnait rarement des nouvelles, quelques cartes postales des Grands Lacs ou du Mississippi, quelques lettres, jamais un mot pour moi. Ma sœur me manquait. Je ne sais pas pourquoi, par masochisme peut-être. Ou parce que j'estimais qu'on méritait mieux que ça ; on méritait de continuer de croire que l'on formait une famille, même démembrée. On méritait de s'illusionner encore un peu.

Mon père n'avait pas son adresse, du moins le disait-il, mais il avait accepté de me transmettre son numéro de portable. J'ai appelé plusieurs fois sans qu'elle ne décroche ni ne réponde jamais. J'ai fini par me décider à prendre l'avion sans être sûre qu'elle serait là à mon arrivée. J'imaginais qu'elle n'oserait pas me laisser seule dans un pays où le port d'armes était autorisé. Je lui ai laissé un message pour lui donner le jour et les horaires de mon vol. Quand je suis arrivée à l'aéroport de Detroit, il n'y avait personne pour m'accueillir. À nouveau, j'ai appelé. À nouveau, elle n'a pas décroché. J'ai traîné dans les couloirs et les salles d'attente jusqu'à ce qu'elle finisse par m'envoyer un message. Elle était partie en vacances au Canada avec des copines, pas dispo. J'ai passé quelques jours dans la ville, estomaquée par la hauteur des buildings, la largeur des rues et la rudesse de ma sœur.

J'y suis retournée, plus tard. Sans doute parce que je ne voulais pas comprendre. Elle se trouvait chaque fois en vacances aux quatre coins du monde, avec des amis ou un fiancé. Je faisais semblant de la croire, et dans la ville, inlassablement, je la cherchais, sans savoir que je flairais les pistes au mauvais endroit.

Depuis toutes ces années, ma sœur vivait à Atlanta.

Quand je suis enfin sortie de sa chambre, Laura a claqué la porte et l'a fermée à clef. Je me suis retrouvée seule dans le couloir éteint. Porte close comme avant, comme quand elle me chassait de la maison. Et je me suis demandé pourquoi, comme maman, elle s'était mise à nous fuir. Était-ce de la haine ou juste l'adolescence qui passait mal ? Me tenait-elle à distance de son aversion ?

À quel moment avais-je perdu ma sœur : était-ce avant ou après maman ?

38

14 avril 1992

Aujourd'hui, j'ai acheté le dernier numéro de Jeune et Jolie. *C'est important si je veux garder Simon. Je ne lui dirai jamais, mais j'ai découvert comment transformer une amourette en big love. J'ai rempli le quizz pour savoir si je suis une tombeuse ou une looseuse (je ne peux pas écrire le résultat ici, ça me déprime trop). J'ai aussi appris les 50 bonnes raisons de se marier. En même temps, moi, j'en vois qu'une : SIMON.*

Marianne et Florence étaient à la maison. C'était cool, même si elles se sont battues pour lire le même exemplaire de StarMag *et qu'elles ont fini par arracher les paroles de leurs chansons préférées. Marianne est amoureuse de François Feldman, elle trouve qu'on n'a rien fait de plus beau que* Les Valses de Vienne. *Elle est folle ! Avec Florence, on lui a dit que c'était bizarre quand même ce crush pour un mec qui a presque l'âge de son père. En même temps, Florence est mal placée pour critiquer : elle, c'est Freddie Mercury. Elle s'habille en noir depuis qu'il est mort cet hiver. Si c'est pas bizarre, d'être amoureuse d'un mort ?*

J'ai acheté 20 ans *aussi. C'est hyper subversif, j'adore. C'est pour les filles plus âgées. Ça me permet de voir à quel point ma vie va se corser à la sortie du lycée. Le numéro de la semaine était vraiment utile : je sais maintenant comment me maquiller pour un enterrement. Et aussi qu'il faut que je me méfie des vieilles, elles nous piquent nos mecs, et le magazine m'a filé 40 plans minables mais qui marchent pour les garder. Ça me va bien. Je suis prête à tout pour rester avec Simon. Mais c'est pas gagné… Si j'en crois* 20 ans, *je suis née sous une mauvaise étoile. Ils disent que 1976 a été une année noire : Agatha Christie et Jean Gabin sont morts, et* Carrie, *le film de Brian De Palma, a traumatisé toute une génération. Les seuls mots qui ont atterri dans le dictionnaire sont* Fluo *et* Rasta. *Bonjour la dèche créative de l'époque.*

Laura a de la chance, elle. Elle est née en 1973, l'année où on inventait les top-modèles. Sûr qu'elle est mieux armée pour réussir dans la vie.

Florence a piqué Jeune et Jolie *et s'est marrée en lisant les articles. Elle a des convictions super forgées sur l'amour. Sa mère lui a donné le secret d'un mariage qui dure : être heureuse avec l'autre debout, assise et couchée. Paraît que ça suffit pour réussir sa vie. Moi, j'ai plutôt tendance à penser que la clé du bonheur tient au fait d'avoir bon goût en amour. Visiblement, je fais fausse route.*

On a passé une super après-midi jusqu'à ce que ma sœur déboule dans ma chambre sans frapper. On a sursauté toutes les trois. Elle a récupéré les CD que je lui avais piqués, et un pull en laine bleue que je lui avais emprunté une des nuits où j'ai dormi dans son dressing. Elle m'a balancé : « T'en as pas marre de me piquer mes affaires ? La prochaine fois je le dis à maman ! » Ça faisait longtemps.

Florence et Marianne se sont marrées, elles ont trouvé cette phrase très immature pour une fille qui va à la fac. Moi, j'ai bondi et j'ai poussé ma sœur hors de ma chambre. Je l'ai même traitée de salope. Ça a réveillé maman qui cuvait dans le salon ou je ne sais trop où. Elle est montée à l'étage et elle a ordonné à Florence et Marianne de rentrer chez elles. J'ai voulu les raccompagner, elle m'a barré le chemin, Laura s'en chargeait. Et pendant que Marianne et Flo descendaient l'escalier, j'ai vu ma mère qui trépignait d'impatience. Il était trop tard pour aller me planquer dans le sauna.

39

Ma sœur est partie. Mon père l'a conduite à l'aéroport, il n'a pas voulu que je les accompagne. Laura non plus d'ailleurs. Elle m'a dit au revoir comme on dit adieu, avec du lointain dans la voix et du soulagement dans les yeux. Mon père est revenu à la maison en coup de vent. Le maire l'avait appelé : la salle des fêtes était inondée, une canalisation avait rompu, ils avaient besoin de mains pour sauver ce qui pouvait l'être. Alors il m'a laissée seule à la maison. C'était sa façon, je le savais, de fuir ses fautes et les discussions fâcheuses qui vont avec. Les questions allaient devoir attendre.

Je me suis baladée dans la maison. Trois chambres, un bureau, un salon, et un sous-sol de château avec buanderie et sauna. La maison était grande et maman était partout. Mon père n'avait rien effacé de sa présence. Ses vêtements pendaient encore dans le dressing de leur chambre, les derniers livres qu'elle avait lus étaient empilés sur sa table de nuit, sa boîte à bijoux, ouverte. Il n'avait pas touché non plus à son paquet de cigarillos posé sur la commode du salon, ni aux chaussons mauves en fourrure rangés dans l'entrée, aux rouleaux qu'elle mettait dans ses cheveux pour épaissir ses boucles, au plaid en mohair qu'elle mettait sur ses cuisses les soirs d'hiver, aux *Trois Ballerines* de Jansem, son tableau préféré. Mon père vivait comme si ma mère n'était jamais partie. Et à bien y regarder, elle avait laissé trop de choses derrière elle pour autoriser quiconque à l'oublier.

Je suis revenue devant le dressing et j'ai fait les poches de ma mère. Je ne sais pas pourquoi, sans doute parce que, sans la présence de mon père, j'imaginais que la maison m'appartenait, et ses secrets avec. J'ai fourré mes mains dans les pantalons, les shorts, les vestes, trouvé quelques kleenex oubliés, parfois des tickets de caisse.

J'ai fouillé ses sacs qui trônaient comme des trophées sur les étagères du dressing, mis la main sur un chéquier, des stylos-plume, un rouge à lèvres, des somnifères, une broche en jade, quelques pièces de monnaie. Elle avait tout laissé derrière elle, presque tout, à l'exception de son portefeuille et de sa carte d'identité. Dans l'un de ses sacs, j'ai retrouvé une photo. Une photo de scène, c'étaient les seules qu'elle supportait. Il était difficile de ne pas la trouver belle. Ses pommettes hautes et ses cheveux bruns qui tombaient en vagues lui donnaient l'air d'une madone.

J'ai quitté la chambre de mon père, elle était nichée sous l'escalier, au rez-de-chaussée, tout près du salon et juste en face de la cuisine. Un étage pour les parents en bas, un autre pour les enfants, tout en haut. Je me rappelle que c'était la seule chose qui plaisait à ma mère dans cette maison, que son espace et le nôtre soient à ce point séparés.

Je suis montée à l'étage, les souvenirs se faisaient plus rares et l'air plus respirable. La porte du bureau de mon père était ouverte, je fus déconcertée de voir à quel point cette pièce s'était extraite de l'histoire familiale. Pas une photo, pas un bibelot. Un repaire dénué de présence. Et je n'ai pu m'empêcher d'imaginer que mon père se réfugiait ici quand la douleur du souvenir devenait trop encombrante et qu'il fallait bien la remiser quelque part.

Jamais je n'avais fouillé cette pièce. Enfant, je n'avais pas le droit d'y pénétrer. Papa travaillait. C'était intimidant de m'infiltrer ici, même à mon âge, même si mes mains ouvraient des dossiers où il n'était question que d'argent, d'imposition et d'investissements dans des entreprises internationales aux acronymes obscurs : FOK, GL Corp, AL Inc. Les meubles ne renfermaient rien de personnel, seulement du matériel utile, stylos, gomme, scotch, colle et ciseaux. Le bureau d'un conseiller financier à la retraite qui continuait de surveiller le cours de la Bourse, de flairer les bonnes opportunités, et de faire le compte de l'argent qu'il gagnait et de celui qu'il reversait à l'État.

Mon père avait toujours eu cette obsession de mettre sa famille à l'abri : cela avait signifié nous mettre un toit au-dessus de la tête et ouvrir plusieurs assurances vie. Très tôt, il m'avait offert un appartement, un deux-pièces en plein cœur de Paris dans lequel je continuais d'habiter. Et dès ma majorité, il avait placé l'argent nécessaire pour que je ne manque de rien. Mon père avait du nez pour les affaires et cette aisance m'avait permis d'acheter ma liberté et de vivre de mes traductions, malgré des années plus ou moins fructueuses.

Je suis sortie du bureau pour m'échapper dans le jardin puis jusqu'à la forêt. Mes mains avaient fouillé trop loin, ça remuait trop de choses, et avant tout le souvenir que personne n'avait jamais vraiment été heureux ici. Ma tête s'est mise à bourdonner. J'ai failli trébucher dans l'herbe mouillée. C'était ainsi désormais, dès que je glissais la tête un peu trop loin dans le passé, mon crâne grinçait et d'une certaine façon, brutale et indicible, j'imagine qu'il se rappelait.

J'ai saisi mon portable : toujours pas de nouvelles de Marc. Je m'inquiétais, même si je me doutais qu'il finirait bien par me pardonner. On était ainsi lui et moi, faillibles et inséparables.

J'aurais pu rentrer à Paris, me précipiter chez lui ou rapatrier toutes mes angoisses chez moi, mais l'intrusion dans mon appartement avait laissé des traces. Je craignais que le danger ne rôde toujours. Que mon tour ne vienne dès que j'y aurais remis les pieds. Je n'avais toujours rien résolu après tout. Marianne, Florence et moi... Pourquoi, pour toutes les trois, ce message qui tenait en trois phrases et la pensée ? Et pourquoi étaient-elles mortes, elles, et pas moi ?

J'ai repensé à ce conseil que mon père nous donnait souvent quand nous étions jeunes avec ma sœur : « Si vous voulez cacher quelque chose à quelqu'un, laissez-le bien en évidence. Personne ne fait jamais attention à ce qu'il a sous les yeux. »

Que cachaient ces similitudes que je ne comprenais pas ?

Je suis revenue dans la maison, j'ai longé les couloirs, frôlé les murs, scruté le plafond. Qu'est-ce qui était si visible que je ne le voyais pas ? Cette question tournait en boucle. Je ratais quelque chose. Quelque chose d'énorme et d'évident dont cette maison, qui avait abrité mes années lycée, avait forcément été le témoin. J'ai de nouveau ouvert les placards, fouillé les armoires : rien. J'espérais quoi ? Que le meurtrier, après être passé chez moi, serait allé rendre visite à mon père pour lui remettre l'arme du crime, un mot ou une fleur à lui aussi ? C'était absurde cette fouille, évidemment, mais alors que plus rien ne faisait sens ces derniers temps, que les fantômes prenaient plus de place que les vivants, il n'était pas étonnant que mes actions soient elles aussi incohérentes. Je ne savais tellement plus où chercher que j'ai fini par plonger la main dans le bocal à l'entrée dans lequel mon père conservait tout ce qu'il n'utilisait plus, pièces jaunes, piles, vieilles clés : rien.

Par désœuvrement, j'ai jeté un œil au courrier du jour qu'il déposait sur le même guéridon. La pile était haute, très haute pour quelqu'un qui vivait seul et ne voyait pas grand monde. J'ai saisi les lettres : la banque, le gaz, l'électricité. Du courrier ordinaire. Et quatre enveloppes vierges, sans destinataire, toutes identiques.

Personne ne fait jamais attention à ce qu'il a sous les yeux.

J'ai ouvert la première et j'ai reconnu l'écriture de maman.

40

Maman avait déjà voulu partir il y a longtemps. Bien avant sa fugue définitive. Ainsi en attestait la lettre que j'avais dans les mains, datée de l'hiver 1977, dans laquelle elle vomissait – déjà – mon père et la vie qu'il lui offrait, étriquée, prévisible. Je savais maintenant d'où venaient les fourmis dans les jambes de ma sœur. Cette manie de vouloir fuir tout et n'importe qui, tout et n'importe quand.

Ma mère, elle, ça l'avait prise très tôt, juste après ma naissance. J'ai tenté de ne pas m'émouvoir en lisant son horreur à m'entendre pleurer, à devoir occuper ma sœur avec des jeux idiots, enchaîner les biberons, se lever la nuit, avoir le ventre gondolé, ne rien pouvoir enfiler qui ne serre à la ceinture, ne jamais trouver de baby-sitter pour aller au théâtre, devoir consacrer chaque minute de ses journées à des enfants qu'elle n'avait pas désirés. La lettre s'étirait sur trois pages. Trois pages de reproches et de lamentations. Son monde avait affreusement rétréci depuis notre arrivée.

La lettre était égoïste et cruelle, cela lui ressemblait. Toute mon enfance, maman avait été la même : souriante avec les autres et misérable avec nous. Cela n'ôtait pas la violence des mots, d'autant qu'elle avait le sens de la formule et ce talent à l'écrit comme à l'oral pour emballer sa haine dans de jolies phrases.

Je ne sais pas comment mon père l'a retenue cette fois-là. Sans doute en la rappelant à ses obligations, en la menaçant de la condition de paria qui était réservée aux femmes qui abandonnaient leurs enfants. Ou peut-être en jurant de lui couper les vivres. Ma mère était éprise de liberté, mais incapable de vivre sans le sou. Elle avait été mal habituée par ma grand-mère qui toute sa vie avait été aussi gâtée par les hommes qui la courtisaient que par le confort de son statut.

J'ai hésité à ouvrir la deuxième lettre. Je me doutais qu'un revirement du cœur de ma mère était peu probable, même de façon passagère, même le temps d'un courrier. J'avais peur en m'immisçant dans l'intimité du couple mal assorti qu'avaient formé mes parents, non pas de me faire du mal – ma mère s'en était déjà très largement chargée avant sa disparition – mais d'en venir à haïr mon père. De le détester d'avoir été aussi lâche, d'avoir permis l'insoutenable. De n'avoir pas compris qu'une femme si redoutablement insatisfaite à trente ans virerait forcément cannibale – qu'elle finirait par dévorer ses enfants.

La curiosité, comme souvent dans ma vie, a été plus forte que la peur. Et j'ai fini par déplier la seconde lettre de maman. Elle datait du début des années 1990, coïncidait avec notre déménagement dans les Yvelines. De nouveau, elle menaçait de nous quitter. Le répit avait donc duré treize ans entre la première tentative et la deuxième. Les raisons de son mal-être n'avaient pas vraiment changé ; il était encore question des enfants, de cette foutue vie d'épouse qui la réduisait à exister pour les autres, des absences trop fréquentes de mon père, de cette maison perdue en pleine forêt qui lui collait le bourdon, de cette jeunesse qu'elle gâchait dans un village perdu.

Elle était à l'âge des rôles qui marquent une carrière, elle aurait dû interpréter Célimène, Agrippine et Bérénice, des héroïnes, des femmes d'empereurs, téméraires et passionnées, faire autre chose de bien plus conquérant que de jouer à la maman. On en revenait toujours au même motif finalement, à son narcissisme, à la scène qui l'avalait tout entière, à son incapacité à s'intéresser à quelqu'un d'autre qu'elle-même.

Je me demandais si le fait de nous quitter définitivement l'avait rendue heureuse, finalement. Jouait-elle quelque part dans un théâtre des rôles à sa hauteur – des rôles de femme sans cœur ?

J'ai dû marquer une pause. J'aurais tant eu besoin que Marc soit là, pour me rappeler qu'on peut naître de la haine d'une mère et se construire malgré tout. J'aurais aimé qu'il me prenne dans ses bras et qu'il me jure : « Tout va bien, t'en fais pas. »

J'ai regardé les deux enveloppes qui restaient, hésitant à nouveau à ouvrir la troisième lettre, parce que je voyais bien que chacune d'entre elles charcutait ma mémoire malade. La migraine commençait à irradier dans mes tempes et jusque dans mes oreilles tandis que des flashs d'un passé décomposé revenaient en rafales. Il y avait dans les mots de ma mère la trace du monstre qu'elle avait été et l'image de la femme qu'elle aurait voulu être : une héroïne tragique capable de grandeur et d'échappées. Certains jours, je notais avec effroi que je lui ressemblais, quand j'étais incapable de trouver un quelconque intérêt à ma vie par exemple, quand j'avais envie de courir, courir loin, courir vite, sous un bus, sous un train. Ces jours-là, je lui ressemble à en crever.

J'ai fini par ouvrir la troisième lettre. Je n'aurais pas dû.

C'était pourtant joué d'avance. Ses mots vibraient plus dur encore. Sans doute parce que les années avaient passé et qu'elle pouvait faire le compte de ce qu'elle avait perdu et qu'elle ne rattraperait jamais. L'aigreur avait proliféré, tout comme le dégoût qu'elle semblait ressentir à mon encontre et qui nourrissait l'intégralité de cette lettre qui datait de l'année précédant son vrai départ.

J'ai essayé de ravaler mes émotions. Après tout, ma mère, en grande tragédienne, avait une propension pour le drame et l'exagération. Je me répétais intérieurement qu'elle avait écrit tout cela sous le coup de la colère, et que la furie, parfois, je le sais bien aujourd'hui, fait dire des choses qu'on ne pense pas.

J'ai essayé mais je n'ai pas réussi. Les mots qu'elle employait étaient trop précis, l'énumération des motifs d'exaspération trop nombreux, les attaques trop ciblées. Elle reprochait à mon père son aveuglement, de toujours me défendre, de ne jamais taper du poing sur la table pour me remettre à ma place et me rappeler que dans cette famille je valais moins qu'elle, sa femme. Un jour, jurait-elle, « les choses finiraient mal », et elle signait de son nom en entier – Adèle Desforges – comme si elle s'adressait à un inconnu ou une relation de travail.

J'ai refermé la lettre, nauséeuse et blessée, incapable de me laisser imaginer ce que mon père avait pu lui promettre cette fois-ci pour la retenir. Quoi que ce soit, cela n'avait tenu qu'un an, puis elle avait fini par partir pour de bon. *Avant que les choses ne finissent vraiment mal*, sans doute.

Je suis retournée dans le jardin, j'ai contemplé la nature déplumée par l'hiver. Le paysage m'allait bien, il était aussi morne que moi. Il restait une dernière lettre, je l'ai enfouie dans ma poche et suis partie marcher dans la forêt, le cœur à l'envers et le pied maladroit. J'ai trébuché sur des racines, cogné les arbres qui se déployaient n'importe où, arraché les fougères qui me masquaient la vue, j'ai hurlé la bouche tendue vers le ciel et ça m'a fait du bien.

Je me suis appuyée contre un chêne dont l'écorce pelait, ça m'a égratigné la main, et j'ai hurlé plus fort encore, non plus de douleur mais de ces petits riens qui les uns accolés aux autres provoquaient tout autant de chagrin.

Ma tête tanguait, l'image de Marianne courant dans cette même forêt m'est apparue, j'ai entendu des rires, nos rires, je les ai suivis de sentier en sentier, chaque fois ils m'échappaient, j'ai entendu Marianne me souffler « Tu y es presque », alors j'ai étiré mes foulées jusqu'à tomber sur un étang entouré d'herbes hautes. La forêt est redevenue silencieuse. Aucune trace de Marianne. J'ai joué un instant avec l'eau, formé de petites vagues avec mes doigts, pour me calmer et revenir au présent. Puis j'ai contemplé mon reflet et vu se dessiner le visage de maman. J'ai trébuché, ma tête a heurté une branche lourde qui avait dû tomber du chêne qui protégeait l'étang du soleil, et je me suis évanouie.

À mon réveil, il faisait sombre, presque nuit. J'ignorais si je tremblais de froid ou de ne plus réussir à discerner le vrai du faux. Je me suis adossée contre un tronc pour reprendre mes esprits, j'ai glissé mes mains gelées dans les poches de mon jean. J'ai senti un bout de papier : la dernière lettre de ma mère. Je l'avais presque oubliée.

J'ai fini par l'ouvrir. J'étais plus calme à présent, déjà sonnée de ma chute, je ne pouvais pas tomber plus bas. Sa lettre datait du 16 mars 1993, le jour même de sa disparition. Elle était courte, si courte. Sans doute parce qu'elle avait déjà tout dit dans les courriers précédents, qu'elle se voyait sèche d'excuses et d'arguments nouveaux. Il n'était plus question de s'expliquer, juste de disparaître enfin.

La lettre tenait en trois phrases.

À toi. À elle.
Je vous hais.
Adieu.

Trois phrases réduites à l'os, comme dans les mots de Marianne, de Florence et celui que j'avais retrouvé chez moi.

J'ai frémi. Et quand, dans l'enveloppe, tout au fond, j'ai trouvé une pensée dont les pétales avaient fané, je me suis effondrée.

41

17 juillet 1992

L'été s'est abattu sur la région plus tôt que prévu. La canicule nous a complètement ramollis. Ça fait une semaine que ça dure. J'en peux plus ! Ça nous a découragées d'aller à Paris avec Marianne et Flo faire les boutiques. Du coup, on a passé la journée dans mon jardin, allongées dans l'herbe, à nous passer le brumisateur Évian. L'eau était froide, ça nous donnait la chair de poule.

On a passé en revue l'année scolaire, j'ai bien été tentée de leur parler de Simon, mais j'ai vu que ça ne les passionnait pas. Elles disent que c'est chiant comme un épisode de La Fête à la Maison *notre histoire, qu'il ne se passe jamais rien. On dégouline d'amour façon marshmallow, on n'a même pas couché ensemble, bref : c'est chiant et ça les gonfle. Elles ont préféré parler du bac français. Les résultats tombent dans trois jours, c'est le stress. On a toutes les trois choisi l'analyse d'un texte de Voltaire. C'était chaud, mais bon, on a appliqué la méthodologie apprise en cours, on verra bien.*

C'est plus pareil avec Marianne depuis qu'on sait qu'elle déménage à Poitiers. Pourquoi faut toujours suivre les parents ? C'est vrai ça, pourquoi c'est pas eux qui nous suivent là où on veut aller, ou bien là où on veut rester ? Poitiers, c'est à quatre cents bornes. On fera comment pour se voir ? C'est vraiment de sales égoïstes ses parents.

Avant qu'elle s'en aille, on lui a fixé un challenge avec Flo. On la trouve trop sage pour une fille de dix-sept ans. Même les garçons le disent, « trop raisonnable », ça les rend distants et soupçonneux parfois. Alors samedi prochain on sort au Soubise à Saint-Germain-en-Laye, avec tous les mecs de la classe, pour fêter les résultats du bac français. Et elle sera obligée de boire un rhum coca et de tirer sur une taffe de Lucky Strike. Et aussi d'embrasser un mec, celui qu'elle veut ou bien un autre – ça, c'est une idée de Flo. Elle prend tout ce qui passe cette année. Elle a emballé Luc qui finalement lui a préféré Marion ; Antoine, mais il a réalisé qu'il n'aimait que les blondes ; et même une fille, pendant la manif du MLF contre la misogynie.

Franchement, cette aprèm, on était bien. Jusqu'à ce que ma sœur se mette à nous hurler depuis la fenêtre de sa chambre : « Vous êtes tarées de rester là ! », et qu'elle mette la musique à fond. On s'entendait plus parler. Ma mère s'est mise à hurler elle aussi, parce qu'elle lisait Femme actuelle *dans le salon et qu'elle n'arrivait plus à se concentrer avec cette musique de sauvage.*

Quand j'y pense, la journée aurait pu bien se terminer si je n'étais pas rentrée dans la maison pour aller nous chercher des citronnades, et si mon maillot de bain trempé n'avait pas fait des flaques sur le carrelage, et si ma mère ne s'était pas levée pour répondre au téléphone, et si elle n'avait pas glissé, et si elle ne s'était pas tordu le pied. Il y a tout le temps des si avec ma mère. Des si qui finissent mal.

J'ai essayé d'aider maman à se relever mais elle m'a chassée.

Puis j'ai attrapé dans la cuisine une serpillière pour nettoyer. Maman m'a rejointe, peut-être pour se passer de l'eau froide sur le pied. Je l'ai vue avancer vers moi alors que j'étais accroupie en train de fouiller dans le placard sous l'évier. Elle boitait, j'étais fascinée par ses talons qui frappaient le sol en cadence, tac tac TAC, tac tac TAC. Je ne sais pas pourquoi je n'ai pas bougé, j'aurais dû me redresser. J'aurais été plus forte, plus stable. J'avais reconnu pourtant ce bruit – le bruit qui annonce que ma mère va s'en prendre à moi, tac tac TAC. Mais ça fait ça, la peur : ça immobilise, et on se prend plus de coups qu'on devrait au final.

TAC TAC TAC.

Elle se tenait maintenant juste à côté de moi. Je sentais son souffle sur mes cheveux. Elle m'a attrapé la serpillière des mains et elle me l'a jetée au visage. Je me suis excusée, mais elle s'en foutait. Je me suis penchée pour récupérer la serpillière et faire comme si de rien n'était, mais il était trop tard. Elle a écrasé le talon de sa chaussure sur ma joue. Je souffrais et je ne pouvais plus respirer. Je toussais et elle criait « Tais-toi petite sotte ! » Je me suis mise à pleurer et elle a enfoncé encore plus fort son talon mais en le déplaçant légèrement sur la bouche cette fois-ci, pour que je me taise. Alors j'ai tout ravalé en moi, je pleurais à l'intérieur, pour que ça s'arrête, pour qu'elle stoppe, pour que ça lui suffise. Je sais que maman n'aime pas le bruit, qu'elle n'aime que les applaudissements, mais je n'allais tout de même pas l'applaudir. Et puis comment j'aurais pu, son autre talon m'écrasait le poignet, je sentais mes veines exploser sous ses pieds, ça faisait si mal. Je crois que c'est la douleur qui m'a fait réagir. Ça fait ça parfois la douleur, ça fait faire des choses qu'on n'imaginerait pas.

J'avais la joue en feu, la bouche en sang, c'est pour ça, je crois, que j'ai attrapé sa cheville et que je l'ai fait pivoter d'un coup de poignet. Ma mère s'est affalée tout près de moi, sur sa hanche fragile qui par miracle a résisté. J'ai pu enfin me redresser un peu. Elle gisait, quasiment inerte, et elle gémissait. Je ne sais pas exactement pourquoi, peut-être pour qu'elle paye pour tout ce qu'elle m'avait fait, je lui ai soufflé à l'oreille, avec une voix que je n'ai pas reconnue : « J'espère que tu as mal. »

Quand je me suis relevée, j'ai vu Florence qui se tenait sur le seuil de la cuisine. Elle flippait, c'était clair. Elle a couru dans le jardin, j'ai voulu la rattraper mais j'ai trébuché sur ma mère, et je me suis ouvert le genou. J'ai aperçu Flo repasser en sens inverse, devant la cuisine. Elle tirait Marianne par le bras, elle répétait : « On se barre, dépêche ! » Et j'ai vu Marianne incrédule, qui scotchait sur ma mère roulée en boule sur le sol. Quand j'ai complètement repris mes esprits, elles étaient déjà parties. À travers la fenêtre de la cuisine qui donnait sur la rue, je voyais Flo qui tirait Marianne par le bras pour l'empêcher de faire demi-tour.

Depuis, plus de nouvelles ni de l'une ni de l'autre.

J'ai essayé d'appeler Florence mais sa mère m'a répondu qu'elle n'était pas là. Je sais bien qu'elle mentait parce que j'ai entendu la voix de Flo qui chuchotait : « Dis que je suis pas là. »

42

Mon père est rentré tard, si tard que je n'étais plus en état de parler. J'ai mal dormi. Trop de craintes et de questions. J'ai fini par allumer la lumière pour m'avouer deux choses. D'abord, que la ressemblance entre la dernière lettre de maman et les mots retrouvés chez moi et près des corps de Marianne et Florence était trop flagrante pour être une coïncidence. Ensuite, que si ces affaires étaient liées, alors elles impliquaient forcément ma mère ou quelqu'un qui avait eu sa lettre entre les mains.

Cela laissait entrevoir peu d'options. Deux-trois amies avec qui elle aurait pu orchestrer sa fuite peut-être ? Mais c'était peu probable, ma mère ne voyait plus personne sur la fin ; elle était bien trop ivre pour ça les trois quarts du temps. Cela laissait qui ? Mon père ou ma sœur ? C'était dingue, totalement tiré par les cheveux. Aucun d'eux n'avait de mobile ni de lien réel avec les victimes. En revanche, je ne pouvais ignorer une chose : mon père avait les clés de chez moi. Cela pouvait expliquer l'intrusion sans effraction, et que je sois toujours en vie. Mais pourquoi aurait-il tué Marianne et Florence ? Et pourquoi aurait-il aussi laissé le même type de mot chez moi ? C'était absurde. Et pourtant…

Les hypothèses les plus folles cavalaient dans ma tête. J'autopsiais mon entourage comme on le fait avec les morts douteuses, en usant du scalpel et en allant plus loin que les apparences. Quatre mots longs de trois phrases, quasi identiques, dont la forme avait été initiée par ma mère. Quatre pensées, seules fleurs jamais offertes par mon père. Et au milieu, le corps de mes deux amies de lycée que ma sœur n'avait jamais pu encadrer. C'était là, forcément, au cœur de ce triangle toxique, que se nichait la vérité. Que se cachait un ou une détraquée. Ils pouvaient tous concourir : ma mère aux mains brûlantes de haine, ma sœur à la bile mortifère, et mon père à la passivité coupable et assassine.

La migraine a refait son apparition, et peu à peu j'ai commencé à me tordre de douleur dans mon lit. J'ai fini par me lever et tituber jusqu'à la cuisine, pour fouiller dans la pharmacie de mon père qui, du fait d'une maladie musculaire chronique, ne manquait jamais de narcotiques autorisés. J'ai avalé un cachet et suis allée me recoucher dans mon lit. Au bout d'une demi-heure, mes tempes vibraient toujours mais au moins la douleur s'était estompée et j'ai pu m'endormir. Je me suis réveillée bien plus tard, dans le canapé du salon, effrayée de constater que j'étais incapable de savoir comment j'avais atterri là. Ahurie aussi de réaliser que j'avais finalement choisi de dormir là où ma mère dormait les derniers mois avant sa disparition.

Il était 10 heures. J'ai guetté le réveil de mon père. Quand sa silhouette est passée dans le couloir, je suis sortie du salon pour le rejoindre dans la cuisine. Il avait les paupières gonflées et les traits fatigués. Lui non plus n'avait pas beaucoup dormi.

Je nous ai préparé deux cafés et j'ai tenté, avec une nonchalance certainement maladroite :

– Tu es passé chez moi récemment ?

J'appréhendais sa réaction, mais il a juste secoué la tête pour dire non. Il semblait sincère. Il avait surtout l'air de ne pas comprendre pourquoi je posais la question.

– Les clés de chez moi, tu les laisses où ?

Il a levé son bras en direction de l'entrée.

– Dans le pot à clés.

Je me suis rendue dans l'entrée et j'ai vidé le pot. Elles n'y étaient pas. J'ai passé la tête par la porte de la cuisine.

– Elles ne sont pas là, papa. Elles sont où ?

Il a haussé les épaules, continuant de siroter son café.

– Les clés, elles sont où papa ?! C'est important !!!

– Là-bas ! Le trousseau avec le club de golf.

– Elles n'y sont pas je te dis !

– Écoute, je ne sais pas, a-t-il répondu, sur un ton de fatigue légèrement excédé. Elles sont toujours là. Je les chercherai plus tard si tu veux. Pourquoi ? T'as perdu tes clés ?

Il s'est levé pour aller prendre du lait dans le frigo. Il marchait comme les petits vieux, le dos bossu et les jambes qui piétinent.

– Non, je n'ai pas perdu mes clés papa, mais quelqu'un est entré chez moi. Plusieurs fois ! Quelqu'un qui avait mes clés…

– Quoi ?

Il a failli renverser le lait.

– On t'a volé quelque chose ?

– Non, rien. Les clés, papa, elles sont où ?!

Cette fois-ci, il est allé vérifier lui-même. Il m'a rejointe dans l'entrée, a cherché dans le pot. Il a tenté de se rappeler s'il les avait changées de place, a grimpé l'escalier jusqu'à son bureau. Je l'ai entendu ouvrir les tiroirs, ruminer. Il est descendu dans le garage, a fouillé dans la voiture, vidé la boîte à gants. Il était contrarié, je voyais bien. Il ne comprenait pas.

– Je ne les trouve pas Alice, s'est-il excusé.

S'il jouait la comédie, il était vraiment doué.

– Est-ce que quelqu'un est venu à la maison récemment ? ai-je demandé.

– Non, personne à part Laura et toi.

– Des amies de maman ?

– Quoi ? Non. Pourquoi ?

– Je ne sais pas. Et maman ?

– Maman ? Qu'est-ce que tu racontes ?

– Je ne sais pas, je cherche.

– Tu cherches ?

Il s'est mis à trembler, comme s'il avait peur de ce que j'étais en train d'imaginer.

– Tu crois que je ne t'aurais pas prévenue si ta mère était réapparue ?

– Je ne sais pas, je réfléchis, papa !!! Tu es vraiment sûr que personne n'est passé ? Réfléchis bien.

– Personne n'est venu, je te dis. Mais tu es allée voir la police ?

– Sans vol et sans effraction, ils ne peuvent pas intervenir. C'était quand la dernière fois que tu les as vues, mes clés ?

Il était incapable de se rappeler. Des mois peut-être. Papa n'avait jamais mis les pieds chez moi, il ne les avait a priori jamais utilisées.

Je lui ai fait signe de se rasseoir, ses mains pianotaient sur la table de nervosité. Il n'arrivait pas à tenir en place. Alors, j'ai sorti de ma poche les quatre lettres de maman et je les ai fait glisser sur la table.

Il a blêmi.

– Où tu as trouvé ça ?

– Dans ton courrier.

– Ce n'est pas à toi ! Tu n'avais pas à les lire !

– Ah bon ? Pourtant il m'a semblé qu'il y était pas mal question de moi.

Il a ramené les lettres à lui.

– Pourquoi tu gardes ça ? ai-je insisté. Pourquoi tu fais comme si elle était toujours là ? T'as gardé toutes ses affaires, c'est tellement… morbide…

Il restait muet. C'était triste de le voir incapable de trouver une explication convenable. Triste et navrant.

– Tu crois qu'elle aurait pu revenir à la maison sans que tu saches ?

Il m'a regardée de haut, comme affligé, comme si la réponse était évidente.

– Tu crois qu'elle aurait pu voler mes clés ? ai-je dit.

Il a serré sa main en un poing dur et effrayant.

– Alice, ça suffit !

– Quoi ?

– Ta mère n'est pas revenue, tu m'entends ?!

– Comment tu le sais ?

– Je le sais, c'est tout.

Il a saisi les lettres puis les a rangées dans un tiroir de la cuisine. Il s'est servi un verre d'eau. Il semblait épuisé.

– Alice, tu devrais rentrer chez toi, je suis… fatigué…

– Chez moi ? Je viens de te dire que quelqu'un passe son temps à s'introduire dans mon appartement mais tu veux que j'y retourne ?

J'ai renversé ma chaise de fureur, malade des silences de mon père et de sa faculté, comme toujours, à refuser d'admettre le danger qui nous entourait. J'ai attrapé mon sac, mon manteau, il n'a pas essayé de me retenir. Ça m'a profondément peinée, à nouveau. Je suis montée en voiture et j'ai commencé à pleurer. J'ai roulé trente mètres et je me suis arrêtée, pour boxer le volant, vider la colère. J'ai pleuré longtemps, puis j'ai fait demi-tour, pour me confronter à nouveau à mon père, parce qu'il fallait bien un jour que l'un de nous deux crève l'abcès.

J'ai sonné, personne n'a ouvert. J'ai jeté un œil à travers la fenêtre de la cuisine. Pas un mouvement. J'ai contourné la maison par le jardin et je l'ai aperçu au loin, qui s'enfonçait dans la forêt. J'ai cru qu'il allait faire une connerie ou bien… se pouvait-il qu'il aille retrouver quelqu'un ? Ma mère se planquait-elle dans les bois ?

Je me suis mise à le suivre discrètement, en gardant mes distances. Il a marché de longues minutes sans se préoccuper des branches qui le fouettaient sur son passage. Il savait où il allait.

Il s'est arrêté près de l'étang où les rires de Marianne m'avaient menée la veille. Ce matin, les canards et quelques cygnes s'y ébattaient avec grâce. Autour d'eux, des iris poussaient à moitié immergés dans l'eau, protégés par deux chênes des marais au feuillage brillant et au tronc massif.

Au pied de l'un d'eux, s'épanouissait une petite colonie de pensées jaunes et violettes qui, plutôt que d'essayer de se hisser à l'élégance du lieu, lui donnaient un petit air de fête. Comment avais-je fait pour ne pas les voir hier ? Elles étaient partout. Mon père avançait vers elles à pas de loup, comme s'il craignait de déranger, puis il s'est assis dans l'herbe, tout à côté.

Il a cueilli quelques-unes de ces petites fleurs vivaces, qui ne requéraient pas un grand soin pour exister, et a formé une sorte de bouquet. Puis il s'est mis à parler tout seul. À parler… à maman. Avec amour, avec délicatesse. Des phrases sans reproches, juste l'espoir qu'elle aille bien où qu'elle soit aujourd'hui. J'étais dévastée. Pensait-il encore qu'elle lui reviendrait, que l'univers ou Dieu lui ferait ce cadeau ? Il est resté plusieurs heures ainsi, immobile, presque prostré.

Maman n'était pas croyante, et de ce fait, personne ne l'était vraiment chez nous. J'ai longtemps pensé que cette incapacité à croire en l'existence de plus grand que soi expliquait beaucoup de choses chez elle. En premier lieu, sa facilité à agir de manière inconsidérée et à faire le mal partout.

Sans Dieu pour la guider, sans prêtre pour la sermonner, elle blessait sans honte et recommençait la fois d'après, sans remords. Mais était-elle capable du pire ? De tuer ? Je ne pouvais répondre à cette question avec certitude. *Elle était capable de faire le mal*, n'était-ce pas déjà assez ?

Mon téléphone portable a bipé. Je me suis cachée derrière un tronc d'arbre, en espérant que mon père ne m'ait pas remarquée. C'était Marc. J'ai soupiré de soulagement, heureuse que l'orage soit passé.

Puis j'ai lu son SMS qui m'annonçait que Simon s'était pendu.

43

Marc m'attendait chez moi, plus vraiment fâché mais n'ayant pas tout pardonné non plus apparemment. J'ai pris acte et je suis restée à distance, donc. Je me suis avancée dans le salon. Le cendrier était presque plein et des cadavres de bières gisaient sur ma table basse. Marc ne m'avait pas pardonné mais il m'avait attendue longtemps.

Il m'a vue regarder les bouteilles, alors il a précisé que les morts étaient devenues trop fréquentes pour qu'un hypocondriaque comme lui puisse envisager de rester sobre. J'ai approuvé, parce qu'il était vrai que ça commençait à faire beaucoup, ça commençait même à être carrément démesuré.

La mort de Simon sonnait comme une absurdité de plus. Il n'était pas imaginable qu'il se soit pendu. *Lui aussi ?* Pour quel motif ? Un passage en garde à vue ? Ça ne tenait pas debout. J'ai attrapé une bière. J'avais envie de pleurer. Des larmes qui ne provenaient pas du cœur mais d'une partie plus fragile de moi, plus à vif. La tête et l'estomac. Je m'en voulais de m'être trompée sur lui, de l'avoir soupçonné, mal jugé. J'en venais à regretter ce sourire qu'il avait toujours sur les lèvres et le regard doux qu'il portait sur moi et les choses du passé.

Marc m'a vue vaciller. Il m'a soutenue pour que je m'installe dans le canapé. J'ai gardé sa main dans la mienne. Mes anciens amis tombaient comme des pions sur un échiquier. J'étais terrifiée à l'idée d'être la prochaine ; les meurtriers faisaient-ils parfois des exceptions ?

– Comment tu sais pour Simon ? ai-je demandé fébrilement.

– Les flics ont débarqué chez moi ce matin. Comme on avait eu un précédent, ils sont venus vérifier si je n'avais rien à voir là-dedans.

Tout ça était de ma faute. J'ai demandé :

– Ils t'ont dit quoi ?

– Rien. J'avais un alibi. Je n'étais pas chez moi hier soir. Ils ont pu vérifier. La discussion s'est arrêtée là.

Je n'ai pas osé lui demander où il se trouvait, mais la question me démangeait. *Chez une autre ?* Pitoyable. Mon premier amour venait de mourir, j'allais sûrement finir pendue à une corde moi aussi un de ces jours, mais avant toutes choses – j'étais jalouse.

Et pathétique.

J'ai pris le contrepied d'un seul coup et lui ai dit, plus agressive que je ne le souhaitais :

– Et tu n'as pas cherché à en savoir plus ?

– Je n'avais pas vraiment envie d'en savoir plus, a-t-il concédé.

Et Dieu sait pourquoi, sa réponse m'a laminée. J'ai attrapé mon manteau et mon sac, horrifiée par le peu d'intérêt qu'il portait soudain à tout ça, et je suis sortie en trombe de l'appartement. C'était une histoire d'ego bien sûr, aussi bien pour lui que pour moi. Marc tirait la tronche parce que le portrait à charge qu'il s'était construit de Simon venait de voler en éclats : il était peu probable qu'il ait assassiné Florence et Marianne. Quant à moi, je refusais de m'avouer que je voulais Marc tout entier, rien qu'à moi.

Il m'a crié dessus tandis que je m'échappais dans l'escalier, Marc détestait avoir tort. Il était régi par cette obsession de vouloir paraître parfait en toutes circonstances. Il ne craignait rien de plus que l'on questionne sa capacité à voir au-delà des hommes. Ses intuitions sonnaient souvent juste, je dois l'avouer, ce qui lui octroyait une place de choix en société. Son père, diplomate, lui avait appris qu'il fallait avoir le verbe fin et les chaussures cirées. Marc n'y avait jamais dérogé, sauf avec moi, dans l'intimité de cet appartement, où il pouvait se permettre de boire et de jurer, d'envoyer valser ses chaussures à l'autre bout du salon, de n'être jamais d'accord, de tenir une bière par le goulot. J'incarnais son espace de transgression, et pour cette raison, sans doute, nous nous mêlions rarement aux autres. Notre amitié ne s'exposait pas, elle se consommait dans le secret, l'alcool, les engueulades, les retrouvailles et les débats d'idées. Épuisante et stimulante à la fois : autant dire, indispensable.

Il m'a couru après dans la rue pour me rattraper. Il ne m'a pas demandé où j'allais, il le savait déjà. Il ne m'a pas demandé non plus de ralentir, il se doutait bien que ma curiosité et mon angoisse m'empêchaient d'agir autrement.

On a débarqué au commissariat comme des habitués des lieux, en nous rendant directement dans le bureau de l'inspecteur de l'autre fois. Ce dernier nous a jeté un regard ambigu ; difficile de savoir s'il semblait heureux de nous revoir ou s'il se demandait ce que nous venions faire là.

Nous nous sommes assis, pas longtemps. L'inspecteur nous a renvoyés aussitôt : il n'était pas en charge du suicide de Simon. Une grande tige qui portait un blouson en cuir et ses clés attachées au ceinturon nous a fait entrer dans la cage à lapin qu'il occupait à l'étage du dessus.

Le flic a confirmé la mort de Simon par pendaison. Une autopsie était en cours mais tout semblait accréditer la thèse du suicide. J'ai hoché la tête poliment, du mieux que j'ai pu, pour le remercier de ces informations. Ma gorge s'est nouée ; toute une époque oubliée se réensevelissait avec lui.

– Est-ce qu'il a laissé un mot, quelque chose qui expliquerait son geste ? ai-je demandé.

– Il a laissé une lettre.

– Pourrais-je la voir ?

Le flic a refusé au motif que l'enquête n'était pas close. J'ai supplié, j'ai menti, j'ai dit qu'on sortait ensemble, qu'on était amoureux, j'avais besoin de comprendre, j'en crèverais sinon, je devais savoir si j'étais responsable de sa mort. La main de Marc s'est crispée sur mon genou. Je n'ai pas voulu me tourner vers lui, rester convaincante, rester convaincue, ça semblait attendrir l'inspecteur, je ne pouvais pas tout foutre en l'air.

Il a fini par ouvrir le tiroir de son bureau et en sortir un dossier. Il en a extrait un sachet plastique. À l'intérieur, la lettre de Simon que le flic a fait glisser jusqu'à moi.

Mais ce n'était pas une lettre. Non, bien sûr.

Sur la feuille, tracées : trois lignes, brutales et autoritaires.

À vous tous.
Ce monde odieux vous regarde.
À mon ultimatum, révélez les traîtres.
Simon

– Vous voyez, ce n'est pas contre vous, a glissé le flic avec compassion.

Mais je ne l'écoutais plus. J'étais livide et à deux doigts de m'évanouir. J'avais les yeux rivés sur ces trois phrases qui conjuguaient au présent les horreurs du passé. Trois phrases qui, avant d'être retrouvées au pied du corps de Simon, avaient été déposées chez moi, à l'intérieur du manuscrit d'Ann Loman.

J'étais hébétée. Pétrifiée serait plus juste. Quelqu'un tuait tous mes amis d'enfance, ce n'était plus un fantasme ou une hypothèse. Mais bien une certitude à présent, tout comme le fait que le meurtrier avait choisi d'engager un dialogue avec moi.

Pourquoi ?

Je devais porter ma terreur sur le visage car l'inspecteur m'a tapoté la main en répétant que je n'aurais rien pu faire pour l'éviter. Je me suis mise à pleurer. Marc m'a caressé l'épaule, et le flic s'est fait plus prévenant encore. Il m'a tendu un mouchoir.

J'ai demandé :

– Est-ce qu'une fleur accompagnait la lettre ?

J'ai prié pour qu'il réponde non, mais il a dit :

– Effectivement. Comment le savez-vous ?

Et j'ai menti.

– Simon adorait les fleurs, ai-je soufflé.

J'ignore pourquoi j'ai raconté n'importe quoi. J'aurais dû tout lui avouer, lui parler de Marianne et Florence. Il aurait compris que la mort de Simon n'avait rien d'un suicide, il aurait enquêté, il m'aurait protégée. Mais quelque chose m'en a empêchée : cette impitoyable fatalité que sont les liens du sang. Car je savais désormais où menait la piste jalonnée de tous ces corps. Elle conduisait à quelqu'un qui savait pour la lettre de maman. Quelqu'un qui aimait les pensées. Quelqu'un qui connaissait mes amis et avait les clés de chez moi.

Or, Simon était mort la veille au soir.

Papa se trouvait à la maison avec moi.

Laura, en vol pour Atlanta.
Ma mâchoire s'est crispée, et mon corps tout entier s'est mis à convulser.

Maman était revenue, et elle était revenue pour moi.

44

19 juillet 1992

Aujourd'hui, j'ai trouvé le courage d'aller chez Marianne. Comme ça, sans prévenir. À peine vingt minutes à pied, ça m'a permis de réfléchir à ce que j'allais lui dire. Je suis sûre que c'est Flo qui lui a demandé de ne plus m'appeler. Marianne, elle fait tout ce qu'on lui dit de faire, tout le temps. Des fois c'est chiant. Aujourd'hui c'est chiant.

J'aime bien le chemin jusque chez elle, il y a une grande allée de platanes et des résidences partout autour. Ça fait un peu maisons témoins, avec les murs en crépi et les toits aussi plats qu'une hacienda. Papa dit que ce sont les familles qui n'ont pas assez d'argent pour vivre à Paris qui s'empilent là ; que nous, c'est différent, on est là par choix. Marianne vit dans la plus belle résidence de Saint-Nom : on l'appelle « le Club Med », parce qu'il y a une piscine et deux terrains de tennis réservés à ceux qui y habitent.

Quand j'ai sonné, sa mère m'a ouvert et laissée entrer comme si de rien n'était. Elle m'a fait monter à l'étage sans rien me demander. C'est toujours comme ça pendant les vacances, j'ai le droit de venir la voir quand je veux. Il y a plus de règles, c'est cool.

Marianne lisait un magazine sur son lit en écoutant de la

musique. Elle n'était pas jouasse que je sois là. Je lui ai demandé si elle comptait faire la gueule encore longtemps. Elle a répondu qu'elle ne faisait pas la gueule, alors j'ai dit tu fais quoi, elle a dit je réfléchis, j'ai dit tu réfléchis à quoi, et elle a dit à toi.

Là, j'ai vraiment flippé. C'est jamais bon quand Marianne se met à réfléchir aux gens. Généralement, elle en ressort avec des grands principes du genre : si tu ne t'occupes pas du passé, c'est lui qui finit toujours par s'occuper de toi ; ou bien, ça prend une seconde pour mentir et parfois une vie pour pardonner. Des phrases qui ne servent à rien.

Elle m'a avoué que Flo lui avait demandé de choisir. C'était elle ou moi. Flo ne veut plus me voir, je lui fais peur, elle dit que je suis dangereuse, que si elles n'avaient pas été là avant-hier, j'aurais tué ma mère. Elle raconte qu'elle a vu du sang partout dans la cuisine, que ma mère criait à la mort.

Comment on peut dire un truc pareil ? Comment on peut mentir autant ? C'est dégueulasse. Et c'est encore plus dégueulasse de faire du chantage. Si Flo savait pour maman, elle aurait honte d'avoir balancé ça. J'aurais peut-être dû tout leur dire, je ne sais pas. En même temps, je suis sûre qu'elles m'auraient envoyée direct chez les flics et j'aurais fini où ? Dans une famille d'accueil à l'autre bout de la France, loin de mes copines et loin de Simon ? Non merci !

Et puis ça se trouve elles m'auraient même pas crue. Elles pensent que ma mère c'est la meilleure mère du monde. Elles la connaissent pas. Ça se trouve, elles diraient que je suis folle. Ça serait pire que tout.

Ça me donne envie de chialer. D'ailleurs, j'ai pas pu me retenir de pleurer devant Marianne. Je lui ai demandé si elle pensait comme Florence, que j'aurais pu tuer ma mère. Elle a répondu qu'elle savait pas, que c'est pour ça qu'elle réfléchissait, qu'elle arrivait pas à savoir.

Ça m'a déglinguée.

45

On s'est installés dans un café avec Marc, tout près du commissariat. Mes jambes ne m'ont pas permis d'aller plus loin. Il n'a pas eu besoin que j'explique quoi que ce soit. Il voyait bien que tout allait de travers, il voyait bien lui aussi que quelque chose dans la mort de Simon n'allait pas.

Il m'a pris la main et il a dit :

– N'imagine pas le pire tout de suite, d'accord ? Si les flics parlent d'un suicide... Peut-être qu'il a voulu reproduire... Que toute cette mise en scène... Après tout, il savait pour les lettres et pour les fleurs retrouvées près des corps de Marianne et Florence. Et peut-être que...

Il n'a pas fini sa phrase. Ça manquait tellement de conviction.

– Il ne s'est pas suicidé, Marc.

– On n'en sait rien. Ça se trouve, il n'a pas digéré la disparition prématurée des mésanges ou la mort d'un colibri ?

C'était bas. Il a semblé regretter.

– J'essaye de dédramatiser...

Je n'ai pas renchéri, une seule pensée m'obsédait : maman. C'était elle, je le savais, je le sentais, c'était inexplicable et pourtant tellement évident. Aussi clair qu'un et un font deux. Mais pourquoi ces meurtres, pourquoi Simon, pourquoi *maintenant* ?

J'ai levé la tête vers Marc. Je pleurais encore. Je ne m'en étais même pas rendu compte.

– Tu l'aimais tant que ça ? a-t-il demandé.

– Tu sais bien que non.

– Alors quoi ? Je ne peux pas t'aider si tu ne me parles pas.

J'ai élevé la voix.

– Qui t'a demandé de m'aider ?

Il s'est enfoncé dans sa chaise, vexé.

– D'accord, on en est là.

J'ai attrapé sa main, je l'ai serrée fort en m'excusant. J'étais à côté de la plaque. Ma mère avait cet effet-là sur moi.

– Le mot qu'on a retrouvé près du corps de Simon… C'est le même que celui qui était chez moi.

– Oui, j'ai reconnu. Tu vois, c'est bien lui qui s'est introduit chez toi. Tu avais bien reconnu son écriture sur le manuscrit.

– Je ne sais pas, ça ne colle pas… Et comment il serait entré chez moi, hein, dis-moi ?

Marc m'a lancé un regard entendu. Ça m'a rendue barge.

– Je te dis que je ne l'ai jamais invité chez moi !

– D'accord ! Ben alors c'est qu'il n'était pas avocat en fait, c'était peut-être Arsène Lupin, ce mec ! Qu'est-ce que j'en sais ? Ça se trouve il faisait ça tous les jours, entrer par effraction chez les gens. Sans doute aussi simple pour lui que d'allumer une clope…

– Bien sûr… ai-je lâché, ironique.

– Quoi ? Qu'est-ce qu'il te faut de plus ? Le mot était chez toi puis chez lui, il y a son écriture sur ton manuscrit. Il t'a menti, c'est tout ! J'en vois tous les jours des comme lui, pourquoi pas ?

J'ai commandé un café pour m'éclaircir les idées. Les hypothèses de Marc tenaient la route. Et pourtant, j'étais persuadée de chercher au mauvais endroit. Si Simon était l'auteur des mots, s'il était lié d'une façon ou d'une autre aux faux suicides de Florence et Marianne, alors pourquoi s'était-il à son tour donné la mort ? Et pourquoi m'avait-il finalement épargnée ?

– La culpabilité, a répondu Marc. Et l'amour.

J'ai secoué la tête, je ne pouvais pas y croire. Pas depuis que j'avais découvert la lettre d'adieu de ma mère en tous points identique. Celle qui avait précédé les trois autres. Simon pouvait bien être Arsène Lupin ou Jesse James, il n'y avait aucune chance qu'il ait su pour cette lettre, et donc aucune chance non plus pour qu'il ait été en mesure de la reproduire. Et si, comme je l'imaginais, quelqu'un d'autre que lui avait écrit ces mots et les avait laissés aux pieds de mes anciens compagnons de lycée ? Cela ferait de Simon non plus un assassin, mais une victime.

– On l'a tué Marc, je sais qu'on l'a tué ! ai-je assené.

– Alors quoi ? On a un *serial killer* dans la nature qui s'attaque à tous tes amis d'enfance, c'est ça ? Et pourquoi il ferait ça ? C'est un nostalgique de *Scream* ?

J'ai souri malgré moi à la blague. Ça a fait plaisir à Marc.

– C'est pas « il », c'est « elle », ai-je précisé.

– Elle ?

– Ma mère.

– Quoi ?!

Il s'est statufié. J'avais conscience que mes propos semblaient délirants. Il était peu probable qu'à soixante-dix ans ma mère ait eu la force d'assommer Simon, de lui enfiler une corde autour du cou et de le hisser jusqu'au plafond de son appartement. Et pourtant, je ne voyais pas d'autres explications. Je ne voyais personne d'autre autour de moi doté d'une telle propension à faire le mal.

Je me suis levée et j'ai jeté quelques euros sur la table.
– Je dois vérifier quelque chose.
– Quoi ?! Non mais Alice, tu m'expliques là ?
– Viens !

On s'est engouffrés dans le métro. Et tandis qu'il me harcelait de questions pour comprendre quelle drogue j'avais ingérée pour en arriver à une telle conclusion, je n'ai pu m'empêcher de surveiller à droite, à gauche, de scruter la rame à la recherche d'un visage familier. En chacun d'eux, je cherchais ma mère, le visage vieilli de ma mère, le regard cruel de ma mère.

46

On a marché jusqu'à un immeuble sans charme du 20e arrondissement qui faisait l'angle avec une rue sinueuse où s'empilaient les kebabs et les coiffeuses africaines. Ça braillait, ça faisait vrombir le moteur des scooters garés en épingle le long des devantures. Ça bradait, ça négociait, ça dealait, ça fumait.

Marc serrait fort le col de son manteau contre son cou, mal à l'aise, pas vraiment habitué à l'agitation du quartier.

– Qu'est-ce qu'on fait là ? a-t-il lancé. On est où ?

– Chez Simon.

– Tu déconnes ?

Je n'ai pas relevé. Je me suis postée sur le trottoir d'en face pour avoir une meilleure vue sur les fenêtres de l'immeuble. Simon habitait au troisième étage. Les rideaux étaient ouverts, mais il était difficile d'où j'étais de distinguer l'intérieur de l'appartement. Il faisait trop sombre.

– Tu fais quoi là ? s'est agacé Marc.

– J'essaie de voir s'il y a quelqu'un.

– Pourquoi tu veux qu'il y ait quelqu'un ?

– Il y a bien des gens qui vont vider l'appartement, non ? ai-je répondu en continuant de scruter les fenêtres.

– Et ?

– Et je sais pas !

– Ah, donc tu ne sais pas ce qu'on fout là, super !

– Si ! Je veux juste parler à quelqu'un qui connaissait Simon.

– Pour quoi faire ?

Une ombre est apparue à la fenêtre puis elle a disparu. C'était peut-être le mouvement des nuages, mais l'ombre est revenue – elle avait forme humaine. J'ai levé le bras, euphorique.

– Tu as vu ?

– Quoi ?

– Viens !

J'ai traversé la rue et couru jusqu'à la porte de l'immeuble. Pas de code. La cour était en ravalement, il fallait que les ouvriers puissent passer librement. J'ai grimpé l'escalier – escaladé serait plus juste tant j'avalais les marches. Marc grognait derrière moi, il ponctuait chaque étage d'un « Je ne vois pas le rapport avec ta mère », et chaque fois je lui promettais de tout lui expliquer plus tard.

J'ai sonné, anxieuse à l'idée d'avoir rêvé, mais une femme nous a ouvert. Elle portait un carton dans les mains et des perles de tristesse sous les yeux. On s'est présentés comme des amis de fac ; on passait dans le quartier, on venait voir Simon. Ses jambes se sont fléchies, elle a failli renverser le carton. Marc a tendu les bras pour le retenir. Elle nous a annoncé que Simon était mort, un suicide, une pendaison. On a feint la surprise, la consternation. Elle nous a proposé d'entrer un instant. C'était une amie et collègue de Simon mandatée par le frère du défunt, désormais résident italien, pour vider les lieux et jeter ce qui ne pouvait pas se vendre. J'ai eu l'impression qu'elle se sentait soulagée de ne plus se trouver seule dans ce salon qui avait hébergé un drame trop récent. Elle nous a proposé un café comme si elle nous recevait chez elle, comme si nous nous connaissions.

Je n'ai pu m'empêcher de scanner le plafond pour repérer l'endroit où le corps de Simon avait été accroché. Elle l'a remarqué.

– Il a fait ça dans sa chambre, a-t-elle précisé, avalant quelques larmes et sans doute quelques regrets.

Les contours de la pièce, élégante et bohème, me sont revenus, et étrangement, cela m'a consolée de penser que les dernières images qu'il avait conservées de ce monde étaient tout aussi belles et délicates que lui.

– Est-ce vous qui avez découvert le corps ? ai-je demandé.

Elle a dit oui et je l'ai vue frissonner. Le visage du mort ne l'avait pas encore quittée.

– Il était injoignable, on devait plaider au tribunal, il n'est pas venu. Alors je suis passée voir.

– La porte était ouverte ?

La femme a pâli.

– Non. Il m'avait laissé ses clefs. On se voyait de temps en temps…

Marc a tourné la tête, pour voir si cette annonce m'abattait, si la vermine était encore là.

– Vous savez s'il voyait quelqu'un hier soir ? ai-je demandé en prenant un ton détaché.

– Non, pourquoi ?

J'ai gardé mes soupçons pour moi.

– Je ne sais pas, pour savoir pourquoi il a fait ça. S'il était déprimé…

La femme s'est tournée vers la fenêtre.

– Il était si fragile, si sensible… Et puis, ce n'était pas la première fois… Peut-être qu'il y pensait depuis longtemps.

– Ah oui ? est intervenu Marc, intrigué.

Un réflexe de psy, j'ai imaginé.

– Plus jeune, il avait déjà tenté de mettre fin à ses jours. Il ne vous en a jamais parlé ?

– Non, a poursuivi Marc en se penchant vers elle pour l'inviter à poursuivre.

– C'était au lycée je crois. Une rupture qu'il avait mal vécue.

Ma mâchoire s'est crispée, j'ai eu peur des mots d'après. J'ai bondi du fauteuil. J'ai bredouillé.

– Pardon, je viens de me rappeler…

C'était indécent, pitoyable. Une sale excuse de téléfilm, mais cette phrase seule m'est venue pour la couper dans son élan. Je ne pouvais pas entendre que j'étais la coupable dans l'histoire, qu'il avait volontairement dirigé sa mort contre moi.

J'ai quitté précipitamment l'appartement en m'excusant platement, lui souhaitant toutes mes condoléances. Elle a paru surprise. Marc m'a suivie en s'excusant à son tour. Il m'a vue dévaler l'escalier et m'a rattrapée au moment où j'allais trébucher. Il m'a soutenue jusqu'au hall de l'immeuble, je me suis effondrée sur le marbre du perron. La gardienne, qui déposait le courrier dans les boîtes aux lettres, a accouru pour s'assurer que j'allais bien.

– Elle vient de perdre un ami, a expliqué Marc.

La gardienne s'est penchée vers moi, affolée.

– Vous connaissiez monsieur Mesnil ?

J'ai hoché la tête.

– C'est affreux ! On l'aimait tellement dans l'immeuble. Il faisait tellement pour les gens. Dès qu'il pouvait, il aidait. Un garçon si gentil…

Je me suis redressée lentement, les genoux meurtris et le cœur fané. La gardienne m'a tenue par le bras puis elle m'a détaillée comme si je faisais un peu partie de la famille.

– Hier soir, vous l'avez vu rentrer chez lui avec quelqu'un ? ai-je demandé avec fébrilité.

– Comment ça ?

– Rien, ne faites pas attention, elle est secouée, est intervenu Marc en m'attrapant la main. Allez viens ! Je te ramène.

Je suis repartie comme j'ai pu, sur une jambe plus que sur deux. Mais avant que je puisse franchir le porche, la gardienne a posé une main délicate sur mon bras.

– Hier soir, il a reçu de la visite.

Je l'ai scrutée, l'espoir revenait.

– Une femme est passée le voir, tard, a-t-elle poursuivi. Je le sais parce qu'elle a sonné longtemps. Ça a résonné dans tout l'immeuble et ça m'a réveillée. Peut-être que Monsieur Mesnil était déjà mort…

La gardienne a retenu un sanglot.

– Cette femme, vous savez qui c'était ? ai-je demandé aussi avide qu'angoissée.

– Non. J'ai juste aperçu sa silhouette. Elle était fine et elle avait de longs cheveux bruns bouclés. Un peu comme vous. Ah ça oui, je pouvais pas les rater ! C'est rare des cheveux d'une telle beauté.

Marc m'a vue me décomposer. Il a remercié la gardienne et m'a entraînée dans la rue. Il a appelé un taxi. J'étais en état de choc, incapable de parler, mes larmes m'étranglaient. Le chauffeur de taxi, inquiet, jetait des coups d'œil répétés dans le rétroviseur, tandis que Marc me chuchotait des mots qui apaisent.

Il m'a raccompagnée chez moi, m'a donné un calmant puis m'a mise au lit sans savoir s'il devait s'attarder ou me laisser tranquille. Il était inquiet. Je l'ai senti à ses mains qui lissaient ma couette sans même savoir pourquoi. Il craignait ce trop-plein de désespoir qu'il lisait dans mes yeux.

Il a caressé mon front, et tout bas, a murmuré :

– Tu m'expliques maintenant ? C'est quoi tout ça, Alice ? Depuis quand Simon Mesnil te met-il dans tous tes états ?

Je lui ai tourné le dos et j'ai remonté la couette jusqu'à mon front.

– Demain, ai-je gémi. Demain, c'est promis.

47

12 octobre 1992

C'est fini avec Simon. J'ai envie de crever. Ça fait tellement mal, c'est la première fois que ça fait aussi mal. Et je peux même pas appeler Marianne, elle donne plus de nouvelles depuis qu'elle est partie. Quant à Flo, j'en parle même pas : elle passe son temps à m'éviter dans les couloirs du lycée. Je vais crever et ça leur fera rien, ça se trouve. J'ai envie de me buter. Ça fait trop mal. J'arrive plus à respirer. C'est normal de ne plus pouvoir respirer quand on se fait larguer ? Je ne peux même pas demander à Laura. Elle n'est jamais là depuis qu'elle est à la fac, et elle s'en fout de ma vie de toute façon. Elle a dit à papa qu'elle ne m'aimait pas, qu'avec mes copines on était connes à manger du foin, elle a dit ça comme ça. Comme si, parce qu'elle est plus vieille que nous, ça la rendait plus intelligente. Mais elle croit quoi ? Elle vaut pas mieux. Elle croit qu'elle va épouser un acteur américain. C'est pas être conne ça ? Moi je veux épouser personne si c'est pas Simon.

J'ai tout pété dans ma chambre. Je suis verte. J'ai même défoncé mon lecteur CD. Je ne pourrai pas écouter de la musique ce soir, comment je vais réussir à m'endormir, moi ? Je voulais pas tout casser, c'est la douleur qui a fait ça. J'ai pas pu contrôler. J'ai fait tellement de boucan que maman est montée à l'étage. Elle a vu l'état de ma chambre et elle s'est mise à hurler. Elle a voulu entrer, j'ai attrapé un bic sur mon bureau et j'ai collé la pointe contre mon cou. Je lui ai dit de dégager, que si elle faisait un pas de plus dans ma chambre je me l'enfonçais dans la trachée, qu'il y aurait du sang partout, qu'elle aurait ma mort sur la conscience. Je voulais pas voir sa tronche. Je la déteste.

C'est à cause d'elle que c'est fini avec Simon. Jamais je lui pardonnerai. Si j'avais pas tous ces bleus sur le corps j'aurais accepté de coucher avec lui et je le repousserais pas chaque fois qu'il essaye de m'embrasser. Parce que ça fait trop mal quand il m'attrape par la taille. C'est là que maman vise toujours. Alors aujourd'hui, il a dit que c'était mieux qu'on arrête. Qu'il voyait bien que je l'aimais pas. Ça le fait trop souffrir, ses copains trouvent que je me fous de lui. J'ai juré que c'était faux, alors il a essayé de m'embrasser, il a commencé à me caresser le ventre, à vouloir soulever mon tee-shirt, et évidemment je l'ai repoussé. Comment je lui aurais expliqué ? Il ne faut pas qu'il découvre que ma mère me bat. Il penserait quoi de moi ? Il pourrait ne plus m'aimer. Ou peut-être qu'il aurait envie de tuer ma mère. À choisir, je crois que je préférerais encore ça.

48

Bien souvent, les histoires s'écrivent la nuit, quand la lune nous cajole et brouille les intentions. Quand elle nous invite à nous montrer plus audacieux et parfois plus tactile. J'ai toujours trouvé étrange qu'il suffise de quelques centimètres pour quitter quelqu'un, d'une main que l'on lâche, d'un baiser que l'on fuit. Ma mère pensait, elle, que pour quitter une personne, il était juste besoin de se taire. Et il est vrai qu'elle s'est tue. Elle a écrit ces trois phrases cinglantes, mais elle s'est tue.

J'aurais dû savoir qu'un jour elle reviendrait, et qu'elle le ferait en abîmant d'autres vies que les nôtres, par amour de la tragédie. Je me souviens d'un dîner qu'elle avait tenu à la maison avec ses amis du théâtre – pour la plupart des auteurs en mal de reconnaissance. Il y avait Arthur Sempierre, plus connu pour ses adaptations de Molière que pour ses propres compositions ; Sarah Gilles, qui sortait épuisée de trois mois d'interprétation d'une écrivaine bipolaire ; et Jean Octave, un romancier passé roi dans l'autofiction.

– Je n'arrive pas à écrire en ce moment, gémissait-il en décortiquant des pistaches.

– Ça fait un moment, avait relevé Arthur Sempierre.

– Que veux-tu, on est ce qu'on écrit, et je suis vide d'inspiration.

– Tu es surtout bien trop heureux par ailleurs, avait pointé ma mère. Ça nuit à ton écriture.

– Qu'est-ce que tu racontes ?

– C'est vrai, avait insisté Sarah Gilles, tu vis trop dans le sucre, chéri, tu es en vase clos avec Amandine, ça dégouline d'amour. C'est de la guimauve, du bubble gum comme disent les jeunes !

– Quel auteur de romans noirs se la joue *Quand Harry rencontre Sally* ? Ça n'existe pas ! avait renchéri Arthur Sempierre, autant pour faire un trait d'humour que pour essayer de prouver qu'il était toujours à la page.

– Quoi ?

Jean Octave en avait renversé quelques gouttes de Martini sur sa chemise en lin.

– Prends James Ellroy, avait poursuivi ma mère. Génie du noir ! Tu crois qu'il se laisse aller comme tu le fais ? Bien sûr que non ! Sa mère est assassinée, il tombe dans la délinquance, dans la drogue. Il dort dans des chambres d'hôtel miteuses...

– Dans des parcs aussi, avait complété Sarah Gilles.

– Il s'introduisait même chez les gens pour voler des petites culottes ou des cartes de crédit.

– Voilà !

– Ça, c'est un auteur de roman noir. Il faut que tu retrouves le noir, Jean. La dureté, la violence, avait continué maman.

– La crasse !

– Le danger ! s'était emporté Arthur Sempierre. Il faut que tu repasses la frontière, Jean. Tu es embaumé, là !

J'avais treize ans, je les écoutais dans l'obscurité du long couloir de notre appartement parisien, déjà curieuse de ce que l'écriture pouvait changer ou améliorer de nos vies. J'ai compris plus tard, en m'enfonçant dans les écrits des auteurs que j'avais la chance de traduire, que ma mère disait vrai, et surtout, qu'elle disait qui elle était.

Ce soir-là, je me souviens, mon père n'avait pas décroché un mot. La littérature l'enthousiasmait peu et les névroses des hommes de lettres encore moins. Il trouvait que les chiffres s'accordaient mieux, qu'ils évitaient les doubles-sens, les erreurs d'interprétation, tous ces fléaux qui contaminaient les rapports humains. Quand ma mère regrettait qu'il n'ouvre jamais un livre et continue de vivre comme si le monde évoluait selon un mode binaire, il rétorquait :

– Vois ce que les livres ont fait à tes amis. Les ont-ils rendus plus heureux, selon toi ?

Ma mère devenait hystérique, évidemment. Mais plus lucide aussi. Alors, toujours, elle répondait :

– Il faut parfois s'y noyer pour oublier qu'on meurt un peu plus chaque jour chez soi.

Dans ces moments-là, le cœur de mon père se serrait, autant de spleen que d'impuissance. Et les yeux de ma mère se teintaient de gris, d'un gris de discorde qui interdisait toute idée de réconciliation.

Depuis la mort de Simon, les yeux de ma mère colorent chacune de mes nuits. Mes pensées s'entremêlent de questions sans réponses. Ma mère est-elle réellement revenue ? Était-ce elle, cette nuit-là, à la porte de chez Simon, prête à commettre l'irréparable ? Ou l'ai-je recréée de toutes pièces pour ne pas avoir à accepter le fait que Simon se soit vraiment suicidé et que, comme au lycée, j'y sois d'une certaine façon mêlée ? Ai-je fait réapparaître l'image d'un monstre pour cacher celui dont parle Marianne dans ses lettres et que je suis tout au fond ?

Cette incertitude m'empêchait de dormir. Alors j'ai saisi

un calepin et noté, comme toujours, les éléments factuels à ma disposition :

– *Les mots retrouvés près des trois victimes sont identiques, sur la forme et quasiment sur le fond, à la lettre d'adieu de maman.*
– *Une pensée a été placée toujours près des corps. Avant d'être la mienne : la fleur préférée de maman.*
– *Une femme aux longs cheveux bruns bouclés et qui me ressemblait s'est rendue chez Simon le soir de sa mort.*

J'ai recopié côte à côte sur une feuille les trois messages retrouvés près de Marianne, Florence et Simon. Je les ai lus dans tous les sens, j'ai fait des anagrammes, tenté d'y voir une signification cachée, un fil qui les relierait, un message peut-être que ma mère m'enverrait.

Car ma mère se tait, mais elle écrit.

Et quand elle écrit, elle parle.

Et ça a fini par devenir évident, parce que ma mère faisait ça quand elle m'apprenait à lire : elle me disait de ne décrypter qu'un mot sur trois, de jouer avec eux, le cerveau, jurait-elle, ferait le reste. Il comblerait les blancs et assemblerait les lettres manquantes pour former une phrase pleine de sens. Petite, j'avais donc appris à enjamber les mots et à sauter d'une lettre à l'autre sans crainte de m'emmêler les pinceaux. J'avais fini par tellement maîtriser l'exercice que je n'avais même plus besoin de lire les mots en entier, je rebondissais sur la première lettre de chacun et ça suffisait.

J'ai repris le premier message, celui laissé près du corps de Marianne et je l'ai lu comme je le faisais enfant : en m'arrêtant sur le troisième mot de chaque phrase, en identifiant la première lettre, puis, si les phrases étaient longues, en poursuivant de la même façon.

Ma vie **P**ue l'insignifiance.
Je suis **A**ffreuse, un immonde **P**arasite.
Et j'**A**ime vous haïr.

Enfin, quelque chose prenait forme, enfin un mot qui faisait sens. J'ai recopié à nouveau les mots d'adieu les uns à la suite des autres cette fois-ci, dans l'ordre chronologique des morts. Et alors que les vieilles recettes de lecture de ma mère refaisaient surface et que j'associais les lettres par saut de trois, une phrase s'écrivait sous mes yeux, aussi terrifiante qu'inattendue :

PAPA SAIT TOUT.

49

Papa. C'est ainsi que ma mère appelait mon père devant ma sœur et moi. Elle ne disait jamais Charles ou « votre père » mais : « papa. » On trouvait ça étrange avec Laura, cette façon qu'elle avait de toujours le relier à nous et pas à elle, cette manière qu'elle avait d'en faire un homme à filles et non l'homme d'une seule femme. D'abord, j'avais cru à un terme affectueux, puis j'ai compris qu'il s'agissait d'une convulsion linguistique, sa façon de vomir son mariage et de rejeter celui avec qui elle vivait.

Elle lui donnait le nom d'un homme qui pour elle n'avait jamais existé – son père – et c'était assez pour que leur union ne devienne jamais tout à fait concrète, donc pas trop insupportable, à ses yeux.

Ainsi, mon père était devenu papa. Bien sûr, il détestait que sa femme l'appelle de cette façon, même si cela faisait bien longtemps qu'elle ne l'appelait plus par son prénom. Les derniers mois avant sa disparition, c'était à peine si elle le considérait. Elle se couchait dans le canapé du salon avant qu'il ne rentre du travail, ne prenait plus la peine de lui préparer un repas, même froid. Elle l'ignorait, avant toute chose, et parfois, quand elle ne pouvait pas faire autrement, elle le dévisageait, comme si elle scrutait une à une ses imperfections.

Je me suis longtemps demandé pourquoi mon père n'était pas parti avant elle. Il devait bien y avoir une raison qui l'avait empêché de quitter une femme qui, par tous les moyens, cherchait à le réduire à néant. Il devait y avoir une raison au-delà de l'amour qu'il lui portait, un motif impérieux. Chaque fois que je lui posais la question, papa répétait la même phrase énigmatique : « Il est si facile de passer à côté de sa vie, quand on ne fait que penser à ceux que l'on a laissés derrière soi. » J'ai songé que le fait de rester avec ma mère, ma sœur et moi était le moyen le plus simple qu'il avait trouvé pour ne jamais avoir à penser à nous. Et j'ai réalisé que ce couple dépareillé s'assortissait au moins sur un point : ils ne faisaient jamais passer personne avant eux-mêmes.

J'ai pris la route pour me rendre chez mon père avec un sentiment étrange, l'impression d'avoir été dupée. Il avait, pour une raison qui m'échappait encore, permis que ma sœur se cache loin de moi, et j'en venais à songer désormais qu'il m'avait peut-être aussi dissimulé le retour de ma mère.

Quand je suis arrivée, mon père dînait d'un plateau-repas devant l'un de ces jeux télévisés où l'on teste sa culture générale et qui vous font croire, en vous abrutissant, que vous avez conservé toute votre tête. Il s'est étonné de mon retour. Il a éteint le poste et déposé son plateau sur la table basse. Je me suis assise à côté de lui, dans un fauteuil en cuir marron qui rappelait ceux des clubs de jazz américains.

– Maman m'a laissé un mot, ai-je glissé tout bas.

Il m'a contemplée, abattu.

– Alice, tu ne crois pas qu'il est temps d'arrêter ça ?

– C'est la vérité, papa.

Il s'est levé, a attrapé son plateau, s'est dirigé vers la cuisine. Il a continué à parler en s'éloignant, et en faisant dévier la conversation.

– Tu as changé ta serrure ? Faut pas que tu tardes, hein. J'ai appelé le maire, son beau-frère vend des alarmes. Ça serait bien que tu en mettes une chez toi. J'ai le numéro dans la cuisine.

Je l'ai rejoint, et j'ai refermé la porte derrière moi, comme si ça pouvait l'empêcher de me tourner le dos à nouveau.

– Pourquoi tu fais ça ? ai-je demandé.

Ma voix s'est cassée.

– Comment ça ? Bah, pour que tu n'aies plus peur de rentrer chez toi, pour qu'il ne t'arrive rien !?

Son art du déni m'a exaspérée. J'ai frappé des deux mains sur la table.

– Pourquoi tu ne m'écoutes pas ?!

– Mais je t'écoute, Alice.

– Non ! Je te dis que maman est revenue. Pourquoi tu ne veux pas me croire ?

J'ai prononcé ces mots sans violence, en attrapant ses poignets, comme une supplication.

– Parce que c'est faux Alice, et je ne veux pas que tu nourrisses de faux espoirs.

Ça m'a rendue dingue qu'il décrète que j'avais tort avant même d'entendre les preuves que j'avais réunies. Alors je lui ai tout raconté. J'ai raconté les morts de Marianne, Florence et Simon, mes trois amis de lycée, les lettres laissées derrière eux et qui ressemblaient en tout point à celle qu'avait laissée maman, les pensées laissées auprès des corps, l'intrusion dans mon appartement et ce code qu'elle avait créé à mon attention :

PAPA SAIT TOUT

Mon père s'est mis à bégayer.
– Qu'est-ce que tu racontes ? Qu'est-ce que tu t'es encore imaginé ?
– Je ne mens pas. Un témoin l'a vue sonner chez Simon le soir de sa mort.
Il s'est tu, ses yeux passaient d'un recoin à un autre de la cuisine, comme s'il calculait la probabilité qu'une telle chose se soit réellement déroulée. Puis il m'a pris la main.
– Ta mère n'a rien fait de tout ça, Alice, tu m'entends.
J'ai retiré ma main. J'étais furieuse et désemparée.
– Pourquoi tu refuses de voir, c'est fou !
– Ce n'est pas elle, Alice !
Il s'est redressé, et je l'ai vu serrer le poing.
– Ah oui ? Et quand elle s'en prendra à moi, tu feras quoi ? Tu continueras à détourner les yeux ?
Toute sa vie, mon père s'était planqué derrière sa femme, il avait bien trop peur de la perdre pour oser s'interposer. Il aurait dû savoir que sa lâcheté avait un prix, qu'elle causerait des marques bien plus profondes que l'enfer.
– Alice, s'il te plaît... a-t-il soufflé.
Et pour la première fois, j'ai vu mon père pleurer. Il s'est effondré sur une chaise de la cuisine, tout son corps sanglotait.
– Papa...
Il a continué de chialer comme un môme. Les larmes d'un puits sans fond. J'ai saisi sa main et je l'ai serrée fort.
– J'ai peur qu'elle revienne s'en prendre à moi, papa. Tu comprends ?
Il a levé la tête, ses yeux bleus luisaient de tristesse.
– Elle ne te fera rien.
– Tu n'en sais rien.
– Elle ne te fera rien, je te dis.
– Elle tue des gens, papa.

– Elle ne tue personne, Alice ! Elle est morte !

Sur ces mots, il a attrapé mon visage dans ses mains avec la maladresse d'un père qui fait ça pour la première fois et il a répété « Elle est morte, Alice » comme s'il avait besoin de s'en convaincre.

Puis tout bas, parce qu'il n'était sans doute pas tout à fait prêt, même trente ans après, à l'accepter, il a dit :

– Ta mère n'a tué personne. Elle est morte le jour même où elle nous quittait.

50

Maman est morte. J'ai répété cette phrase plusieurs fois et j'ai failli éclater de rire, d'incompréhension ou de soulagement – je ne sais plus. Maman est morte, et je n'ai pas su si je devais haïr mon père de me l'avoir caché ou le prendre dans mes bras. Nous avions toujours été une famille dysfonctionnelle où l'on ne s'aime qu'à moitié – je parle ici de la moitié « sociale », celle qui nous force à respecter son prochain. Il y a des choses qui ne se font pas en société, notamment de ne pas chérir ses enfants, et ma mère tenait aux apparences. Elle avait appris à feindre la mère dévouée, la mère compréhensive, la mère satisfaite, et Dieu sait qu'elle excellait dans l'art de leurrer son monde quand des invités venaient à la maison. Elle se félicitait tout haut des notes de ma sœur et s'extasiait devant ma beauté peu commune. Caressant ma crinière brune, elle chantonnait *Cheveux longs et idées courtes*, le vieux tube de Johnny Hallyday :

Quand on leur apprendrait
Que pour changer le monde
Il suffit de chanter
Da-da-da-da-dam !

Da-da-da-da-dam
Et surtout, avant tout
D'avoir les cheveux longs

Et les invités ébahis qui reprenaient en chœur *Et surtout, avant tout, d'avoir les cheveux longs,* en levant leur verre et en n'oubliant pas de pointer à quel point je lui ressemblais.

Enfant, et même adolescente, personne n'a jamais eu le droit de toucher à mes cheveux. Ni les coiffeurs qui les coupaient toujours trop court, ni mes copines qui s'amusaient à y faire des nœuds, ni les garçons qui de toute façon à cet âge étaient bien incapables de savoir quoi faire de leurs doigts. Seule ma mère avait ce privilège, car c'était le seul moment où sa main se faisait douce, le seul aussi où elle semblait trouver ma présence près d'elle supportable.

Mais quand les invités finissaient par se lasser de l'intermède, quand ma présence ne les distrayait plus, qu'ils voulaient revenir à leurs discussions d'adultes, alors la main de maman se raidissait, et sans transition aucune, elle m'ordonnait de monter dans ma chambre et de ne plus redescendre.

Maman est morte, et seul mon père semble porter son deuil. Moi, j'attends qu'il m'explique. Je réalise que c'est lui le comédien de la famille, qu'il a été capable, pendant près de trente ans, de me mentir sur à peu près tout. C'est à la fois terrifiant et admirable.

J'aimerais penser qu'il a fait ça pour me protéger, j'aimerais croire que ce silence l'a rongé. J'aurais pu lui poser la question mais en vérité, une seule chose m'obsédait : savoir si ma sœur, elle, savait. Mesurer l'étendue du mensonge.

– Laura est au courant ?

Il s'est tu pour ne pas avoir à acquiescer. Et même en

retournant la question dans tous les sens, je ne comprenais pas pourquoi j'avais été la seule laissée dans l'ignorance.

– Pourquoi tu ne m'as rien dit ? Pourquoi Laura et pas moi ?

Il m'a dévisagée, surpris que je concentre mon attention sur Laura et non sur la mort de ma mère. Je comprenais son étonnement, évidemment, mais s'il fallait nous mesurer sur l'échelle de l'indécence, il courait loin devant.

– Réponds-moi ! ai-je insisté.

Il s'est levé, s'est servi un verre d'eau qu'il a bu d'un trait, puis il a posé ses deux mains sur la table en signe d'autorité.

– Tu avais le bac à passer, des échéances importantes…

– Des échéances ? Tu t'entends, papa ?

J'étais sidérée. Mon père avait géré les conséquences de la mort de sa femme avec le pragmatisme d'un expert-comptable tentant de masquer une fraude fiscale. Papa, l'expert en analyse des risques. Puisque la mort de sa femme menaçait de compromettre mes chances d'aller à la fac, il avait inventé une histoire qui me permette de continuer à cartonner en maths et en français ? Délirant.

– Qu'est-ce qui s'est passé ? De quoi elle est morte ?

Mon père, livide, ne répondait plus. Il s'est courbé – avachi serait plus juste. J'ai cru qu'il allait dégringoler de sa chaise. Mais à cet instant-là, j'étais incapable d'empathie.

– De quoi ?! ai-je aboyé pour qu'il me réponde enfin. Elle est morte en voiture, en varappe ? Elle est tombée dans l'escalier, du toit de la maison ? De quoi ??!

Il a continué à se taire. Son silence était immonde. Comment pouvait-il refuser de me livrer les circonstances de la mort de ma mère. Ça changeait quoi à présent ?

J'ai continué à le mitrailler de questions. Avait-il seulement vu le corps de maman ? Pouvait-il prouver qu'elle était décédée ? Où était-elle enterrée, y avait-il seulement quelque part une tombe à fleurir ? Il ne me regardait plus, il se tenait la nuque cassée en deux et les bras sans vie, comme un bonhomme en mousse. Et moi, je tournais en boucle, je parlais toute seule, je devenais folle. Car je sentais bien qu'il me mentait encore, il n'avait de réponse à rien.

Maman n'était pas morte. J'avais trois morts, trois lettres, trois fleurs et même une gardienne d'immeuble pour le prouver. Si maman était morte il y a trente ans, qui avait tué Marianne, Florence et Simon ?

Pourquoi papa mentait-il encore une fois ? Pourquoi ? Voulait-il que je l'accuse à sa place ? L'aimait-il à ce point qu'il était prêt à prendre toute la responsabilité sur lui ? Car soyons francs : si ma mère était réellement décédée, si elle n'était pour rien dans la mort de mes amis, alors le vrai coupable était une personne à même de se faire passer pour elle. Quelqu'un qui lui offrait des bouquets de pensées, quelqu'un qui avait eu entre les mains sa lettre d'adieu, quelqu'un qui possédait les clés de mon appartement, celles avec le porte-clé en forme de club de golf, quelqu'un qui m'aimait suffisamment pour m'épargner. Cela laissait peu de possibilités.

Cela laissait papa.

51

Le téléphone de la maison s'est mis à sonner. Mon père a hésité à répondre, puis il s'est levé pour décrocher, comme s'il avait besoin de cette coupure pour imaginer d'autres mensonges. Il a murmuré « C'est le maire… », s'est excusé et s'est enfui dans sa chambre pour mener la conversation. À travers les murs de la cuisine, je l'entendais parler de fuites, de canalisations, de devis à lancer, et ça me rendait dingue qu'il puisse si facilement agir comme si de rien n'était. Combien de visages avait-il ?

Son téléphone portable était posé sur le meuble près du frigo. Je l'ai attrapé, et j'ai fait ce que toute femme blessée finit par faire un jour ou l'autre : j'ai cherché la preuve des méfaits. J'avais peu d'espoir. Mon père était un homme discret et organisé, pas le genre à conserver sur lui les factures qui prouvaient qu'il était allé acheter dix mètres de corde chez Castorama. C'était un expert dans l'analyse des risques ; cela signifiait aussi qu'il savait parfaitement manœuvrer à couvert quand il le fallait.

Son téléphone en apportait la preuve. Pas un SMS, pas un message vocal sur sa messagerie : il avait tout effacé. Qui faisait ça à part quelqu'un qui avait forcément quelque chose à cacher ? J'ai poussé jusqu'à ouvrir sa boîte mail et Google Map, pour retrouver un historique quelconque. Mais là aussi, rien. Les photos ? Quelques-unes sans réel intérêt : la forêt, des plantes, les dégâts de l'inondation de la salle des fêtes en gros plan. Rien de plus. Pas une seule photo de moi ni même de Laura, et pourtant, ce n'était pas faute de lui en avoir envoyé. Mais visiblement, il ne voyait pas d'intérêt à les archiver.

Son portable était une coquille vide. J'étais terrifiée à l'idée que ce père qui avait été absent toute ma jeunesse, n'avait prévu à aucun moment d'agir autrement. Même avec l'âge, même avec la solitude et la fin, inexorable, qui approchait, il restait hermétique à ma vie. Je pouvais le supporter, toutefois. À condition qu'il n'ait pas fait pire. Et cette question me taraudait.

J'ai ouvert toutes les autres applications : ça ne menait nulle part, sauf à vouloir consulter la météo, le cours de la Bourse ou les journaux. Restait le moteur de recherche Safari. J'avais peu d'illusions et c'était sans doute la raison pour laquelle, une minute plus tard, je n'arrivais pas à décoller les yeux de la page qui s'était ouverte et qui disait que mon père, à n'en pas douter, était un homme dangereux.

Il s'agissait d'un compte de messagerie électronique, sur lequel était ouvert le dernier mail que j'avais envoyé à Ann Loman.

Je me suis mise à suffoquer. Une crise violente, plus dure que les dernières en date. J'ai pulvérisé sur ma langue quelques gouttes de Fleurs de Bach, c'était dérisoire. Je me suis effondrée sur le carrelage cherchant à gober l'air qui manquait. J'ai rampé jusqu'à mon sac, avalé deux cachets de Lexomyl et ça a suffi pour que mon corps se détende légèrement et que ma respiration décélère. J'étais stone et c'était peut-être mieux ainsi.

Pourquoi, comment mon père avait-il accès à la boîte mail d'Ann Loman ? Je ne comprenais pas. Surtout, cela signifiait que j'étais loin d'avoir tout déterré.

Quand papa est revenu dans la cuisine, il m'a trouvée affalée sur le sol, mon sac renversé à terre, hypnotisée par le portable que je consultais toujours en le serrant désespérément fort dans les mains. Il s'est précipité sur moi pour me redresser. Je l'ai repoussé du peu de forces qu'il me restait. Ma bouche était pâteuse, j'avais du mal à articuler. Mais j'avais encore assez d'énergie pour lui tendre l'écran de son smartphone.

– Qu'est-ce que c'est que ça ? ai-je bégayé. Comment tu peux avoir accès à sa messagerie ?

Je me suis mise à pleurer. Il a baissé la tête, coupable, muet.

– Tu la connais, Ann Loman ? Je croyais que tu ne savais pas parler anglais. C'était faux ça aussi ?

Les mots s'étranglaient dans ma gorge. J'étais effondrée devant l'ampleur de l'imposture, mais aussi par le fait que mon père s'était joué de moi à tous les niveaux. Il avait menti pour ma mère, pour ma sœur, pour Ann Loman. Pourquoi en serait-il autrement pour mes amis, pour Simon, Marianne et Florence ? C'était lui, c'était forcément lui.

– Tu reçois ses mails. Pourquoi tu reçois ses mails ?

Les anxiolytiques commençaient à faire effet et m'empêchaient de trop élever la voix.

– Je la connais… c'est tout.

Je l'ai fixé avec stupeur. Même pris en flagrant délit, il continuait de mentir. Un malade…

– Tu la connais si bien que c'est même toi qui encaisses ses droits d'auteur ?

Dans la boîte e-mail, j'avais trouvé un message envoyé à mon éditeur, donnant un RIB sur lequel virer l'argent des ventes du second roman d'Ann Loman. Celui dont j'assurais actuellement la traduction. Le RIB était au nom de la société AL Inc. Un acronyme qui ne m'était pas étranger car je l'avais vu figurer dans un des dossiers de son bureau. Par ailleurs, le compte était hébergé dans une banque de Saint-Nom-la-Bretèche, à deux pas de la maison.

Et soudain, une idée effroyable m'a vrillé le crâne.

– Depuis quand… tu écris ?

– Je n'écris pas.

– Alors comment… C'est qui putain, cette Ann Loman ?! comment tu la connais ? Pourquoi…

Ma voix s'est brisée dans les aigus. Mon père s'est mis à pleurer.

– C'est ta mère… a-t-il dit presque en chuchotant. Ann Loman, c'est ta mère…

Je me suis bouché les oreilles avec les mains, comme on fait quand on est enfant pour faire disparaître l'insupportable. Nier l'existence du monde qui nous entoure. Mon père a repris en essayant de contrôler sa voix.

– Ta mère a écrit deux romans. Le premier au début de notre mariage, le second vers la fin… Je n'ai pas touché à l'argent. Je te le promets… Tout ça, ce sera pour toi.

Mais je m'en foutais de savoir combien de romans ma mère avait écrits. Et encore plus de toucher le produit de ses mensonges, ça restait de l'argent sale à mes yeux, c'était… c'était quoi d'ailleurs ? Je ne savais plus rien.

Il a supplié que je lui pardonne. A balbutié qu'il avait voulu aider, qu'il ne se doutait pas que les choses prendraient une telle ampleur. Quand j'étais tombée sur le premier manuscrit de maman, j'avais eu l'air transportée par une énergie qu'il ne m'avait pas connue depuis si longtemps… Il avait pensé que ça pouvait me sauver. Que ça servirait au moins à ça. Si j'avais su que ma mère en était l'auteure, j'aurais refusé d'en entendre parler. En passant cela sous silence, il m'avait mis le pied à l'étrier. Alors il avait inventé toute cette histoire d'amie de maman, avait proposé de jouer les intermédiaires. Avait négocié avec mon éditeur les droits, et aussi… que ce soit moi et personne d'autre qui en assure la traduction.

Quand il avait mesuré son erreur, il avait voulu tout arrêter, avait même été tenté de brûler le second roman. Mais des années plus tard, quand il avait vu que de nouveau ma vie semblait s'effondrer sous mes pieds, que mon activité professionnelle s'écroulait, que les traductions que l'on me confiait se faisaient plus rares… il avait été soulagé de n'en avoir rien fait. Et il avait décidé de ressusciter Ann Loman.

J'ai essayé de me redresser. Mes jambes flageolaient. J'ai contemplé mon père ; il faisait peine à voir, avec sa mâchoire du condamné et ses yeux bas. À présent, je comprenais ses silences, la gravité de ses non-dits, les dimanches midi à ne pas savoir quoi se dire, tant il y avait de choses à cacher.

Et je mesurais qu'il aurait été naïf de croire que je puisse trouver le bonheur dans cette vie. J'avais été élevée par un monstre à deux têtes, dont l'une creusait ses galeries jusqu'en enfer.

52

Je ne sais plus comment je suis rentrée chez moi. Les dernières images qui me viennent à l'esprit sont floues. Je nous revois mon père et moi dans la cuisine, je l'entends me dire tu te trompes, calme-toi, je t'en prie Alice, calme-toi. Je me revois me lever, tanguer jusqu'à la porte, refuser de l'écouter, je le vois m'attraper le bras, je me vois m'arracher à lui, je le vois tomber, je me vois courir, je me vois déguerpir.

Mon crâne se désosse par endroits, juste au-dessus des tempes et tout près de la nuque, les élancements sont au-delà du supportable. Je suis chez moi, dans la salle de bains, les mains agrippées à l'évier pour contenir la douleur et tenter de rester debout. Marc se tient à côté de moi, je ne me rappelle pas l'avoir vu arriver. Peut-être était-il déjà là. Il s'agenouille près de moi alors que je vomis dans la cuvette des toilettes et je pleure. J'arrive à peine à ouvrir les paupières mais je le devine s'agiter dans l'appartement à la recherche de médicaments ou de drogues qui mettraient fin à mon agonie. Il me tend un fond de vodka que j'avale sans que cela ne change rien. Il est à deux doigts d'appeler le Samu, je le retiens par le bras, je lui intime de ne pas bouger, je lui dis qu'il est normal que je sois punie, il est logique que quelqu'un paye pour ce que ma famille a fait.

Il croit que je délire, pose sa main sur mon front pour voir si j'ai de la fièvre et s'agite encore, sans se rendre compte que ses atermoiements me filent le tournis et ne font qu'aggraver la situation. Il me raconte des histoires drôles pour diriger mon attention ailleurs, il remonte loin dans le passé, jusqu'aux jours heureux. J'esquisse un sourire, ce qui n'est pas rien, je lui prends la main, je mesure la chance d'avoir un ami si dévoué, je suis si près de l'aimer tout à fait.

Il est allé chercher une serviette qu'il a trempée dans l'eau froide et avec laquelle il éponge chaque parcelle de mon visage. Ça fait du bien. Ou peut-être est-ce la vodka qui commence à agir.

Et il continue de parler, de me ramener aux jolies choses de la vie. Il m'embrasse la joue, descend dans mon cou, je le sens perdu, je le sens aimanté. Je voudrais lui rendre ses baisers mais ma tête m'élance trop pour cela, je me redresse pour essayer de mieux respirer. Mon diaphragme se coince, je tousse, je m'asphyxie.

Il voudrait me porter jusqu'à mon lit mais je trébuche, je m'effondre sur le carrelage de la salle de bains, alors il s'assied auprès de moi, me prend dans ses bras et me berce.

– Qu'est-ce que tu as, Alice, dis-moi ? C'est encore à cause de Simon ?

Il ne comprend pas pourquoi il me retrouve toujours exsangue, pourquoi les migraines reviennent par rafales, pourquoi je me tais, pourquoi je le laisse dans l'ignorance.

Je suis incapable de penser. J'arrive à bredouiller :

– Je voudrais juste qu'on m'arrache la tête. Ça fait un mal de chien, Marc. Tu veux bien m'arracher la tête, s'il te plaît ?

Je suis carrément allongée sur le sol de la salle de bains désormais, incapable de tout mouvement. La froideur du carrelage endort légèrement la douleur, mais c'est encore insuffisant pour ne pas avoir l'impression qu'on me scie le crâne.

Marc se relève soudainement. Je l'entends fouiller dans tous les placards de la cuisine, renverser les tiroirs de la commode du salon.

– Putain Alice, t'as même pas un Voltarène qui traîne ?

Il se rend jusqu'à la pharmacie la plus proche et me rapporte les antidouleurs les plus puissants que la praticienne a bien voulu lui vendre sans ordonnance. Il me met au lit, il prie, c'est la première fois que je l'entends prier, il me glisse *je suis là, je ne te lâcherai pas*. Au bout de quelques heures, les drogues commencent à faire effet, mon corps est mou comme du coton, je vois le visage de Marc devenir trouble, double, triple, et je m'endors.

53

16 mars 1993

Ce matin, maman nous a forcées à faire un grand ménage de printemps, Laura et moi. Elle trouvait la moquette crade, nos chambres aussi et les meubles passés de mode. Elle voulait tout changer, qu'on mette tout à la benne. Elle a pris des sacs-poubelle et y a enfourné tous les objets qu'elle ne voulait plus voir, les vêtements qu'elle ne met plus, des photos, les vieux clubs de golf de mon père qu'il laisse toujours traîner dans la maison, les robes trop courtes de ma sœur et mes chaussures plateforme. Elle est folle ! Je les ai sauvées in extremis.

Mon père n'a pas bougé. Il faisait des mots croisés devant la télé pendant que maman retournait la maison. Ahurissant.

Ces derniers temps, papa est fatigué. J'ai surpris une conversation avec maman. Il a fait un check-up, les résultats ne sont pas bons, il va devoir lever le pied et sans doute arrêter de travailler plus tôt que prévu. Ça n'a pas plu à maman. Elle n'est pas enthousiaste à l'idée de l'avoir dans les pattes. Elle l'a balancé texto à mon père qui lui a répondu : « Je ne devrais pas m'étonner d'avoir le cœur qui lâche. » Et il s'est enfermé dans son bureau. Je ne comprends pas ce qu'ils foutent ensemble. Maman s'en fiche, qu'il crève demain ou dans dix ans c'est pareil pour elle. Elle arrête pas de répéter qu'elle a foiré sa vie. Moi je trouve qu'ils ont surtout foiré leur mariage. Ils devraient divorcer.

Je ne dis pas ça pour moi. Moi je m'en fous, j'ai le bac dans six mois et dix-huit ans dans huit mois. Je vais pouvoir me barrer d'ici, arrêter d'être son larbin, sa fille-paillasson. Je ne serai même plus obligée de la voir du tout. J'ai trop hâte.

À cause d'elle, j'ai perdu Simon et j'ai plus vraiment d'amis. Bon, j'ai reçu une lettre de Marianne. Une lettre d'excuse. Ça m'a fait du bien, mais je ne sais pas trop quoi répondre. J'espère que ça ira mieux à la fac. Que je pourrai tout reprendre à zéro, oublier le lycée, oublier Simon. Au moins, je ne serai plus obligée de le croiser tous les jours. C'est trop dur de devoir l'ignorer, surtout qu'il y a plein de filles qui lui tournent autour. C'est horrible. J'ai envie de les tuer !

J'ai dû jeter toute ma collection de StarMag *– maman trouvait que ça prenait trop la poussière – et mes Doc Martens violettes – ça fait SDF. J'ai essayé de l'empêcher de me piquer l'album* Violator *de Depeche Mode. On tirait chacune un bout de la pochette de l'album, un coup dans un sens, un coup dans l'autre. J'ai enfoncé mes ongles dans le carton pour mieux l'avoir en main et je l'ai soulevé tellement haut dans les airs qu'il a tailladé la joue de ma mère.*

Elle s'est mise à hurler, du sang coulait sur son chemisier. Je l'avais défigurée, j'étais un monstre, une sale petite garce. Elle était tellement furieuse qu'elle a dévalé l'escalier et attrapé le martinet qu'elle garde tout près d'elle dans sa table de nuit, puis elle a déboulé dans ma chambre, elle a levé le bras et j'ai vu les lamelles de cuir danser dans les airs avant de s'abattre sur moi. J'ai mis mes bras en croix pour protéger mon visage. Déjà qu'on me traite en paria au lycée, si je m'affiche avec des stries sur la tronche, je signe mon suicide social. Alors j'ai maintenu les bras bien fort devant mon visage, et ça a forcé ma mère à me contourner, à m'attaquer de côté, sur les flancs, sur les hanches, à la taille. Elle a fouetté mes cuisses, mes fesses, j'ai hurlé à la mort, et personne ne venait. J'entendais la musique dans la chambre de ma sœur et la télévision dans le salon. J'entendais tout et ils n'entendaient rien. Ils m'ont laissée seule avec la colère de maman qui fait aussi peur que celle des taulards dans 21 Jump Street. *Elle arrêtait pas de gueuler « Sale petite garce, tu as vu à quoi je ressemble maintenant ? »*

Et puis elle s'est arrêtée d'un coup. Le bras de mon père retenait celui de maman. Il était comme fou. Il lui a hurlé dessus. C'est la première fois que je l'ai vu crier sur elle. Et maman s'est débattue, elle s'est mise à le frapper avec le martinet, papa l'a traînée hors de ma chambre, ils ont failli dégringoler dans l'escalier, et il a continué de lui tenir les bras pour qu'elle se calme mais elle s'est débattue plus fort, elle s'est mise à attraper tout ce qui traînait dans l'entrée et l'a balancé sur papa, Laura ne sortait pas de sa chambre, je ne sais pas si elle n'entendait rien ou si elle faisait exprès, et moi j'étais en haut de l'escalier et je criais « Arrête ! Laisse papa tranquille ! », mais elle a attrapé un vase, un gros vase en verre, il s'est écrasé sur le mur à deux centimètres de papa, elle lui a dit « Dégage ! », et je l'ai vu sortir de la maison en courant, parce que sinon, ma mère aurait tout démoli dans la maison, et j'ai entendu le moteur de sa voiture qui démarrait, maman s'est enfin calmée, elle a claqué la porte de sa chambre, et le silence est revenu. Je crois que c'était encore plus terrifiant.

Et puis le boucan a repris, en bas, dans la chambre de maman. J'ai eu peur que papa soit revenu et qu'elle soit en train de vider la chambre sur lui. J'ai descendu les marches en tremblant. J'ai vu ma mère aller au sous-sol, je suis entrée dans la chambre. Papa n'était pas là, mais il y avait une valise pleine à craquer ouverte sur le lit. Sur la table de nuit du côté de mon père, elle avait laissé une enveloppe. J'ai pas pu m'empêcher de l'ouvrir. Elle avait écrit :

À toi. À elle.
Je vous hais.
Adieu.

Elle avait même laissé une fleur dans l'enveloppe. Tarée. Depuis quand on offre des fleurs à quelqu'un qu'on quitte ? Ma mère est rentrée dans la chambre avec un vieux fer à repasser dans les mains. J'ai sursauté, j'ai eu peur qu'elle me défonce le crâne avec, mais elle l'a engouffré dans ses bagages, et elle a refermé la valise en forçant sur la fermeture éclair. Elle l'a traînée dans l'entrée. Puis elle a commencé à fourrer plein d'objets dans un sac, plein de trucs à nous qu'elle allait nous voler. Et je ne sais pas comment j'ai osé : « T'as prévenu papa que tu partais ? » Elle a répondu : « Fous-moi la paix ! » Elle est allée récupérer son sac à main dans la cuisine. Je l'ai suivie et j'ai continué : « Faut que t'attendes papa », je ne sais pas pourquoi, et j'ai tendu les bras pour l'empêcher de déguerpir. J'avais du sang qui coulait de mes doigts et même de mes cuisses. Elle m'a filé une claque, elle a sorti : « Ton père… Tu crois vraiment qu'il mérite que tu t'inquiètes pour lui ? » Elle s'est approchée de moi. Mes bras se sont mis à se crisper. Elle a caressé lentement l'ovale de mon visage et elle a dit : « Tu crois vraiment que s'il t'aimait, il m'aurait laissée te défigurer de la sorte ? »

Elle a ri, comme un jour de victoire, a continué à rire aux éclats jusqu'au moment où, de rage, j'ai attrapé un couteau de cuisine et je lui ai enfoncé dans le ventre. J'ai frappé plusieurs coups. Comme Oreste avec Clytemnestre. Je ne pouvais pas m'arrêter. Et j'aurais continué, c'est sûr, si je n'avais pas vu Laura qui se tenait à la porte de la cuisine, et si elle ne s'était pas mise à courir et à hurler « Papa ! » dans toute la maison.

54

Un rayon de soleil a percé les rideaux et m'a sortie du sommeil. Je me suis levée avec une affreuse douleur dans le ventre, comme souvent. L'impression qu'on m'éviscère.

Un bout de papier était déposé sur mon lit.

J'ai dû partir. Je passe ce soir, on parlera.
J'ai laissé les médocs dans la cuisine.
Je suis là, je t'embrasse.
Marc

Marc ? J'ai jeté le papier à la poubelle – mon esprit accaparé par la douleur. Des comprimés traînaient dans la cuisine, j'en ai avalé deux avec un grand verre d'eau.

J'ai pris une douche, j'ai brossé mes cheveux longuement. J'ai toujours aimé ça, j'ignore pourquoi. C'est peut-être lié au mouvement répétitif des mains, presque hypnotique. J'ai brossé mes longues boucles brunes assise dans le canapé du salon, en prenant soin d'éviter les miroirs de l'appartement. Il y a un âge et une heure auxquels une femme apprend qu'il est bon, parfois, de ne pas surprendre son reflet.

Ce n'est pas que je me trouve laide, mais je n'aime pas

les imperfections. J'ai toujours détesté les hommes qui me disaient charmante. Ça signifiait qu'il me manquait quelque chose pour être totalement belle à leurs yeux. On n'adule pas une femme charmante. On lui fait la cour éventuellement, histoire de passer le temps et parfois quelques années. Mais on la traite toujours avec le sentiment qu'on vaut mieux qu'elle. Je ne dis pas que je me suis rêvée inaccessible, mais belle, oui, désirée aussi, affreusement désirée.

J'ai attrapé un cahier et écrit quelques lignes, comme ça, pour le plaisir, pour me détendre. J'aime écrire, mais je déteste observer la courbe des mots rétrécir avec le temps : plus je vieillis et plus mon écriture rapetisse, les *e* sont presque avalés, c'est à peine lisible et ça manque d'élégance. J'ai fermé le cahier, lasse, j'ai eu envie de prendre l'air. C'est le problème avec moi, j'ai rarement les idées fixes.

J'aime marcher dans les rues de Paris. J'ai toujours trouvé les Parisiennes élégantes, les façades racées et les devantures des boutiques inspirantes. Je ne me lasse jamais de marcher. J'aime voir les passants me jauger, deviner leurs impressions, leurs pensées, plus ou moins flatteuses, sans doute, mais qu'importe. C'est le lot des femmes charmantes.

Je me suis baladée un moment avant de rentrer. J'ai bouquiné sur un banc du parc Monceau. C'était une après-midi comme je les aime, sans horaire imposé ni réels désagréments, pour une fois mon ventre me laissait en paix.

J'ai pris le bus jusqu'à la place de l'Étoile et j'ai descendu l'avenue de la Grande Armée pour rentrer chez moi, emplie de voitures qui jouaient à touche-touche et de pavés démantelés. Je déteste cette avenue. À l'horizon, les tours de La Défense se découpent, totems d'une société qui a sacrifié l'art et le beau. J'ai grimpé l'escalier. À peine arrivée sur le palier, le voisin est sorti de chez lui et m'a annoncé : « J'ai croisé votre père ! Je lui ai proposé de prendre mon appartement en viager. » Vieux fou ! Je lui ai répondu : « Vous l'avez croisé au siècle dernier ? » Il s'est vexé, a cru que je le traitais de débris. Il a commencé à baragouiner des insultes. Je me suis dépêchée de fouiller mon sac pour récupérer mes clés, mes doigts se sont posés sur le club de golf qui me servait de porte-clé, j'ai mis la clé dans la serrure et je suis entrée.

Quelqu'un m'attendait. Un garçon. Une longue mèche blonde lui cachait la moitié du visage, lui donnant un petit air romantique. Il était vautré dans mon canapé. J'ai fait un pas en arrière, mais il s'est illuminé à ma vue, alors j'ai pensé qu'il y avait mieux à faire pour l'instant que d'appeler les flics.

Il s'est redressé, heureux de me voir devant lui.

– T'as l'air d'aller mieux, s'est-il réjoui en allumant une cigarette.

J'ai remis mes cheveux en place, un geste de timidité tant je n'avais plus l'habitude qu'un homme s'émerveille autant.

Il a sorti une bière du frigo. Visiblement, il connaissait mes goûts et la maison. C'était agréable. Je me suis assise à ses côtés dans le sofa, il m'a dévisagée longuement, puis il a dit, d'une voix tendre :

– C'était quoi hier ?

– Hier ?

Il m'a pris la main.

– Je ne veux pas que tu restes seule.

– Non ?

Il était touchant.

– Tu pourrais rester chez moi quelques jours. Je pourrais veiller sur toi, si jamais ça recommence. Qu'est-ce que t'en penses ?

Je n'en pensais absolument rien. Je ne voyais pas de quoi

il parlait. Mais il était doux et tendre, alors j'ai dit oui. Il m'a attrapé la taille, il m'a embrassée. Décidément, j'aimais les romantiques aux cheveux blonds. Il a caressé ma joue et embrassé mes paupières. J'ai lâché un soupir. Il a aimé ça. « Je ferai ça plus souvent alors », a-t-il promis, puis il a murmuré « Alice, ma belle Alice ».

J'ai cessé de respirer, eu un mouvement de recul.

– Comment tu m'as appelée ?

– Quoi ?

Je me suis levée du canapé, glacée.

Encore un qui nous confondait. C'était dérangeant, c'était insultant. Pourquoi fallait-il que l'on me rappelle sans cesse à elle ? Ne voyaient-ils pas que ça me tordait les tripes jusqu'à l'œsophage ? Ne voyaient-ils pas que j'en suais de dégoût et d'horreur ?

Il s'est redressé dans le canapé.

– J'ai dit quelque chose de mal ?

J'ai détourné la tête, pas envie d'argumenter.

– Ça te gêne que je dise que tu es merveilleuse ?

Nouveau haut-le-cœur. Merveilleuse ? S'il savait… Mon ventre s'est mis à se tordre, j'ai retenu un cri de douleur. Ma fille avait cet effet-là sur moi.

– Tu devrais partir.

Mais il est resté. Et il a continué à m'appeler Alice et à tenir de grands discours sur la vie et l'amour. Mais que savait-il de tout ça ? Avec son allure de séducteur prépubère et ses attributs de grand romantique, il avait à peine vécu. Que savait-il de la vie que l'on subit malgré soi, de ces journées qui se ressemblent toutes et qui finissent par vous engloutir ?

Je lui ai ordonné d'arrêter de m'appeler Alice.

– Arrête avec cette garce. Moi, c'est Adèle. Si tu ne comprends pas, tu peux dégager de chez moi.

Il a paru décontenancé puis il a repris son bavardage, comme si de rien n'était, comme pour oublier plus vite ce que je venais de dire. Pourquoi étaient-ils tous incapables d'écouter ?

Je suis allée dans la cuisine, j'ai sorti une bouteille du placard.

– J'ai du curaçao, tu en veux ?

– Toujours, a-t-il répondu presque goguenard.

On ne buvait pas de curaçao à mon époque. On se saoulait au schnaps ou à la crème de menthe verte. Mais les jeunes d'aujourd'hui préfèrent les alcools de salon qui n'attaquent ni le cerveau ni l'estomac. Les amis d'Alice en tout cas. Ça ne m'étonne pas.

J'ai sorti deux verres, j'y ai versé le curaçao. Combien de fois avais-je fait ça ? C'était flou. Deux fois, peut-être trois ? Il y avait eu Marianne bien sûr, et ce Simon, épris d'Alice à en crever. Il me semblait que j'oubliais quelqu'un, tant pis. J'ai demandé au dernier des romantiques s'il pouvait aller chercher mon portable dans ma chambre. Il n'a rien trouvé, je lui ai demandé d'y retourner, de bien fouiller.

J'en ai profité pour ouvrir le tiroir à couverts. Tout au fond, j'avais caché une petite boîte en aluminium qui abritait une petite fiole de GHB. La plupart du temps je l'utilisais pour moi, j'aimais perdre la notion de l'espace et du temps, mais parfois c'était utile autrement. J'ai versé quelques gouttes dans son verre. Il est revenu de la chambre les mains vides, désolé de n'avoir pas trouvé mon téléphone, j'étais sûre de l'avoir laissé là-bas ? Il a attrapé le verre que je lui tendais. Son geste m'a fait repenser à Florence. Florence l'intrépide, comment avais-je pu oublier ? Cela faisait donc trois. Cela ferait donc quatre.

On a bu puis on est allé chez lui. J'ai insisté. On a pris un taxi, il pouvait à peine marcher. Il s'est effondré sur le canapé, sous un tableau déstructuré. J'ai essayé de le réveiller, il ne fallait pas qu'il s'endorme, il était bien trop lourd pour moi. J'étais partie trop vite, je n'avais rien sur moi. Cela ne me ressemblait pas. J'ai cherché quelque chose qui ressemblait à une corde et j'ai trouvé une ficelle suffisamment solide pour l'enrouler autour des poutres de son appartement. Je l'ai embrassé pour le ramener à la vie, ça l'a légèrement stimulé, je l'ai pris par la main, il souriait, béat, je l'ai fait grimper sur une chaise, il plaisantait à présent, il lançait « Tu veux que je te prenne de haut, c'est ça ? », et il souriait encore, et je lui répondais en minaudant et il adorait ça. J'ai enroulé la ficelle autour de son cou, il a dit « Tu es sado, c'est ça ? », je l'ai laissé se réjouir une dernière fois, et d'un coup de pied, j'ai fait basculer la chaise.

Il s'est étranglé sans grande résistance, comme les autres. Ça a duré un moment, plusieurs secondes, une minute peut-être. J'ai trouvé ça long. Il ne faut pas croire, je ne prends pas de plaisir à ça. C'est juste une question de justice, de réparation. Comme dans les tragédies, œil pour œil, dent pour dent. Et puis, je sais qu'Alice me cherche. N'est-ce pas le devoir d'une mère de laisser quelques cailloux derrière elle pour lui permettre de retrouver le chemin de sa maman ?

55

18 mars 1993

Maman est partie. Je suis tellement contente. Mais je peux le dire à personne. Heureusement que je peux l'écrire. Ça fait du bien d'écrire « Maman est partie ». Je ne peux même pas le raconter à Laura, depuis que c'est arrivé, elle passe son temps à pleurer enfermée dans sa chambre. Elle ne s'en remet pas. Dès que je la croise dans la maison, ça recommence, elle se met à pleurer. Elle court s'enfermer dans sa chambre et on ne la revoit plus de la soirée. Elle ne parle plus, enfin quasiment jamais, sauf pour gueuler à papa qu'elle ne veut pas rester là, qu'elle veut partir loin de nous. Que s'il ne la laisse pas partir, elle ira voir les flics. C'est vrai qu'elle est majeure, elle a le droit de faire ce qu'elle veut maintenant. Depuis le temps qu'elle veut partir aux États-Unis et épouser son acteur américain ! Je ferais pareil à sa place. Mais quand même, je ne pensais pas que le départ de maman la rendrait aussi triste, je savais pas qu'elle l'aimait autant.

Papa aussi est tout le temps triste. Du coup j'ose pas trop sourire dans la maison. Je vois bien que ça les met mal à l'aise. Papa a perdu sa femme quand même, ça craint. Même si c'est le plus beau jour de ma vie, ça craint. J'ai le droit de penser ça ? Que c'est le plus beau jour de ma vie ? C'est un nouveau journal alors j'ai le droit de tout dire !

Ça me fait bizarre de commencer un nouveau journal avec une nouvelle aussi importante, j'ai perdu l'autre, j'ai cherché partout hier, je ne sais pas où il est. C'est un signe, je suis sûre : ça va être une grande année. D'abord, c'est l'année du bac. Ça signifie que je vais peut-être avoir une mention, non ? Et peut-être même que je vais réussir à récupérer Simon. Maintenant qu'elle n'est plus là, je n'aurai plus jamais mal nulle part. Il pourra me toucher où il veut. Il pourra même me voir nue. On pourra faire l'amour. J'ai trop hâte.

Mais en attendant, il ne faut pas que je rie. Pas devant papa en tout cas. Je crois qu'il voudrait qu'on soit tous aussi malheureux que lui. Il a besoin d'être seul, souvent, je vois bien, il s'échappe tout le temps dans la forêt qui longe le jardin. Il part tout le temps là-bas, il traîne des sacs-poubelle hyper lourds, les mauvaises herbes à tous les coups, elles s'accumulent partout dans le jardin. Ou peut-être qu'il y va pour pleurer. Parce qu'il y reste longtemps.

Il n'arrête pas de me demander comment je me sens. J'ose pas lui avouer que j'ai jamais été aussi heureuse. Enfin sauf avec Simon, évidemment. Alors je me force à faire la triste. Et ce matin au petit déj' il m'a dit « Pour ta mère, tu n'y es pour rien, d'accord ? » J'ai trouvé ça tellement gentil. Et puis il a ajouté : « Je me suis occupé de tout, tu m'entends, tu ne risques rien. Je suis là, il ne t'arrivera rien. » Il n'a toujours pas compris que c'est quand maman était là que je risquais quelque chose. Que ça me tombait dessus quasiment tous les jours. Il ne veut toujours pas voir. Je crois que c'est trop dur pour lui de s'imaginer un truc pareil.

J'ai fini par lui avouer que la seule chose qui me faisait peur c'était que maman revienne. Je lui ai fait promettre de ne pas la reprendre si elle revenait. Il est devenu blanc comme un linge. J'aurais jamais dû dire ça, je suis trop conne. Parce que je sais bien qu'il rêve que d'une chose c'est que maman revienne. Du coup, il m'a redemandé si ça allait, et il a insisté pour qu'on aille voir le médecin. Plutôt mourir ! Je sais que si je lui dis que je suis super heureuse que maman soit partie, et encore plus qu'elle ne nous ait pas dit où elle allait, parce que comme ça, j'aurai plus à la voir, il voudra définitivement m'envoyer voir un psy.

Alors j'ai refait mon visage triste pour rassurer papa.

56

Je suis épuisée. Ça m'arrive quand je suis forcée de penser à elle, quand je suis contrainte de me souvenir et d'accepter qu'elle m'ait tout pris, empêché d'avoir la vie que je méritais et de figurer tout en haut de l'affiche. Même aujourd'hui, je continue de vivre sous sa loi, forcée de me cacher pour qu'elle ne puisse pas me retrouver. Mais au moins je suis libre.

La nuit est tombée et Paris est vide à présent. Les rares âmes vagabondes frôlent les immeubles comme des spectres en pressant le pas. Moi, je prends mon temps, je réfléchis. Je sais tout de ma fille ou presque, je lui ai volé ses journaux intimes, comme moi elle adore écrire. Souvent je les lis et je les relis, et ma haine n'en est que plus profonde. Alors, la lassitude s'accentue, et je sais qu'il y a des choses que je dois accomplir avant d'être trop vieille pour ça ; tout lui prendre à elle aussi, ses amours, ses amis et sa vie. Puisqu'il faut bien accepter qu'elle soit un bout de moi, n'ai-je pas le droit de prendre un bout d'elle, moi aussi, un tout petit bout, et de le dévorer ?

Je ne sais pas ce qu'elle ressent pour cet ange blond qui ne cessait de m'embrasser le cou, mais je sais que sa mort la tourmentera, comme celles de Marianne, de Florence et de Simon avant lui. J'ai fait en sorte que cela arrive. Comme pour les autres, j'ai laissé une fleur et un mot à son intention.

Pour de bon,
Je veux baiser la terre.
Aride, putride, de ce monde.
Pardonne-moi maman.

J'espère simplement qu'elle continue à lire comme je le lui ai appris. En enjambant les lettres, en ne conservant que les troisièmes mots de chaque phrase.

Bon
baiser
de
maman.

Remerciements

Merci aux trois éditrices de ma vie qui m'ont permis et me permettent encore de réaliser ce rêve fou d'écrire.

À Anne Carrière, pour avoir fait naître mes tout premiers mots ;

À Geneviève Perrin, pour m'avoir fait grandir avec tant de patience et d'exigence ;

À Marie Leroy, pour son œil si juste et si précis avec lequel elle a su me guider tout au long de l'écriture de ce roman.

Et merci à Arnaud Labory, ma bonne fée.

Du même auteur

J'aime pas l'amour… ou trop peut-être,
Anne Carrière, 2008

Mémoire vive,
Belfond, 2010
Pocket, 2013

Rossmore Avenue,
Belfond, 2011

Souviens-toi de demain,
Calmann-Lévy, 2014
Le Livre de poche, 2015

L'Indésirable,
Éditions du 123, 2021

À découvrir aussi aux Éditions de La Martinière

Les romans haletants et profonds d'Inga Vesper

Un long, si long après-midi

Californie, 1959. Joyce est blanche et riche. Son horizon de femme au foyer, pourtant, s'arrête aux haies bien taillées de son jardin.

Ruby, elle, travaille comme femme de ménage chez Joyce et rêve de changer de vie. Mais la société américaine n'a rien à offrir à une jeune fille noire et pauvre.

Quand Joyce disparaît, le vernis des faux-semblants du rêve américain se craquelle. La lutte pour l'égalité des femmes et des afro-américains n'est est qu'à ses débuts, mais ces deux héroïnes bouleversantes font déjà entendre leur cri. Celui d'un espoir brûlant de liberté.

Un long, si long après-midi est un premier roman époustouflant au cœur d'une Amérique asphyxiée par son sexisme et son racisme ordinaires.

Un destin sauvage, si sauvage

1933. Cornelia est une femme forte dans un monde d'hommes, qui tient seule le Motel de la petite ville de Boldville, au Nouveau-Mexique. Elle part sur les traces d'une mine d'or perdue dans les montagnes désertiques et d'un secret qui coûtera plusieurs vies.

1970. Joanna, ancienne flic, trouve refuge à Boldville pour fuir un mari violent. Mais les nouveaux arrivants ne sont pas les bienvenus dans la petite ville… Surtout quand une tragédie survient : un jeune homme est retrouvé mort, dans un campement en marge de la ville. Sa cousine, Glitter, une jeune hippie déboussolée ne croit pas à l'accident. N'aurait-il pas plutôt payé sa trop grande curiosité pour les secrets enfouis ? Johanna et Glitter vont unir leurs forces.

Les destins des trois femmes vont s'entremêler, chacune en quête d'un souffle de liberté que la ville et ses habitants, la société américaine, semblent vouloir leur refuser.

La Martinière littérature s'engage à imprimer ses livres en France pour réduire la production de CO_2 ; à imprimer sur du papier PEFC qui garantit une gestion durable des forêts ; à ne faire appel qu'à des imprimeurs appliquant la charte Imprim'vert. La certification Imprim'vert impose la collecte et l'élimination des déchets en conformité avec la réglementation, un suivi régulier des consommations d'énergie et interdit l'utilisation de produits toxiques.

UN LIVRE A
LE MÊME PRIX
PARTOUT

En France, un livre a le même prix partout. C'est le « prix unique du livre » instauré par la loi de 1981 pour protéger le livre et la lecture.
L'éditeur fixe librement ce prix et l'imprime sur le livre. Tous les commerçants sont obligés de le respecter.
Que vous achetiez votre livre en librairie, dans une grande surface ou en ligne, vous le payez donc au même prix.
Avec une carte de fidélité, vous pouvez bénéficier d'une réduction allant jusqu'à 5 % applicable uniquement en magasin (les commandes en ligne expédiées à domicile en sont exclues). Si vous payez moins cher, c'est que le livre est d'occasion.

RÉALISATION : NORD COMPO À VILLENEUVE-D'ASCQ
ACHEVÉ D'IMPRIMER SUR ROTO-PAGE
PAR L'IMPRIMERIE FLOCH À MAYENNE
DÉPÔT LÉGAL : MARS 2023. N° 152961 (102111)
IMPRIMÉ EN FRANCE